ベリーズ文庫

元社長秘書ですがクビにされたので、異世界でバリキャリ宰相めざします！

桃城猫緒

JN179888

STARTS
スターツ出版株式会社

目次

男装地味OL
織田つぐみ
会社をクビになった帰り道、
足を滑らせ異世界へトリップ。
男装し、第二の人生をスタートさせる。
必須アイテムは電子辞書。
イケメン腹黒名宰相
クレメンス・メッテルニヒ
オーストリアを牛耳る
イケメンエリート宰相。
行き倒れていたつぐみを拾い、
秘書官見習いとして育てる。
策略家で腹黒いが不器用な一面もあり、
つぐみを翻弄していく。

元社長秘書ですがクビにされたので、異世界でバリキャリ宰相めざします！

Characters

Isekai De Barikyari
Saisho Mezashimasu!

フリードリヒ・ゲンツ

宰相秘書官長を務める。メッテルニヒの右腕的存在。秘書官見習いのつぐみに、政治のいろはを教える。豪快で陽気な性格で、情に厚い。

ゾフィー大公妃

バイエルン王国の王女。オーストリアの皇帝の次男、フランツ・カール大公と結婚し、大公妃になる。ライヒシュタット公との絆が強い。つぐみを気に入る。

ライヒシュタット公（ナポレオン・フランソワ・シャルル・ジョセフ・ボナパルト）

フランスの英雄ナポレオンの息子。今はオーストリアで暮らしているが、王宮で腫れ物のように扱われている。父親に憧れ、軍人をめざす。つぐみと大の仲良し。

ナポレオン・ボナパルト

軍人として圧勝を重ねフランスの皇帝に成り上がるも、対外戦争で負け失脚。現在、セント・ヘレナ島に幽閉されている。

マリー・ルイーゼ王女

オーストリア皇帝の長女で、敵国のナポレオンに嫁がされた悲劇の王女。ライヒシュタット公の母親。現在は、パルマ公国の女王。

ラデツキー将軍

オーストリア軍参謀長・陸軍中将。真面目で正義感が強く、部下思い。つぐみのこともなにかと気にかけており、頭をなでるのが癖。

元社長秘書ですがクビにされたので、
異世界でバリキャリ宰相めざします！

プロローグ　第二の人生始めます！

　私は織田《おだ》つぐみ。二十六歳。

　三日前まで東京の貿易会社で社長秘書をしていたけれど、今は十九世紀のオーストリア・ウィーンで宰相《さいしょう》秘書官になるべく面接（？）をしている。

　なにを言っているかわからないと思うけれど、私もわからない。

　だって、酔っぱらって足をもつれさせて橋から転落したら十九世紀のウィーンにいたんだよ？　まったくもってわけがわからないよ！

　てっきり川で溺れ死んだと思った私が目を覚ましたとき、そこは豪華絢爛《けんらん》な屋敷のベッドの上で、周囲にいた人はみんなフロックコートやドレスをまとっているという映画のような光景だった。

　そしてさらに驚くべきことに、河川敷に倒れていた私を助け屋敷に運んでくれたという金髪碧眼のイケメンは、『クレメンス・メッテルニヒ』と名乗ったのだ。

　クレメンス・メッテルニヒといえば十九世紀前半に活躍した、オーストリアの名宰相である。その卓越した政治的センスと頭脳でヨーロッパ全体を牽引し、『ヨーロッパの宰相』とまでいわれた人物だ。

世界史好きの私は彼の自己紹介を聞いたとき、ここが十九世紀のウィーンであることを悟った。

やたら天井が高く芸術的なデザインの時代錯誤なこの部屋も、二百年前の宰相様のお屋敷というのなら、なるほど納得である。

しかし、時代と場所を把握したところで、わけがわからないこいに変わりはない。むしろもっとわけがわからない。

夢かと思い頬もつねったけれど、どうやらこれは現実で、夢でもあの世でもないらしい。

そしてわけがわからないなりに考えた結果――これっていわゆるタイムトリップではなかろうかという仮説を私は立てたのだった。

メッテルニヒさんが「体力が回復するまで何日でもいるといい」と言ってくれたことに甘え、私はたっぷり三日かけて、タイムトリップしてしまった自分がこれからどうすべきかを考えた。

もとの世界に戻りたいか自問するも、答えは即座にノーと出た。

両親が心配しているんじゃないかと思うと胸は痛んだけれど、それ以外に心残りはない。あの日、私はひどい裏切りに遭い、なにもかもを失ってしまったのだから。

（これって人生リセットチャンスかもしれない）

そう思った私は、偶然のタイムトリップをした自分が途端にラッキーに思えてきた。

最低最悪だった日本での秘書人生。そのリベンジをこの世界で果たしたいと、意欲がメラメラと燃えてくる。

……この世界でもう一度秘書がしたい！　今度こそ有能なボスに仕え、本懐を遂げたい！

それが私の出した答えだった。

心を決めた私はさっそくメッテルニヒさんの執務室へ駆け込み、彼へ願い出る。

「私をメッテルニヒさんの秘書にしてください！」

――織田つぐみ、二十六歳。二百年前のオーストリアで、第二の人生始めます！

異世界転移の転職事情

「私をメッテルニヒさんの秘書にしてください！」

突然部屋に押しかけ雇用を願い出た私を、メッテルニヒさんは大きな目を見開いて見つめた。

鳩が豆鉄砲を食らったような顔をしていてもこの人はイケメンだなと、私は彼に詰め寄りながら密かに感心する。

そう、かの名宰相メッテルニヒはとんでもなく美形だったのだ。

史実にも彼は高身長のイケメンで女性にモテまくったという記録があるけれど、あれは本当だと今も痛感している。

年齢はまだ聞いていないが三十歳前後といったところだろう。百八十センチを優に超えているだろう身長、金色の巻き毛に縁どられた顔にはキリリと凛々しい眉毛と相反するような甘い目もと。通った鼻筋は美しく、ドン引きしながらも口もとに浅く弧を描いて微笑むさまはなんて上品なのだろうと、思わずうっとりしてしまう。

メッテルニヒさんは冷静さを取り戻すと、部屋に備えつけてある長椅子に私を座らせた。そして向かい側に自分も座り、落ち着いた口調で促す。

「ずいぶんと元気になったようでなにより。で、いきなりおもしろいことを言いだしたわけだが、まずはきみについていろいろ教えてもらおうか」

もっともだと思い、私は姿勢を正し改めて自己紹介をした。

「織田つぐみ。二十六歳です。出身は東京……じゃなく、日本です。前職は――」

――この世界に飛ばされる前、私はとある貿易会社で社長の第一秘書をしていた。自分で言うのもなんだけれど、なかなか優秀な秘書だったと思う。

私は秘書の通常業務に加え、経営戦略を打ち出し、融資や取引がスムーズにいくよう根回しまでして奔走していたのだから。

なぜそんなことまでしていたかって、はっきり言ってうちの社長がボンクラだったからである。

有能なのは社長以下のトップマネジメントとミドルマネジメント、そして末端で働く社員たち。彼らのおかげで会社はメキメキと成長していったのに、肝心の社長ときたら女遊びにうつつを抜かすばかりで、会議に出ても「どうすればいい？」と私に指示を仰ぐ始末だ。

社長はいわゆる二代目なのだけれど典型的な甘ったれボンボンで、二年前に前社長が急逝し彼が社長の座に就くとなったときには、社内中から密かにため息が漏れた。私は副社長や専務らと連携を取り、お飾り以外の何者でもない社長を必死にコントロールした。

もはや私は秘書というより参謀的存在だったといっても過言じゃないだろう。社長の尻拭いをする知識を得るために、休日もほとんどを業務に関する勉強にあてた。世界情勢、外貨、外国為替、経済学、経営学、貿易理論等々。ビジネススクールや講習会に行くため、恋人とのデートを連続二十回キャンセルしたことは反省している。ちなみにその後、当然フラれた。

もとの世界では本当に苦労したけれど、おかげで人に仕え陰ながら立ち回るスキルはおおいに得られたと思う。

それに加え私には語学力がある。日本語、ドイツ語はほぼ完璧だし、英語とフランス語もビジネス会話程度ならできる。おかげでこの世界でも会話には支障はない。

今まで培ってきたこの能力を活かすには、やはり秘書しかない。そしてどうせ仕えるなら今度はボンクラなボスではなく、有能で信頼できる人がいいと願うのは自然なことだろう。

そんな思いの丈を込めて、私は自分の経歴をかいつまんで話した。もちろん、二百年後の世界からタイムトリップしてきたということは伏せて。

「なるほど。貿易会社の秘書をやっていた経験を活かしたいというわけか」

メッテルニヒさんは私が早口で説明したことを、確認するように復唱した。それに「はい、間違いありません」と答えると、彼は「ふむ」と小さくつぶやいて自分の顎をなでさすった。

「残念だが私の宰相という立場は陛下から賜《たまわ》ったものである以上、その権限を陛下の承認なく自由に使うことはできない」

「……つまり、皇帝陛下の承認を得ないと宰相秘書官にはなれないと」

「のみ込みが早いね、そういうことだ」

眉尻を下げ残念そうに微笑む姿も、やっぱり上品で麗しい。もうこの人がこの国の王子様でいいんじゃないかと馬鹿げたことを思いながらも、私は肩を落とす。

考えてみれば彼は国家行政官の総括なのだ。一企業とはわけが違う。

考えが甘かっただろうかと眉間にしわを寄せていると、メッテルニヒさんは長い脚を組み替え再び口を開いた。

「けどね、私はきみに興味がある」

「え？」

興味があるなどと言われて、うかつにも胸が高鳴る。焦って顔を上げると、わずかに口角を上げ楽しそうに微笑む彼の姿が目に映った。

「日本のことは文献などを通して少しは知っているけれど、私としてはまだまだ謎に包まれた興味深い国だ。他国との交流を制限しながらどうやって長年君主制統治を保っているのか。後学のためにぜひ詳しい話を聞きたい」

私個人ではなく日本の統治形態に興味があるだけかと、密かにがっかりする。

「それなら、助けてもらったお礼にいくらでもお話ししますよ。私の知る範囲でですけど」

それくらいお安い御用だと思いながら答えれば、メッテルニヒさんはおどけるように肩をすくめてみせた。

「もちろんそれも大歓迎だ。けれどできることならば、きみにもオーストリアの政治を学んでもらいたい。そのほうが互いの国の相違点や改善したほうがいい点など見えやすくなってくるからね」

「はあ……」

ようは私にもオーストリアの行政を勉強しろということだろうか。まあ、べつにそれもかまわないけれどと思っていると、メッテルニヒさんは椅子から立ち上がりテーブルのベルを鳴らした。

そして「もうすぐ客人が来る。きみを紹介したいから、まずは身支度を整えてもらおうか」とウインクをしてみせた。

数十分後。メッテルニヒ邸の女中さんの手によって、私はある格好に着替えさせられていた。

今まではシンプルなドレスを貸してもらって着ていたのだけれど、今の私はなんと……。

「これって……男の人がする格好ですよね？」

「うん、思った通り。きみにはこちらのほうがよく似合う」

鏡に映っているのは、裾の細い白いズボンに黒い宮廷靴、白いシャツに豪華な柄の織り込まれたベストとテイルコートを着せられた黒髪の青年……ではなく私だ。

たしかにショートカットにこの時代のヒラヒラしたドレスは不釣り合いだったので、今の格好のほうがしっくりきている。

おまけにこちらに来てからは現代日本風のメイクをするわけにもいかずほぼすっぴんでいたので、和顔で童顔気味の私は年齢と性別のわかりにくい不思議な人物になっていたのだ。

そんなユニセックスな今の私に、テイルコートにズボンという男の格好は実に違和感なくなじんでいた。

けれど、男女の格好がはっきりと分かれているこの時代に男物の服を着るということは、つまり……。

嫌な予感がしてメッテルニヒさんの顔を見上げると、彼は実に紳士然とした笑みをたたえて言った。

「きみは今から私の遠縁の男子ということにする。年齢はそうだな、十八歳でいい。母方が日本人でずっと日本に住んでいたが、父方はジャーマル人ということにしよう。家が没落して領地と家族を失い、遠縁の私を頼ってきた。いいね？　だからきみは私を〝クレメンス様〟、あるいは〝宰相閣下〟と呼びなさい」

予感的中だった。なにをどういうつもりで彼がそんな突拍子もないことを言いだしたのか、理解できず混乱していると、部屋に侍従長がやって来た。

「旦那様。ゲンツ様がお見えになりました」

「ここに通してくれ」

どうやら私に会わせたいと言っていた客人が来たようだ。けれどこんな格好で会っていいのだろうかとオロオロする。すると。

「よお、メッテルニヒ！　来てやったぜ！　俺に頼みってのはなんだ？」

ノックもなしに扉が大きく開け放たれ、短い赤毛を逆立てた男性が白い歯をむき出しにした笑顔で入ってきた。

陽気そのものといった感じの男性は大股でメッテルニヒさんに近づいてきたかと思うと、脇に立っていた私を見つけピタリと足を止めた。

そしてさっきとは百八十度違う引き締まった表情を浮かべると、背筋を伸ばし優雅なお辞儀をしてみせた。

「フリードリヒ・ゲンツ、参りました。お呼びでしょうか、閣下」

（いやいやいや、もう遅いから！　たった今あなたが豪快になれなれしく部屋に入ってきたの、ばっちり見た後だから！）

なんなんだこの人はと顔を引きつらせていると、メッテルニヒさんは私の背を軽く押しやって言った。

「取り繕わなくていい、ゲンツ。彼は私の遠縁の子だ。かしこまる相手ではない」

メッテルニヒさんの言葉を聞いて、ゲンツと呼ばれた男性の顔がほーっとゆるむ。

「なんだよ、そういうことは先に言っとけよ！　ったく、お前の周りにはいっつもどっかの国のお偉いさんがいやがるからな、一瞬肝が冷えたぜ」

ゲンツさんはガリガリと頭をかくと手近な椅子にどっかりと座り込む。そして部屋にいた若い女中さんに「茶はいらねえ。この屋敷のセラーで一番高価なワインを持ってきてくれ」とウインクを飛ばしながら言った。

なんだかすごい人が登場しちゃったなあと生唾をのみ込んでいると、再びゲンツさんの目が私に向けられた。

「で、頼みごとってのはこのかわいらしい坊ちゃんに関することか？　坊ちゃんに大人の遊びを教えてくれって頼みなら大歓迎だぜ。カードからルーレットまでみっちり仕込んでやるよ、ただし賭け金はお前持ちでな！」

え。いきなりギャンブルの話？　しかも今、メッテルニヒさんにお金せびった？と、内心ドン引きしたのは言うまでもない。

けれどメッテルニヒさんは私の肩をポンと叩くと、ゲンツさんに向かってとんでもないことを言いだした。

「さすが我が友人、正解だ。彼の面倒をきみに見てほしい。ただし、ギャンブルの手ほどきは無用だ。彼にオーストリアとヨーロッパの現状、そして政治を教えてやってほしい」

「は⁉」

「あ？」

私の驚きの声とゲンツさんの訝《いぶか》しむ声が重なった。

目をパチクリさせていると、メッテルニヒさんは今度は私に向かって説明した。

「彼はフリードリヒ・ゲンツ。宰相秘書官長を務めている私の右腕だ。もとはドイツの政治評論家だったが、卓越した政治的センスをウィーン政府に買われ政治顧問官になった。フランス革命を肌で感じ激動の時代を冷静に、かつ情熱的に見据えてきた男だ。きみの師としてふさわしい」

「はあ……」

言動の粗暴さはどうあれ、ゲンツさんはかなり有能な人のようだ。メッテルニヒさんが自ら右腕と評すからには、相当なのだろう。

「きみからも挨拶をしなさい」と促され、私は前に進み出てゲンツさんに頭を下げる。

「つ、ツグミです。ええと……よろしくお願いいたします」

目上の人への挨拶など慣れているはずなのに言葉を詰まらせてしまうのは、自分が何者かが定まっていないからだ。所属も役目もない人間というのは紹介する自己もないのだなと改めて思う。

するとしどろもどろな私をフォローするように、メッテルニヒさんが言葉をつなげてくれた。

「アジアの日本の血が入っているんだ。日本に住んでいたのであちらの文化や政治にも詳しい。我が親戚ながらなかなかおもしろい人材だと思うが？」

「へえ、どうりで見ない顔立ちをしてやがる。ウィーンにはいつから？」

つたない挨拶をした私を不審そうに見ていたゲンツさんが、メッテルニヒさんの言葉を聞いて表情を変えた。瞳に好奇心の火を灯している。

「ウィーンには四日前に来たばかりです」

素直に答えると、さらに彼から質問が飛んできた。

「ドイツ語は結構できるみたいだな。ほかにもしゃべれるのか？」

「日本語、英語、あとフランス語も……」

「ほお。とりあえず合格だ。あとはイタリア語とロシア語も覚えておけ」

そう言ってゲンツさんは椅子から立ち上がると、こちらに近づいてきて私の背中を大きな手でバンと叩いた。

「あいたっ」

「明日から俺の仕事についてきな。ウィーン流の政治ってやつを、その細っこい体に叩き込んでやるよ」

頼もしそうに眉をつり上げて笑ったゲンツさんを見てポカンとする。振り返るとメッテルニヒさんも目を細めて深くうなずいていた。

つまり私……ゲンツさんに弟子入りしたってこと？　しかも男として？

どういうつもりなのか、メッテルニヒさんの考えていることがさっぱり読めない。不安しかないけれど、とりあえず愛想笑いを浮かべ改めてゲンツさんに「ご指導よろしくお願いいたします」と頭を下げておいた。


夕方になってゲンツさんが帰った後、私はメッテルニヒさんの執務室にすぐさま押しかけた。

彼は私が来るのを待っていたとばかりに、こちらを向いて窓際に立っていた。西日が部屋をオレンジ色に染め彼の美しい輪郭に濃い影を落とし、まるで一枚の油絵みたいに彩っている。

なにをしていても絵になる美丈夫だなあと感心しながら、私は彼の前まで行った。

けれどメッテルニヒさんは、私がなにを言いたいかもわかっているのだろう。窓枠に背を預けながら、促すようにこちらに手のひらを差し向けた。

「政治の舞台では誰しもが答えを教えてくれるとは思わないほうがいい。情報の欠片《かけら》から自分で推測する術を身につけなさい」

……私が聞きたかったメッテルニヒさんの意図を、自分で考えろってことか。

でも私、まだウィーンのことも宰相秘書官のこともよくわかってないしなあと思いながらも、必死で頭を回転させる。

「……宰相秘書官になるには皇帝陛下の承認が必要だけれど、秘書官の弟子ならばそれが必要ない……ということですか？」

推測を口にすると、メッテルニヒさんは浅く一度うなずいた。合ってはいるけれど、まだ足りないらしい。

「……ゲンツさんの弟子として活動しているうちに政界で顔を広め、機を見て皇帝陛下に紹介していただき、正式な秘書官になる……というのが、メッテルニヒさん……じゃない、宰相閣下のお考えでしょうか」

頭をひねってそう答えると、メッテルニヒさんは作った笑顔をにっこり浮かべてパチパチと手を叩いた。

「うん、推論する能力は悪くないようだね。まずは合格だ」

どうやら正解だったようだと安心すると共に、試されていことに気づき背筋が伸びる。

微笑みながらも彼の瞳は私をしっかりと観察している。それに気づいてこめかみに汗が伝ったとき、メッテルニヒさんは目を伏せて窓枠に軽くもたれかかった。

「本当は半分正解といったところだけど、きみはまだウィーンに来て日が浅いからな。特別にもう半分の答えを教えてあげよう」

私の知りたかったもうひとつの彼の意図、それはどうして私を男としてゲンツさんに紹介したのかということだ。

メッテルニヒさんは窓枠にうしろ手をついてもたれかかったまま、軽やかな口調で話しだした。

「きみの国ではどうか知らないが、このオーストリアでは、女性が政治職の肩書を持つことはできない。男性より優れた政治センスを持つ女性も多くいるが、彼女たちはあくまで王家や貴族、役人の妻としての扱いになる」

そうか、女性議員や女性の議員秘書があたり前の現代日本とは女性の立場がまったく違うわけだ。

納得しかけたけれど、でもだからって男装という手段はどうなのかとも思う。

「〝秘書官〟という仕事に就きたいのなら、きみに男性のふりをしてもらうしか選択肢はない。それに加え、女性は結婚をして初めて社交界で一人前と認められる。どんなに優れた才能を持っていようとも、年若い未婚女性では鼻にもかけられない。つまり現状のままでは、きみはこのウィーンで何者にもなれないというわけだ」

『何者にもなれない』という言葉を聞いて、私は盛大にショックを受けた。

せっかくこの世界で第二の人生をがんばっていこうと決めたのに、今の自分では何者にもなれないだなんて。そんな虚しい話があってたまるものか！

「幸いきみの見た目は十分青年として通じる。……正確には青年というより少年に近い華奢《きゃしゃ》さだが。どうする？　男のふりをしてきみの希望する秘書官をめざすか。それとも、何者にもなれないまま安穏として生きるか。あるいは――どこぞの役人の妻にでもなって夫の秘書代わりに生きるという道もあるぞ」

メッテルニヒさんは指を三本立てて選択を迫ってきた。

迷うまでもなく私は最初に立てられた指を掴んで言う。

「やります、男装。私はこの世界で秘書としてひと花咲かせるって決めたんです。それに宰相であるあなたに仕えられるのなら、これ以上光栄なことはありません。やらせてください、秘書官見習い。今日から私はメッテルニヒ家の遠縁の十八歳男子です」

力強く言った私に、メッテルニヒさんはククッと笑って口角を上げた。その表情はまるで自分の計画通りに物事が進んでいることを楽しんでいるように見える。

「よろしい。それではきみは今日からツグミ・オダ・メッテルニヒと名乗りなさい」

その言葉は、まるで神様が私に新しい人生を歩むことを許してくれたように聞こえた。

ツグミ・オダ・メッテルニヒ。これが私の第二の人生の名前だ。

「はい！」と元気よく答えれば、メッテルニヒさん……いや、クレメンス様は深くうなずいてから指を掴んでいた私の手を離させた。


見習いとはいえようやく職を得た私は安堵と高揚の混じった気持ちで自分の部屋に戻り、ベッドの下に隠しておいたバッグを取り出した。

これは橋から落ちたとき持っていたものだけれど、どうやら一緒にタイムトリップしてきたらしい。クレメンス様が倒れていた私のそばにあったからと、一緒に持ってきてくれたのだ。

私もろとも川に落ちたはずなのに、水に濡れた形跡がないのは奇跡としかいいようがない。まあタイムトリップ自体が奇跡なので、奇跡のおまけといったところか。

中に入っていたスマートフォンやタブレットは電池が切れて使えなくなっていたけれど、幸い電子辞書は補助バッテリーに太陽電池がついていたので電源が入った。

この電子辞書には世界史の情報も入っている。年代やキーワードを入力すれば短いながらも解説が出てくる優れモノだ。

いくら私が世界史好きとはいえ、なにもかも正確に覚えているわけではない。タイムトリップしてきた日から私は電子辞書を使い、この時代の情報を集めていた。

今は正確には一八二二年の三月だとクレメンス様に聞いた。この頃のヨーロッパといえば、長かったナポレオン大戦が終わり、歴史的には比較的穏やかな時期にあたる。

というのも、『ウィーン体制』という国際秩序のもと、革命を徹底的に弾圧することでヨーロッパの平和が保たれているからだ。

そしてこの『ウィーン体制』の中心人物となっているのが、クレメンス様なのだ。

つまりクレメンス様こそがヨーロッパの平和の番人、ヨーロッパの秩序なのである。

すごい！

そんなわけで是が非でも彼の秘書官になりたい私だけれど、まずは秘書官長の弟子というポジションからのスタートになった。

「フリードリヒ・ゲンツ……十九世紀……あ、あった」

さっそくゲンツさんの情報を電子辞書で調べた私は、ヒットした彼の項目に目を通す。

「……ドイツの政治評論家。……こんだけ？」

残念ながら彼に関する情報はあまり載っていなかった。記されていたのはクレメンス様に聞いた既存の情報と、彼の生没年だけ。ところが。

「……って、んん⁉」

生没年を確認して、私は目をしばたたかせる。そこには一七六四年～一八三二年とあったからだ。

今が一八二二年ということはゲンツさんの年齢は五十八歳ということになる。けれどさっき会った彼はどう見てもそんな年齢ではなかった。おそらく三十前後……クレメンス様と同じくらいだろう。

「まただ……。どういうことなんだろ？」

実は年齢の認識がおかしいのはクレメンス様もなのだ。先日調べたとき、クレメンス様の生没日から現在の年齢を計算したら四十九歳になって、私はおおいに首をかしげたのだ。

彼から直接年齢を聞いたわけではないが、あの肌艶も顔つきもどう見てもアラフィフではない。

「うーん……？　まあ、いっか。年齢はそのうち聞こうっと」

たいした情報が得られなかった私は電子辞書をバッグにしまうと、それを見つからないように再びベッドの下へと押し込んだ。

翌日から、秘書官見習いとしての私の生活が始まった。

と同時に、〝十八歳男子〟としての生活も始まる。

「ほっそい腕だなあ。日本では軍に従事してなかったのか？」

机に向かって必死に書物の書き写しをしていた私の腕を掴んで、ゲンツさんがしみじみと言う。

驚いてペンを取り落としてしまい、私は「はい、日本はしばらく戦がなかったので」と引きつりそうな顔を無理やり微笑ませた。

今日はクレメンス様が屋敷で執務をするため、秘書官長であるゲンツさんもそれを手伝うことになっている。

広い執務室ではテーブルになにやら書類を広げて話し込むクレメンス様とゲンツさ

ん。そして隅っこの机で、ゲンツさんに命じられて国際法と刑法の勉強をしている私の三人がいた。

「おいおい、こちらの案件が煮詰まってるからって、ツグミの邪魔をしてやるな」

書類を手にしたまま眉間にしわを刻んでいるクレメンス様がゲンツさんをとがめるけれど、残念ながら効果はないようだ。

「へえ。日本が長らく戦争をしていないって噂は本当だったのか。いつからしていない？　領土の侵略はなかったのか？　常備軍はどうなってる？」

私の発言に興味を持ってしまったゲンツさんは勉強の邪魔をやめるどころか、自分の仕事を放ったらかしにしてこちらにますます詰め寄ってしまったのだから。

「ええと、歴史的に大きな合戦は約三十年前に起きた蝦夷《えぞ》での戦が最後です。原住民であるアイヌと和人との戦いで……」

「それで？　それで？　指導者は誰だ？　中心となったのは――ぐえっ」

よほど興味深いのか、私に顔がくっつきそうになるほど詰め寄ってくるゲンツさんだったけれど、長椅子から立ち上がってやって来たクレメンス様に首根っこを掴まれ引き戻される。

「その話は私も興味があるけれど、ここはサロンではない。おしゃべりを楽しむ時間じゃないぞ、ゲンツ」

あきれたようにため息を吐き捨てながらクレメンス様が言うと、ゲンツさんは掴まれた首根っこを振りほどきながら「わかってるよ！」とわめいた。

私から離れたゲンツさんを見て、内心ホッとする。

彼の前では一応私は〝男〟なのだ。あまり接触されたり近づかれたりすると、女だとバレる危険性がある。

けれどホッとしたのも束の間。ゲンツさんはクレメンス様の手から逃れると再び私のもとへやって来て、腕を掴んできた。

「でもよお、こいつの華奢さは異常だぜ。これじゃまるで女だ。日本の男ってのは、まさかみんなこんなにヒョロヒョロなのか？」

いくら私の体の凹凸が少なくて色気がないからといって、やっぱり男性の体格とはあきらかに違う。

男装計画は無理があったんじゃないかとハラハラしていたときだった。

「それとも、まさかツグミも〝あの坊や〟と同じなんじゃあるまいな？」

ゲンツさんが眉をひそめて言った言葉に、クレメンス様の表情が一変した。それどころか部屋が一瞬で妙な緊張感に包まれたのがわかる。

クレメンス様はさっきまでの余裕を顔から消し、氷のように冷ややかな視線でゲンツさんを射た。

「ゲンツ、口を慎め。いくらここが私の屋敷とはいえ、うかつなことを口にするな」

口調は冷静だけれど、有無を言わさぬ圧を感じる。

よっぽど触れてはいけない話題だったのだろうかと、私まで緊張していると、腕を離したゲンツさんが皮肉げな笑みを浮かべてクレメンス様を見据えた。

「そんなにムキになるってことは、どうやら本当らしいな。〝チビナポ〟が肺の病だって噂は」

「ゲンツ、口を慎まないならこの屋敷から出ていけ」

鋭い視線をぶつけ合うふたりは、まるで一触即発といった状態だ。どうしたらいいのかと焦り、場を取り成そうと椅子から立ち上がろうとしたとき、ゲンツさんが視線をはずした。

「まったく、お前は〝アレ〟の話になるとすぐ機嫌を損ねやがる。べつに俺はその話がしたかったわけじゃねえよ。ツグミの奴があんまりにもヒョロヒョロだから、体を心配してやってるだけだ」

話が再び私に戻ってきてしまい、心の中で「えっ」と声をあげる。

けれど、どうやら触れてはいけない話題からは逸《そ》れたようで、部屋の緊張感は一気に解けた。

「ぼ、僕はたしかに華奢ですけれど、体にはなにも問題ありません。その、母方が小柄な家系で肉がつきにくい体質なだけです。だからご心配なく」

そろそろ私の話題からも逸れてほしいなと思いながら愛想笑いを浮かべれば、ゲンツさんは「ふーん」と納得したようにうなずいた。そして。

「だったらなおさら、もっと食って肉をつけたほうがいいな。よし、なにか精のつくものでも食いにいこうぜ！　俺がご馳走してやるよ」

なんと強引に私を立たせると、腕を引いて部屋を出ようとした。

「おい、ゲンツ」とクレメンス様が当然呼び止めるけれど、ゲンツさんは「昼休憩だ。夕方前には戻る」と言い残し、私の腕をグイグイ引っ張ったまま廊下へと出てきてしまった。

「メッテルニヒの奴、世間体を気にしてんのか知らねえが昼食会や晩餐《ばんさん》会以外じゃロクな飯出さねえからな。仕事のやる気が起きやしねえ」

私の腕を引きながら屋敷を出たゲンツさんは、そんなことをブツブツとこぼす。

世間体を気にしてるってどういうことだろう？と不思議に思っていると、私の視線に気づいたゲンツさんが腕を掴んでいた手をパッと離してから、「そうか。お前はウィーンに来たばっかりだったな」と頭をかいた。

「ええと。異国のお前さんでもナポレオンのことくらい耳にしてるだろう？」

「はい。革命の申し子といわれているナポレオン・ボナパルトですよね」

軍人として圧勝を重ねついに皇帝にまで上り詰めたフランスの大英雄だ。今から八年前に対外戦争で負け失脚するまでフランスの王座に就いていたので、時代的に彼の活躍はまだ記憶に新しいところだろう。

意気揚々と私が答えると、ゲンツさんはなぜだか顔をしかめてしまった。

「革命の申し子……ねえ。その名前はヨーロッパじゃ口にしないほうがいいぜ」

なにかまずかっただろうかと焦って口を手で押さえれば、ゲンツさんは苦笑いをしてから話を続けた。

「まあ、お前の言う通りなんだけどな。十八世紀末のフランス革命後、パリの暴動を抑えたのを皮切りに次々と対外戦争で勝利を収め、一躍フランスの英雄となった男だ。……けどな、フランスにとっちゃ英雄でもほかの国から見たら奴は悪魔だ」

ナポレオンのことを語るゲンツさんの瞳には、炎が宿っているように見えた。

憎しみ、敵対心……だけではない。歴史に名を刻んだ偉大すぎる男への恐れと憧れまでも、入り混じって燃えているみたいだ。

「調子に乗ったナポレオンはヨーロッパ中を荒らし回ったもんさ。八年前にようやく奴が大戦に負けて失脚したときには、ヨーロッパ全体がすでにボロボロだった。繰り返された戦争のせいで男どもは死に、財政は逼迫《ひっぱく》し、人手不足で畑は荒れ放題。もちろんこのオーストリアもそうだ。その爪痕は今でも深く残っているうえ、昨年から農作物が不作続きときている。つまり——今現在、うちの国は王宮から庶民までみーんな貧乏で飢えてるってことだ」

「そうだったんですか……」

終戦から八年経った今でもそんな影響をもたらしているとは知らなかった。

それならば、まだ戦争の爪痕の癒《い》えていないヨーロッパ諸国で彼をたたえるような言い方がタブーなことも納得できる。

「まあ、皇帝陛下の食卓でさえ品数が減っているって話だ。それなのに俺たち臣下がバカスカ飲み食いするのもたしかにはばかられるけどよ。でもだからってメッテルニヒの奴はやりすぎだ。この間なんて昼にビスケットとチーズとソーセージとミルクしか出してもらえなかったんだぜ？　ウィーンの庶民のほうがまだいいもの食ってるってんだ！」

ゲンツさんの話を聞いて、私はメッテルニヒ邸の食事がわりと質素だったことを思い出した。だいたいチーズとソーセージとパンに、焼き菓子かコンポートだったっけ。

もちろん助けられたうえ居候の身で贅沢を言うつもりはないけれど、宰相という超エリートのお宅にしてはいささか不釣り合いだなと感じていたのは正直なところだ。

そんなふうにここ数日の食事を思い出していると、突然ゲンツさんにガッシリと肩を組まれた。

「お前もどうせロクなもの食わせてもらってないんだろう？　今日は美食家で弟子思いの俺様がうまいもん食わせてやるから、パーッといこうぜ！」

「は、はい！」

とくにメッテルニヒ邸の食事に不満があったわけではないけれど、せっかくならウィーンのご馳走とやらを食べてみたい。

ガッシリと組まれた肩は重たかったけれど、私はウキウキと胸を弾ませながらウィーンの街へと向かった。

考えてみたら、こちらの世界に来てからはメッテルニヒ邸から出たことがなかったのだ。せいぜい庭を散歩させてもらったくらいで、実際にウィーンの街を見るのは初めてだ。

「わあ……」

まず目についたのは、そびえるように高い建物の数々。まるで天を突くような塔を携えた建物は遠目にもハッキリとわかるほど大きい。

馬車の窓から食い入るようにそれを眺めていると、「あれはシュテファン大聖堂だ」とゲンツさんが教えてくれた。

さらにこの街のおもしろいところは、新市街と旧市街をぐるりと市壁《しへき》で隔てているところだ。街道沿いには豪華な貴族の屋敷が並んでいるけれど、それを過ぎれば野菜畑や麦畑、ブドウ畑なども見えた。そして少し進むとまた豪華な建物や庭園が建ち並ぶといった光景を繰り返している。

そんな風景を通り過ぎ歩く人が増えてきたところで、ゲンツさんは馬車を停めた。ここからは歩いていくと言う。

どうやら飲食店や服飾店などが建ち並ぶ通りのようで、行き交う人たちで賑わっていた。王都だから貴族が多いのか、それとも国で一番の都会だからか、身なりの綺麗な人が多い。

女性はハイウエストで胸もとが大きく開きストンとしたスカートのドレスに、リボンや花のついたボンネットをみんなかぶっている。

男性は私と同じようなテイルコート姿が多いけれど、時々軍服を着ている人も見かけた。働いている人はボタンシャツにベストやジャケットを着ている人が多い。

王宮から庶民まで貧乏で飢えているなんてゲンツさんは言っていたけれど、人々の表情に陰りは感じられない。むしろようやく訪れた平和を享受し、満喫しているようにさえ見えた。

「ツグミ、こっちだ」

辺りを興味津々で見回していると、ゲンツさんが人さし指でクイッと手招きをして細い路地へと入っていった。そして道に面した小さな扉を開き、地下へ続く階段を下りていく。

着いた先は地下とは思えない広さで、クリスタルのシャンデリアが幾つも輝いている会員制レストランだった。

花と陶器のテーブルピースに銀のカトラリー、生演奏を奏でる楽団。見るからに高級そうなレストランは出されるワインも料理も絶品で、ゲンツさんが「これはハンガリーの『トカイ・ワイン』っていって、世界中の王室御用達なんだ」とか「これはハプスブルク皇室名物『オリオ・スープ』。あのマリア・テレジアの大好物だ」などと、説明してくれた。

なんでもここのコックは元王宮料理人だったらしく、様々な宮廷料理を再現してくれるらしい。

クレメンス様のお屋敷で出してもらっていた食事もおいしかったけれど、惜しげもなく高級食材を使われた宮廷料理はやはり最高だ。

新鮮な野菜の添えられたフォアグラのアスピック寄せに舌鼓を打っていると、ゲンツさんが「うまいだろう？　食事は生きる楽しみだからな！」と満足そうに目を細めてこちらを見ていた。

「ああ、おいしかった」

食後のデザートのタルトやコンポート、ジェラートまで綺麗に食べ尽くした私は、うっとりと余韻に酔いしれながらつぶやく。

すると、食後のコーヒーを嗜《たしな》みながらゲンツさんが言った。

「いい食いっぷりだったな、安心したぜ。そんだけ食えるならべつに病弱ってわけじゃなさそうだ」

どうやらゲンツさんは本当に私が病気じゃないかと心配していたようだ。

余計な心配をかけてしまったなと、少し申し訳なく思って眉尻を下げた。

「細く見えますけどいたって健康ですから、心配しないでください。それにこう見えて案外体力もあるんですよ。二日くらい徹夜したってへっちゃらです」

もとの世界にいたときは多忙な生活の中、健康管理にも気を使っていたものだ。空き時間を見つけてはジムに通っていたし、三食栄養バランスも考えて食べていた。おかげでここ数年、風邪ひとつひいていない。

「そうか、俺の杞憂《きゆう》だったみたいだな」

張りきって胸を叩いて言った私に、ゲンツさんは本当に安心したように言った。それを見てふと、メッテルニヒ邸でのやり取りを思い出す。

(そういえば……『あの坊や』って誰のことだったんだろう。肺の病気がどうとか言ってたけど)

知りたいけれど、あのときのクレメンス様の様子を考えると、むやみに触れないほうがいいのかもしれない。

「あの……ゲンツさん。さっきクレメンス様と話していた『あの坊や』って……誰のことなのか聞いてもいいですか?」

これで断られたら深追いしないでおこうと思ったけれど、ゲンツさんは意外なほどあっさり答えてくれた。ただし、少し声を潜めて。

「ああ。チビナポ……ライヒシュタット公のことだよ」

「ライヒシュタット公？」

誰のことだろう。記憶の糸をたどってみるけれど、世界史に出てきた覚えがない。

するとゲンツさんは、口角を持ち上げ皮肉な笑みを浮かべて言った。

「オーストリアの抱える驚異の卵だ。天使が生まれるか悪魔が生まれるか――メッテルニヒが一番恐れている存在だぜ」

やって来ましたホーフブルク

――ライヒシュタット公。正式名はナポレオン・フランソワ・シャルル・ジョセフ・ボナパルト。まごうことなき、あのナポレオンの血を引いた息子。

あれからゲンツさんに聞いた話と、電子辞書で調べた内容を私なりにまとめてみた。

フランスで皇帝になったナポレオンは、自分の後継者となる息子をもうけるためにオーストリアの王女を娶《めと》ることにした。

オーストリアの王家ハプスブルク家は十三世紀から続く超名門一族だ。『青い血』と呼ばれる高貴な血を重ね続けてきた一族にとって、国策とはいえもとは一兵卒にすぎないナポレオンと婚姻を結ぶことは屈辱だったに違いない。

子供の頃からオーストリアの敵だと憎み続けてきたナポレオンのもとに嫁がされたのは、現在の皇帝フランツ一世の長女、マリー・ルイーゼ王女。彼女は、翌年に男児を生んだ。

フランスの英雄ナポレオンと、ハプスブルク王家の高貴な血を引いた王子、それがナポレオン・フランソワ・シャルル・ジョセフ・ボナパルトだ。

生まれながらに次期フランス皇帝の座を約束された王子だったけれど、その座はナポレオンの敗戦と共に泡と消える。

ナポレオンがフランス皇帝の座を追われた後、マリー・ルイーゼ王女は幼い王子を連れてオーストリアへと帰ってきた。

けれど、ウィーンの宮廷ではこの王子……ナポレオン二世をどうするべきか持てあましている。なにせ彼はハプスブルク家の正当な血を引く王子であると共に、にっくきナポレオンの息子でもあるのだ。子供に罪はないとはいえ、オーストリア国民が抱く感情は複雑に違いない。

しかも、さらに厄介なのがいまだにナポレオンを熱烈支持する者たちの存在だ。

現在フランスはブルボン家が王位に就き再び王政に戻っているけれど、それに不満を持っているフランス国民も多いという。

彼らは再び革命の英雄が国民を導いてくれるのを待っている。その旗頭として欠かせないのが、ナポレオン二世なのだ。

今現在、ヨーロッパが平和でいられるのは、オーストリア、ロシア、プロイセン、イギリス、フランスが中心となって『ウィーン体制』を築いているからにほかならない。

『ウィーン体制』とは、フランス革命とナポレオンの台頭によって混乱したヨーロッパを、それ以前のように王が国を統治する体制に戻し、各国の均衡を図ろうというものだ。当然、それを乱す革命や自由主義は悪とされている。

つまり『ウィーン体制』にとって、革命の起爆剤になりうるナポレオン二世は脅威そのものなのだ。

けれど正当なハプスブルク家の一員である彼を始末するわけにもいかず……ゲンツさんいわく、「ウィーンの王宮で腫れ物のように扱われている」らしい。

そこまで話をまとめてみて、私はどうしてクレメンス様がナポレオン二世の話題に触れたがらないのかがわかった。

『ウィーン体制』の中心人物であるクレメンス様からしてみたら、ナポレオン二世の存在はなるべく表舞台に出したくないはずだ。始末できないのなら、せめておとなしく革命派の目につかないようにひっそりとしていてほしいと。

実際ナポレオン二世はオーストリアに連れてこられてからは、クレメンス様の命令で王都ウィーンから出ることをほとんど許されず、隠されるように暮らしているらしい。

現在十一歳の彼は王族の一員として南ドイツにあるライヒシュタットの領地を形ば

かり賜り、通称『ライヒシュタット公』と呼ばれている。

「悪魔と皇室の青い血を引く王子、ライヒシュタット公か……」

なんともすごい存在がいるのだなと、自室のベッドに寝そべりながら電子辞書を調べていた私は、つくづく感じながら独り言をつぶやいた。

運命に翻弄されたとしか言いようがない、こんなドラマチックな人物が歴史上にいただなんて、今までちっとも知らなかった。

しかも、これはクレメンス様やゲンツさんには絶対に言えないことだけれど、電子辞書で調べたところライヒシュタット公は一八三二年……今から十年後に二十一歳の若さで亡くなる。死因はゲンツさんが噂で聞いた通り、肺を病んでいたそうだ。

次期フランス皇帝の座を約束されて生まれながらも三歳でそれを失い、ハプスブルク家の一員として迎えられるも悪魔の子と恐れられ、ウィーンの王宮で籠の鳥のように生き、偉大な血を持ちながら歴史になんの爪痕も残せず、たった二十一年の人生を儚く散らした王子——か。

歴史に名を残す人物はみんな波乱万丈な人生を歩んでいる。けれどなぜだろう。ライヒシュタット公の生い立ちは私にとくに強い印象を与え、その名を深く胸に残した。

私がウィーンに来てからひと月が経った。

秘書官見習いの日々にも男装にも慣れてきた頃、クレメンス様から社交界に出る準備を始めるよう命じられた。

まず必須なのはマナーとダンス。それから会話についていくための教養だ。

この時代の社交界、まずは哲学と芸術に精通していなければ話にならない。幸い哲学については大学で学んだ経験があるし、芸術もこの時代のものは有名な作品が多いので、知識を身につけることはさほど難しくはなかった。もちろんそれ以外にも幅広い知識を得るため、ときには電子辞書に頼り、ときにはウィーン中を歩き回って勉強した。

マナーもクレメンス様の指導のもと難なくクリア。人生で初めてのダンスだけは苦戦したけれど……持ち前の根性で、私はわずか一ヶ月後には社交界に出しても大丈夫との太鼓判を押されるまでになった。

そして五月。ついに社交界で私のお披露目が始まる。

まずはクレメンス様と親しい間柄にある人たちとの夜会や食事会に出席し、メッテルニヒ家の遠縁として紹介してもらった。

はるか東の島国・日本の情報がまだまだ少ない時代だ。どこへ行っても私は注目を浴びた。

「日本人か、初めて見たよ。トルコ人ともまた違った感じだな」

「日本？　知っているわ、シノワズリでしょ。パリに行ったとき見たことあるわ、エキゾチックよね。え？　違う？　それは清《しん》？」

「四ヵ国語が話せるのか。顔はあまり似ていないけれどやっぱり宰相閣下の血筋だな」

大勢の人に囲まれ次々に話しかけられたけれど、クレメンス様に鍛えられたおかげで焦ったり戸惑ったりすることなく、優雅なそぶりで対応できたと思う。もちろん内心は緊張しまくりだったけれど。

会うのはみんな、少なからず宮廷に関わりのある人ばかりだ。いずれ正式な秘書官になったときに必要になってくると思い、私は紹介された人たちの名前と家柄役職領地を片っ端から頭の中に叩き込んだ。こういうのは元社長秘書だった私の十八番だ。

数々の夜会に出向き様々な人を紹介される中で、私が一番驚いたのは世界的大財閥のロスチャイルド家だった。なんでもクレメンス様とは懇意な間柄で、オーストリアはロスチャイルド家からずいぶんと支援を受けているらしい。

二十一世紀でも世界のトップ銀行として名を馳せるロスチャイルド家を前にして、私は自分が今ヨーロッパの中枢にいることをヒシヒシと肌で感じた。

それからほかにも大きな収穫があった。

夜会やサロンなどで様々な話を聞いているうちにわかったのだけれど、どうやらこの世界は私が知っている歴史と違う点が幾つかあるらしい。

以前調べて疑問に思っていたことだけれど、やはりクレメンス様は電子辞書に載っている年齢とは違うようだ。彼は今年で三十一歳だと言っていた。

それだけじゃない、去年没したはずのナポレオンがまだ生きていてセント・ヘレナ島に幽閉されていたり、ゲンツさんはじめロシアの皇帝やイギリスの外相など、この時代にクレメンス様と共にウィーン体制を進めてきた人物たちも揃って年齢が違っている。みんな、電子辞書に記載されているものより若いのだ。

そうなってくると当然彼らにまつわる歴史も少しずつ違ってくる。

クレメンス様は電子辞書によると既婚者となっている。一時期没落しかけたメッテルニヒ家を救うため、オーストリアの名門貴族と結婚し再興したのだとか。

けれどこの世界で彼は妻を娶ったことがないとされている。みんなが口を揃えて「家柄もよく見目麗しいあんないい男がもったいない」と言っている。皇帝陛下にも何度も結婚を勧められたらしいけれど、彼はのらりくらりとかわしているのだとか。

もちろん政略結婚などせずともクレメンス様が宰相にまで上り詰めているということ

とは、メッテルニヒ家は没落の危機になど陥っていないようだ。

まだ詳しくは調べていないのだけれど、おそらくフランス革命の時期もズレている。クレメンス様もゲンツさんも、革命の炎がヨーロッパに広がっていく激動の時代を見てきたと言っているのだ。

けれどフランス革命が起こったのは三十三年前のはず。そう考えると彼らの年齢とつじつまが合わない。つまりフランス革命は十年ぐらい遅れて起きたと推測するのが妥当だろう。

電子辞書やもとの世界で学んだ歴史が間違っているとは思えない。細かいことはともかくとして、大きな事件の年表などが根本から違っていることはまずありえないはずだ。

そう考えたとき、私の中でひとつの仮説が浮かんだ。

私はタイムトリップしたのではなく——並行世界、または地球によく似た異世界にトリップをしたのではないか、と。

我ながらとんでもない仮説を立てたということはわかっている。けれど、そもそもタイムトリップだってとんでもないことなのだ。今さら時間だけでなく異空間を飛び越えたところで大差はない気がする。

とにかく。どうやらこの〝十九世紀ヨーロッパ〟は、もといた私の世界での歴史認識とは、ほんのちびっとだけ違っている。

大きな事件そのものがなくなったり、歴史に名を残す人物が消えてしまったりはしていないけれど、四十年かけて起こったことが二十年くらいにギュッと凝縮されている感じだ。

それがわかったことは大きな収穫だった。

そんなある日、夜会の帰り道でのこと。

「きみは日本ではだいぶ有能な秘書だったみたいだな」

馬車の中で向かいの席に座ったクレメンス様が、私に向かってそう言った。

いきなり有能だなんて言われ、褒められた実感がなく私はキョトンとしてしまう。

するとクレメンス様は、甘いマスクをいつもより屈託なく綻ばせて言葉を続けた。

「一度会っただけで相手の名前、役職、親族の名前まで完璧に覚えるのもたいしたものだが、きみはさらに相手の思想がどの哲学に基づいているかも分析して会話を合わせている。よほど頭の回転が速くなくてはできないことだ。相手が話したい話題を適切に選んでいるのも感心した。満遍ない知識と洞察力があってこそだ。それに加えきみは客人のお茶やワインの好みも完璧に把握している。おかげで我が家の夜会は最近すこぶる評判がいいよ。そこまで機転を利かせ立ち回れる人物はこのウィーンにもそうそういない」

社交界に出るようになってからの自分の行動を褒められているのだとようやく実感し、うれしさで頬が熱くなっていく。

「お、恐れ多いです。クレメンス様のお力添えがあったからこそで、僕ひとりではダンスもろくに踊れない小娘……じゃない、青二才でした」

「たしかに最初はきみのダンスの不慣れさにハラハラさせられたが……まあ、それを補ってありあまる能力だ。自信を持っていい」

馬車の窓から差し込む月明かりに照らされたクレメンス様の顔が、神様のように見える。こんなうれしいことを言われたのは初めてだ。

なにせもとの世界ではボンクラ社長に雑務から重要な根回しまで丸投げされたうえ、『やって当然』としか思われなかったのだから。

感動している私に、クレメンス様は目を細めるとさらにうれしいことを言った。

「王宮へ連れていくのが楽しみになってきたよ」

——期待されてる……！

その言葉がうれしくてうれしくて、私は大げさなほど深くうなずき「はい、がんばります！」と張りきって答えた。

「……すっごい……」

それがこのオーストリアの王宮、ホーフブルク宮殿を初めて間近で見たときの私の感想だ。

六月になりようやくクレメンス様に王宮へ連れていってもらえるようになった私は、ホーフブルクの広大さ、壮麗さにただひたすら目を見張った。

王宮というのは複合施設だ。皇帝一族が生活したり執務を執りおこなう本宮殿を中心に、様々な施設が敷地内に建っている。広さはだいぶ違うけれど、大学の造りに似ているかもしれない。

大小の離宮に礼拝堂、劇場に王宮図書館。それにアウグスティナー宮廷教会。オランジェリーと呼ばれるガラス張りの植物園。さらに宰相官邸、公邸。行政官の宿舎。幾つもの広場にはオーストリアの英雄たちの石像があちこちに飾られ、広大な王宮庭園には池もある。

当然それだけ広ければ移動もひと苦労だ。敷地内では普通に馬や馬車が走っており、街となんら変わらない。

今日からしばらくクレメンス様は宰相官邸での仕事となるので、私も初同行だ。もちろんゲンツさんも一緒である。

本宮殿にまだ入れないのは残念だけれど、王宮敷地内にようやく入れたことは大きな進歩だ。メッテルニヒ邸でのお留守番の日々と違い、なんだか〝出勤〟している気分になる。

今日は午後から宰相官邸で会議があるという。会議に同席し、記録を取るようゲンツさんに命じられた。用意された部屋の大きさを見るに人数はそんなに多くないようだ。

会議室で自分の机と筆記用具を準備していると、侍従に案内されて軍服姿の男性が部屋に入ってきた。

アラフォーといったところだろうか、真面目さがそのまま渋さになったような『苦み走ったイイ男』という形容がピッタリの風貌だ。

黒髪を綺麗にうしろになでつけ、ぴしりと背筋を伸ばした姿はいかにも軍人らしい。緑色の軍服に幾つも勲章がついているところを見るに、階級の高い人なのだろう。

その人がこちらに目を向けたのがわかったので、私はすぐさま彼のもとへ向かうと折り目正しく頭を下げた。

「はじめまして。僕はツグミ・オダ・メッテルニヒといいます。クレメンス様の遠縁にあたる者です。本日は議事録係を務めさせていただきますので、どうぞよろしくお願いいたします」

「なるほど、あなたが噂の『ツグミ』か。最近社交界ではあなたの名が飛び交っている。宰相閣下の秘蔵っ子はアジアの島国から来た子だと」

まじまじと私の姿を見ながら軍人さんはそう言い、それからこちらに手を差し出してきた。

「私はヨーゼフ・ラデツキー。あなたがこれから王宮に出入りすることになれば、顔を合わせることもあるだろう」

(この人がラデツキー将軍……！)

その名前はこの間オーストリアの歴史を調べていたときに出てきたから知っている。ナポレオン戦争や革命の鎮圧などで大活躍した、オーストリアきっての名将軍だ。彼をたたえて作られた『ラデツキー行進曲』は有名で、二十一世紀でもウィーンフィル・ニューイヤーコンサートでは必ずアンコールに演奏されている。

それにしても……やっぱりこの人も年齢がズレている。電子辞書によるとたしか今は五十半ばくらいだったはずだ。

「ラデツキー将軍閣下ですね。ご活躍は聞き及んでおります。お会いできて光栄です」

不審感を抱かれないよう敬意を込めて手を握り返せば、ラデツキー将軍は緑色の目を微かに細めてみせた。

やがて会議室には続々と人が集まってきて、挨拶をしているうちに席が埋まった。

そして最後にクレメンス様とゲンツさんが部屋に入り、話し合いが始まる。

（うわぁ、懐かしいなあ、この雰囲気。日本で秘書やってたときを思い出しちゃう）

オフィスの無機質な会議室とは違い、シャンデリアにダマスク織のカーペットにやたら装飾の施されたテーブルと椅子という華美な会議室だけれど、組織のトップが集まって向き合うこの雰囲気はどこも同じに感じる。

やはり私は根っからの秘書なのだろう。気分が高揚し自然と背筋が伸びた。

今日はどうやら財政関係の会議のようだ。以前ゲンツさんが言っていた通り、オーストリアの公庫はとても厳しいようで、財務大臣がずっと眉間にしわを刻んでいる。

「ピエモンテでの戦いは我が国に大打撃を与えた。そう、我が国の国費に！」

「何度も同じことを言わせないでくれ、スタディオン大臣。イタリアの革命の芽は早急に摘まなくてはいけない。ましてやヨーロッパでの権力拡大を虎視《こし》眈々《たんたん》と狙っているロシアに、介入の隙を与えるわけにはもっといかないんだ」

オーストリアは昨年、イタリアで起きた革命運動を鎮圧するために二度も軍隊を送っている。革命軍はあっさり壊滅したものの、再興中のオーストリアにこの軍事費は痛手だ。公庫は空っぽなうえに、ロスチャイルド家から借金までしたという。

もう使ってしまったものは仕方ないのだけれど、公庫を預かる財務大臣としては軍を出せと命じたクレメンス様を責めずにはいられないのだろう。

「そもそもあんな足並みも揃っていない寄せ集めの革命軍に、二万も兵を送るなど無意味だったのだ。一万、いや、五千でも十分だったのではないのか、ラデツキー将軍？」

クレメンス様に文句を言ったところで埒《らち》が明かないと思ったのか、スタディオン大臣は今度はラデツキー将軍を責め立てる。とばっちりもいいところである。

「お言葉ですが、弾圧に乗り出そうとしていたロシアは九万の兵を用意していたそうです。それに比べてわが軍の二万という数はけっして過剰だとは思いませんが」

ラデツキー将軍にまでやり込められて、ついにスタディオン大臣はハァと大きなため息をついて肩を落とした。

「……イタリアのことはしょうがない。けど、スペインとギリシャに我が国が出せる軍費がないことは、肝に銘じていただきたい」

今ヨーロッパで問題視されている革命運動はイタリアだけではない。フランスの支配下にあるスペインと、トルコの支配下にあるギリシャでも噴煙が上がっているのだ。イタリアはオーストリアの支配下にあるため、イタリアで起きた革命をオーストリアが鎮圧するのは当然だ。しかしスペイン、ギリシャは管轄外である。スタディオン大臣としては管轄外なのだから手を出すなと言いたいところだけれど、オーストリアがウィーン体制の中心国である以上まるっきり知らんぷりというわけにもいかない。

クレメンス様はあきれたように肩をすくめてみせると、「そうならないために、秋にヴェローナで国際会議を開くんじゃないか」と首を横に振りながら言った。

けれどスタディオン大臣の眉間のしわは消えるわけもなく。

今度は国際会議にかかる費用について、喧々囂々《けんけんごうごう》の話し合いが続いた。


それから三時間後。

会議は終わり、私は清書し終えた議事録の提出をしようと、クレメンス様の執務室へと向かっていた。

一階の廊下を歩きながら窓の外を眺め（もうすっかり夕方だな）などと思っていた

私の目に、ある光景が飛び込む。

(……あれは……ラデッキー将軍?)

庭木に囲まれた中庭のベンチに、ポツリとひとりぼっちの人影を見つけた。薄暗くなっていく周囲にもかまわず、背を丸めなにか深く考えているように見える。

声をかけようかどうしようか迷って、私は足を中庭へ向けた。

秘書時代、様々な人と接してきた経験があるせいだろうか。精神的に疲れている人……なんとなく放っておいてはいけない人というのは、見てわかる。

勇猛果敢な将軍に対してそんなふうに思うのは失礼かもしれないけれど、声をかけないといけないような気がした。

「あの……お隣に座らせていただいてもよろしいでしょうか?」

私が近くに来ていたことに気づいていなかったのだろう。ラデッキー将軍は一瞬驚いた表情で顔を上げると、私の顔を見て「ああ、あなたか」とつぶやいた。

「いや、私はそろそろ行く」

そう言ってラデッキー将軍は腰を浮かしかけたけれど、少しなにかを考えると思い直したのかベンチに再び腰を掛ける。そして自分の隣をポンポンと手で叩いて、私にここへ座れと促した。

「あなたとは少し話したいと思っていた。幾つか質問をしても？」

「僕に答えられることでしたら、なんでも」

ラデツキー将軍の隣に腰掛け、深くうなずく。

「あなたは軍に従事したことがないと聞いたが、本当か？」

「はい。日本では対外戦争は何百年もありませんし、今は国内の領土争いも起きていませんから」

私がそう答えると、ラデツキー将軍は驚くように目を見張って「それは……素晴らしいな……」と感嘆の声を出した。

そして前に向き直り口もとに手をあてると、しばらく黙ってからポツリとこぼした。

「いつになればこのヨーロッパも、あなたの国のように戦火が絶える日がくるのだろうか。ナポレオンが失脚し大戦が終わったというのに、あちこちの国で新たなナポレオンを生み出そうとしている。私たちはいつまでその芽を摘み取り続けなければならないのか」

オーストリアを中心に進められているウィーン体制は、王政と大国がヨーロッパを支配する旧体制こそが正義だとしている。けれど、大国に支配され続けている属国はフランス革命以降、独立を求めて革命を起こそうという動きが盛んになっているのだ。

今から二百年後の世界を知っている私は口を噤《つぐ》んでしまう。旧体制を押しつけるウィーン体制が未来永劫続くわけはなく、各国は続々と独立を果たしていくのだから。

未来から見れば、革命を弾圧しているオーストリアの姿は無意味だ。けれど、今、このときを生きている人たちに向かってそれを口にすることがよくないことぐらい、私にもわかる。

私はただ黙っていることしかできなかったけれど、ラデツキー将軍は夕日を眺めながらゆっくりと言葉を続けた。

「……スタディオン大臣があのように言いたくなる気持ちもわかる。彼は国の大事な財政を預かっているのだからな。……けど、我々とて好きで軍を動かしたわけじゃない。鎮圧とはいえこちらも兵を失った。未来ある若者が命を落とし、あるいは癒えない傷を負った。それを……無意味だなどと……。私は彼らの墓にどんな顔をして出向けばいい？　革命を抑えヨーロッパの平和のために尽くした英霊に、国の大臣たる者がなぜあのような言葉を吐けるのか！」

ラデツキー将軍は真面目で情に厚い人だ。憤りと苦悩を滲《にじ》ませた横顔からは、それが痛いほどに伝わってくる。

彼はしばらく唇を噛みしめると、片手で顔を覆って息を吐き出した。

「……すまない。あなたのような異国から来たばかりの若者に聞かせる話ではなかった」

「あ、あの……！」

従軍したことがないどころか、この世界に来たばかりの私がむやみに口を出せることでないのはわかっている。

でも、つたないながらも自分なりに思いを巡らせることはできる。

「従軍したこともない僕が言うのもおかしな話なんですが……もし僕がオーストリア軍の兵士だったら、幸福だと思います。ヨーロッパの平和のために従事できることも光栄ですが、もし命を落としたとしてもラデツキー将軍閣下のような素晴らしい上官に花を手向けられ、その働きを認めていただけただけで……僕の魂は救われると思います」

平和な日本で生きてきた私に、大義名分があろうと命を懸けて戦う意味は理解できない。けれどももし、そうならざるを得ないのならば——せめて有能な人に付き従い、最後はその働きを認められたいと思う。

私がそう考えるのはきっと、もとの世界でそれがかなわなかったからだ。

身を粉にして尽くし働いたというのに、最後に私に残ったものは感謝でも称賛でもなく、冤罪《えんざい》という裏切りだった。

結果的にこうして異世界にトリップできたからよかったものの、あのまま川で溺れ死んでいたら私の魂は絶対に浮かばれなかったに違いない。

それに比べてラデツキー将軍のなんと情深く正義感の強いことか。戦争も戦死も絶対に嫌だけど、立派な上官にここまで真摯に悼《いた》んでもらえれば、救われる魂がきっとあるのではないかと私は思う。

ラデツキー将軍は緑色の瞳でジッと私を見つめていた。

もしかして的はずれなことを言ってしまったのではないかと内心焦っていると、彼は黙ったままベンチから立ち上がり、私の頭の上に軽く手を置いた。

「あなたがもし軍に入りたいと願うときがきたら、私に言うといい。私の側近の部隊に置いてやろう。……もっとも、その細すぎる体を鍛えてからだがな」

そう言い残して立ち去っていったラデツキー将軍のうしろ姿は、背筋が伸びて胸を張った堂々としたものだった。

夕日に染まったその姿を眺め、私は胸に少しだけ安堵を覚えた。

中庭から戻り急いで執務室へ行くと、部屋の中にはゲンツさんしかいなかった。

「メッテルニヒの奴なら本宮殿に行ってるぜ」

窓の近くの机で書き物をしながら、ゲンツさんはそう言った。

「そうですか。じゃあ、本日の議事録、机の上に置いておきますね」

手にしていた書類を執務机の上に置き、部屋を出ようとしたときだった。

「ちょっと待ちな」

私を呼び止めて、ゲンツさんが席から立ち上がりこちらへと向かってきた。

「さっき中庭でラデツキー将軍となにか話し込んでただろ。なにを話してた、言ってみろ」

どうやら執務室の窓から私たちの姿は見えていたらしい。べつにとがめられるようなことはなにもないけれど、私の前に立ちジッと見据えてくるゲンツさんの視線は厳しかった。

今現在ウィーンの宮廷はデリケートな雰囲気に包まれている。ウィーン体制の中心国とはいっても、その考え方は一枚岩ではないのだ。

とくにイタリアの政治経済の運営については意見が分かれており、皇帝陛下とクレメンス様との間でも一時期意見の食い違いから不穏になったことがあるほどだ。

ゲンツさんは私がラデッキー将軍になにか吹き込まれたか、あるいはその逆でクレメンス様の考えを探られるようなことがなかったか、疑っているのだろう。

「べ、べつに……たわいないおしゃべりをさせていただいてただけです。ラデッキー将軍のような素晴らしい上官を持った兵士たちは幸せ者だなあ……、と」

私がラデッキー将軍と話した内容は本当にそれだけだ。ただし、彼がスタディオン大臣の言葉にひどく傷つき憤慨していたことは、もちろん伏せておく。

「本当か？」

「本当ですっ！」

こちらの顔を覗き込むゲンツさんの目をしっかり見つめ返しながら言うと、彼はパッと顔を逸らし、それからどうしてか非常に不愉快そうな表情を浮かべた。

「ふーん……ならいいけどよ。……いや、やっぱよくねえ。おもしろくねえぞ」

「え？」

納得したのかしてないのか、よくわからないゲンツさんの反応に私は眉をひそめて目をパチクリさせる。

すると、ジリジリと壁際に追い詰められ、顔の脇にドンと手をつかれた。……これって壁ドン？

「ラデツキー将軍の部下がうらやましいってか？　たしかにあのおっさんはオーストリアになくちゃならねえ名将だけどよ、でもお前にはもっと、もーっと優秀で優しくて素晴らしいお師匠様がいるんじゃないのか？　ん？」

しかめた顔をジリジリと近づけてくるゲンツさんの台詞《せりふ》に、私は呆気にとられる。

（もしかして、やきもち焼いてる？　自分の弟子がほかの上官を褒めたから？）

思わず噴き出しそうになりながら、私は近づいてくる顔を押し返して微笑んだ。

「も、もちろんです。僕のお師匠様はヨーロッパ一、いえ、世界一素晴らしい上官です。いつもご飯をおごってくれるし、大人の遊びを教えてくれたし、もちろん秘書としての知識もたくさん与えてくれて……ぼ、僕は世界一幸せな弟子だなあ！」

私の称賛を聞いて、ゲンツさんの顔がニーッと上機嫌に綻ぶ。なんてわかりやすい。

「よし！　それでこそ俺の弟子だ！　俺は世界一優しい上官だからな、肝に銘じておけ。もう二度とほかの上官を褒めるんじゃねえぞ」

私を壁ドンから解放したゲンツさんは、高らかに笑い声をあげた。そしてホッとしている私の肩を強引に組むと、「そんじゃあ今夜も優しい俺様がお前を遊びに連れていってやるか！」と言って、引きずるように部屋の外へと連れ出す。

「い、いいんですか？　この間の借金もクレメンス様に返してないいんじゃ……」

「だーかーら、メッテルニヒに返す金を稼ぎにいくんじゃねえか。今夜は大勝ちの予感がするぜ」

ゲンツさんは大の美食家であると共に、大の博打好きだ。私にもしっかりと賭博を教えたうえ、事あるごとにこのようにカジノへ連れていく。そして負けが込むとクレメンス様に借金をする始末なのだ。

(またクレメンス様に叱られるだろうに……こりない人だなあ)

ゲンツさんに強制的に引きずられながらこっそりため息をつくけれど、こうして思いっきり遊んで仕事のストレスをためないことは大事なことだなと思い直し、私はおとなしく彼についていくことにした。

私がとうとう本宮殿に出向き、皇帝陛下への謁見《えっけん》がかなったのは翌週のことだった。

まだウィーンに来て三ヶ月足らずの若造がこんなに早く皇帝陛下のお目通りがかなったのは、もちろんクレメンス様の口添えがあったからにほかならない。

しかし。初めての謁見に緊張しながらも無事に皇帝陛下への顔見せを済ませた私は、ホッと胸をなで下ろしたのも束の間。なんと初めて来た本宮殿で迷ってしまった。

来るときはクレメンス様が一緒だったのだけれど、忙しい彼は私の謁見が済むと

「私は陛下と話があるから先に官邸へ戻っていなさい」と言っていなくなってしまったのだ。

「……正面玄関って、どっちだっけ」

方向音痴ではないつもりだけれど、来るときは緊張していてあまり道順を覚えていなかった。おまけに王宮の中はどこも豪華なドアと彫刻の並ぶ廊下ばかりで現在地が把握しにくい。いったい私は今どこにいるんだろう。

あまりウロウロしているのも怪しまれるので、恥を忍んで誰かに聞こうかなと考えていたときだった。

「あんた、誰」

ふいにうしろから声をかけられて、私はビクリと肩を跳ねさせた。

そして驚いて振り向いた先にいた人物を見て、さらに百倍ビックリする。

（うわ……っ！　天使……⁉）

そこには、目を疑うほどの美少年がいた。

ふんわりとしたプラチナ色のブロンド。透けるような白い肌。大きくて海のように青い目。通った鼻筋に小さめの口は高貴そのものといった顔立ちで、触れがたいほどの品位を醸し出している。

身長は私と同じくらいだけれど軍服に包まれた体はスラリとしなやかで、清々《すがすが》しい少年の魅力にあふれていた。

クレメンス様もかなりの美形だけれど、この少年の美しさは桁違いだ。顔立ちやスタイルのよさだけではない、彼のすべてから神々《こうごう》しいほどのオーラと品格が滲み出ている。

「あの、えっと……」

あまりの衝撃に言葉が出てこなくなってしまった私を、少年は腕を組み訝しそうに眺めた。

「さっきからこの部屋の前を行ったり来たりしてたでしょ。見ない顔だね、もしかして迷子？」

『迷子？』と尋ねた少年の口もとが、微かに悪戯《いたずら》っぽく笑った。笑みをたたえると途端に少年らしいあどけなさが全開になって、ますます私を惹きつける。

（か、かわいい……っ！　弟にしたい！　こんなかわいい弟に振り回されたい！）

よくわからない庇護《ひご》欲にかき立てられながら、私も笑みを浮かべて頭をかいてうなずく。

「お、おっしゃる通りで……。今日初めて本宮殿に来たんだけど、帰ろうとして迷っちゃいました……」

素直に迷子だと認めると、少年はますます楽しそうに顔を綻ばせた。

「あははっ、本当に迷子だったんだ！　まあ、ここって無駄に広いしね。初めて来る人にはわかりにくいかな」

そして軽く私の手を引くと、今度は少し得意そうに目を細めてみせた。

「僕が案内してあげる。そのかわりしばらく話し相手になってよ、ちょっと退屈してたんだ」

ひんやりとしたスベスベの手に掴まれて誘導されながら、私は宮殿の廊下を歩きだした。

「ウィーンじゃあまり見ない顔立ちだね。年は？　出身地はどこ？　どうして本宮殿に出入りできるの？」

よほど好奇心旺盛なのだろうか、少年は矢継ぎ早に質問してくる。

「えっと、僕はツグミ・オダ・メッテルニヒ。出身は日本という国で、ジャーマル人と日本人の血を引いています。年は十八歳で……メッテルニヒ家の遠縁にあたる者です。今日は宰相閣下が皇帝陛下にお目通りしてくださって、皇帝皇后両陛下に謁見してまいりました」

「十八歳⁉　僕よりちっちゃいのに僕より七歳も年上なの？　てっきり同い年くらいかと思ったよ」

大きな目を真ん丸にして驚いた少年は、興味深そうに私を上から下までジロジロと眺め尽くした。

これがほかの人だったら失礼極まりないと思うところだけれど、この少年だとなんだか許せてしまう。あまりにも無邪気だからだろうか。

「日本……日本……なんだっけ、インドの島国だっけ？　そこの国の人はみんなあんたみたいに小柄なの？　そんなんじゃ立派な軍人になれなくない？」

「日本はインドじゃなくアジアですよ。清より東にある小さな島国です。僕はたしかに小柄ですが、ほかの日本人は違います。ただ、長らく対外戦争がないので軍というものはありません」

「えぇーっ⁉　軍も戦争もないの⁉」

今までこの手の質問は散々されたけれど、こんなに驚かれたのは初めてだ。少年は『信じられない』という表情のまましばらく固まり、まるで苦手な食べ物でも前にしたような苦々しい表情を浮かべた。

「うへぇ。僕だったらそんな国じゃ生きていけないな。軍服に一生袖を通さない人生なんて考えられない。戦争がないということは、あんたの国には英雄もいないんでしょ？　うわぁ、神様はずいぶんと残酷な国をつくったもんだ」

「えぇ……」

こんな反応をされるのは初めてで、私は思いっきり面食らってしまう。

戦争がないというとうらやましがられることはあったけれど、哀れまれるなんて初めてだ。

（そういえばこの子……私より七歳下ということはまだ十一歳だよね。当然軍人なわけないし、なんで軍服着てるんだろう）

ふとそんな疑問が湧いた私の頭の中には、まるで連なるように次々と新しい疑問が湧いてくる。

（っていうか、この王宮の本宮殿でそんなこと言っちゃって大丈夫なの？　オーストリアの人ってみんな先の大戦で辟易《へきえき》してるんじゃないの？　……その前に、まだ子供なのに我が物顔で本宮殿を案内できるこの子っていったい……）

なんだか不思議な感じがする。この世のものとは思えないほどの美貌も、まばゆいほどの高貴さを放ちながらやたら無邪気なのも、ウィーンでは珍しい戦争賛美者なのも。

妙な気分に陥って、私は思わず足を止めた。

急に止まった私を不思議そうに見つめる少年の姿が、現実離れして見える。美しく高貴な彼は誰よりもこの宮殿になじんでいるように見えるのに、ここにいることが間違っている異質な者のようにも感じる。

まるで――そう、宮殿の天井に描かれている天使のように。

「どうかした？　具合でも悪いの？」

少年に顔を覗き込まれて、私はハッと我に返る。

いくら彼が変わってるからといって、妙なことを考えてしまったと内心苦笑して首を振る。

「ちょっとボーッとしてしまいました」

取り繕うように笑って言えば、少年はどことなくホッとした表情を浮かべた。

「それならいいけど。具合が悪いなら早めに医者にみせなよ。ウィーンは空気が悪いからね、すぐに肺を病む。あんたみたいに小柄で華奢な人は余計だよ、気をつけな」

どうやら本気で心配してくれていたようで、そのいじらしさに胸が締めつけられる。

（ちょっと変わってるけど、優しくて無邪気で本当にいい子だなあ。すごくかわいい……）

こんな弟が欲しい、いっそ息子でもいいとさえ思う。いや、彼があと七年もすれば恋の相手だって……とアホなことを考えて、今の自分が本当は二十六歳だったことを思い出した。やめよう、さすがに十五歳差はハードルが高い。

「どうもありがとう。でも大丈夫ですよ。僕は小柄だけど体はすごく丈夫なんです。ここ数年、風邪ひとつひいてませんから」

馬鹿な考えを払拭《ふっしょく》しながら言えば、ようやく少年の顔がパッと綻んだ。まるで花が咲いたみたいに明るいその笑顔は、初対面にもかかわらず私に〝愛しい〟と思わせるほどの魅力にあふれていた。

玄関ホールの前まで送ってくれた少年は、礼を言って頭を下げた私の手を両手で掴んで言った。

「ねえ、また会える？　あんたともっと話がしたいんだ。まだしばらくホーフブルクにいる？」

別れを惜しんでくれる姿が愛らしくて、私はまたしても胸をキュンキュンさせる。

「今週は宰相官邸にいる予定です。その後は夏季に入りますからしばらくは会えなくなるかもしれませんが、秋には戻りますから。また必ず会えますよ」

「約束だぞ、絶対だよ」

名残惜しそうに青い瞳で見つめる少年に、私は自分の小指をそっと差し出した。

「これは僕の国で約束を守るおまじないです。こうして小指を絡ませて……指切りげんまん、嘘ついたらハリセンボン飲ーます……って」

指切りをしてみせた私に、少年はしばらくポカンとした後、あははっと愉快そうに大声で笑った。

「針千本だって！　あんたの国は怖いな。でもそれなら絶対に約束は破れないな、すごいおまじないだ」

指切りをほどいた少年は自分の小指をしげしげと眺めた後、肩をすくめもう一度楽しそうに「ひひひっ」と笑っていた。

「じゃあね」と言って手を振り、踵を返そうとする少年に向かって、私は慌てて声をかける。

「あの、名前……名前、教えてくれませんか？」

一番大事なことだ。後日、本宮殿に来ることがあっても名前がわからなければ会えないかもしれない。

けれど少年は眉をひそめると、少し考えてから首を横に振った。

「あんた、〝M〟の親戚なんだろ。じゃあ教えない」

「え、M？」

「メッテルニヒ宰相のことだよ。今日のことも、Mには言わないほうがいいと思うよ」

……どういうことなんだろう。さっぱり意味がわからない。

「今日僕とツグミが会ったことは、ふたりだけの秘密だ。僕たちは何者でもない、ただの友達だ。それでいいだろう？」

「は、はあ……」

どうして正体を隠すのだろうか。さっき抑え込んだ彼への疑問が、またムクムクと湧き出そうになる。

不思議そうな顔をしていると、少年は自分の胸を親指で軽く叩きながら「僕のことは『レグロン』って呼んでいいよ」と言って、得意そうに歯を見せて笑った。

そして踵を返すと「じゃあね」と手を振って、今度こそ宮殿の奥へと去っていく。

「……レグロン……フランス語で子鷲のことだっけ？」

玄関ホールのシャンデリアの下に立ち尽くしながら彼を見送っていた私には、その背に一瞬、翼が見えたような気がした。

国際会議でやらかしてしまいました

それから、あの不思議な少年に会うことはなかった。

本宮殿にはあれから一度だけクレメンス様のお供で行くことができたけれど、残念ながら少年の姿を見ることはできなかった。

（やっぱり名前がわからなくちゃ、そう簡単には会えないよねぇ……）

結局あの少年には会えず、その正体を知ることもなく、ウィーンは夏を迎えた。

この時代、王侯貴族は夏になると避暑地へと移動してしまう。

皇帝一家も、同じウィーン市内ではあるけれど、郊外にある夏の離宮シェーンブルン宮殿に住まいを移すのだ。

そしてクレメンス様もシェーンブルン宮殿に通う傍ら、本格的な夏になるとウィーンにほど近い温泉地バーデンの別荘に腰を据えるようになった。

十月にはイタリアのヴェローナで国際会議がおこなわれ、クレメンス様は議長を務める。その準備があるのでバカンスを満喫するというわけにもいかないのだけれど、バーデンでの日々はウィーンにいるときよりはだいぶのんびりと過ごせたように思う。

クレメンス様いわく、バーデンの温泉は怪我や病気だけでなく肌にも抜群にいいらしい。なるほど、だから毎年来ている彼はこんなに美しいのかと妙に納得し、一緒に連れていってもらった私はあやかりたいとばかりに仕事の合間を縫っては、せっせと入浴と飲泉をしにいった。

そんな感じで、私がこの世界に来てから初めての夏が終わり、季節は本格的な社交界シーズン及び政治の季節へと移っていく。

イタリア、ヴェローナ。

シェイクスピアの戯曲『ロミオとジュリエット』の舞台として有名な町だ。

中世の面影を残すこの街に、秋の深まりと共にヨーロッパ中の重要人物たちが続々と集まってくる。

私がクレメンス様とゲンツさんと共にヴェローナに到着したのは、十月半ばのことだった。

公使館には、ロシアの皇帝、プロイセン国王、イギリスの外相、フランスの外相、イタリアの有力諸侯、かの大財閥ロスチャイルド男爵《だんしゃく》、それに我がオーストリアのフランツ一世皇帝らが顔を揃えていた。

（すご……これってもとの世界でいうEU首脳会議みたいなものじゃない？）

いくらクレメンス様の遠縁を名乗っているとはいえ、自分がこんなところにいるのは場違い感がすごい。

「……僕って本当にここにいてもいいんですかね……？」

情けない小さな声でそんなことをゲンツさんに聞くと、「今さらなに言ってるんだ。いいから働け、こっちは忙しいんだ」と叱られた。そもそもゲンツさんも会議期間は議長のクレメンス様の補佐として事務総長を務めるのだから、忙しくて猫の手も借りたい状況なのだ。

私は会議の裏方として晩餐会から余興の手配の指示、会議の資料の準備確認、おまけにヴェローナ滞在中、要人にあてられる手紙の検閲まで、あちこちに駆け回りてんてこまいだった。

国際会議というのは硬と柔だ。

テーブルを囲んで険しい顔で意見を交わすだけが外交ではない。晩餐会や舞踏会、夜会など和やかな空気の中でこそつくれる関係というものがある。

もとの世界でも、取引先との打ち合わせには接待や会食は必須だった。

その辺は今も昔も変わらないなと思いながら、私は豪華絢爛なパーティー会場を眺めていた。

各国の要人、大使、使節団はもちろん、秘書官や側近や私のような補佐的な人たちもいるため、会場は大賑わいだ。テーブルに並んだワインやパンチ、レモネードなどがあっという間に消えていく。

あちこちから明るい声が聞こえる会場で、とくに盛り上がりを見せる一角があった。

「パルマ公がウエリントン将軍を破ったぞ」

そんな声があがり、周囲がわっとざわめく。

私も好奇心を隠せないまま輪に近づき、そっと中心にいる人物を眺めた。

人に囲まれた中心にいるのは、扇で口もとを隠し上品に笑う女性と軍服を着た男性だ。

(あの人がパルマ公……マリー・ルイーゼ王女……)

みんなの注目を集めながらトランプゲームをやっていたのは、フランツ一世皇帝の長女、マリー・ルイーゼ王女だ。今はイタリアのパルマ公国に住み、国を治めている女王でもある。

彼女こそ、あのナポレオンの妻だった女性だ。

十二年前、オーストリアのために十八歳の若さで、悪魔と呼ばれていた敵国のナポレオンに嫁がされた悲劇の王女。そしてたった四年で夫は失脚しオーストリアへ連れ戻された、運命に翻弄された女性だ。

けれど、今の彼女の姿を見ているとあまり悲壮感はない。

イギリスの将軍にトランプゲームで勝ちうれしそうに笑っている姿は、まるで無邪気な少女だ。そばには彼女の侍女か相談役の女性が付き添っていて、何度も顔を見合わせては幸せそうに笑みをこぼしている。

（なんか思っていた印象と違うけど……お幸せそうならなによりかな）

そう考えて人垣の合間から彼女の姿を眺めていた私だけれど、ふとなにかが胸に引っかかった。

年齢を感じさせないあどけなくも美しい笑顔に、なぜか見覚えがある気がする。思い出そうとしたところでトランプゲームがお開きになったので、私も考えるのをやめてその場を離れた。

翌日より、会議は本格的に始まった。

実際話し合いのテーブルに着けるのは主要国の代表だけで、外交団、使節団、陳情団体、それに接待委員会らは傍聴席での参加となる。

私もクレメンス様が手配してくれたおかげで傍聴席で会議を見ることができた。

メインとなる議題は、ブルボン朝王政の支配下にあるスペインの革命問題と、トルコ支配下にあるギリシャの独立問題。

スペイン問題についてはフランスが干渉し革命軍を鎮圧することが決まったけれど、ギリシャ問題に関しては、そう簡単にはいかないようだった。

ウィーン体制は王政を推し進める正統主義だ。独立や共和政、革命はヨーロッパの平和を乱すものとして、鎮圧すべきと考えられている。

けれど、ギリシャに対するトルコのいきすぎた暴政には各国が同情していた。

私にはわからないけれど、古代ギリシャ文化というのはヨーロッパ人にとってある種の憧れなのだそうで、はっきり口に出さずとも各国がギリシャを応援したい気持ちが見え隠れしていた。

要は、ウィーン体制としては独立・革命を抑えなければいけないけれど、心情的にはみんな、ギリシャを応援したいというジレンマに陥っているのだ。

会議期間目いっぱいまで話し合われたけれど、結局最善といえる解決策は見つからず、クレメンス様とイギリスのカッスルリー外相が出した「トルコの自制を待つ」という結論に至った。

最後の会議も終わり、いよいよ明日はヴェローナを発つという夜。

公館では夜通し舞踏会が開かれて会議のフィナーレを飾っていた。

ヴェローナでの日々を惜しむように各国の参加者が集い、会場はおおいに賑わっている。

私も参加し、つたないながらもだいぶ慣れてきたワルツを楽しんだ。

相変わらず日本人は珍しいようで、いろいろな人たちに話しかけられた。とくにロシアの皇帝は珍しもの好きな人のようで、それはそれはたくさんの質問を浴びせられ、最後には「うちの国へ来ないか」と誘われたほどだった。

そんなふうに楽しい時間を過ごし宴もたけなわになってきた頃、少し神妙な顔をしたゲンツさんに呼ばれた。

素直に駆けつけると、ダンスで賑わうホールの片隅で、クレメンス様ともうひとりの男性が長椅子に座って私を待っていた。

いかにも知的な感じで少し神経質そうにも見えるこの人は、イギリスのカッスルリー外相だ。

実はこの人物、私のもといた世界の歴史では、この時点ですでに亡くなっている。死因は自殺だそうな。

どういういきさつで彼が生き延びることになったかはわからない。けれど、カッスルリー外相はクレメンス様の友人であり、ウィーン体制において志を同じくする強い味方だ。今回の会議でもイギリスがオーストリア側についてくれたおかげでクレメンス様の発言力が増したことを考えると、彼が生きていてよかったと私は密かに思った。

「紹介しよう。私の遠縁にあたる子で、ツグミという。今年の春まで日本に住んでいた。今はゲンツにいろいろと教わりながら、私の補佐をしてくれている」

クレメンス様に紹介されて、私は姿勢を正してお辞儀をする。

「ツグミ・オダ・メッテルニヒです」

「ああ、きみが例の日本人か。カッスルリーだ、よろしく。メッテルニヒから手紙で聞いている。きみは異国から来たばかりだが、気が利いて話もうまいそうじゃないか。ゲンツもきみをずいぶん気に入っているとか」

「ぜひカッスルリーには会わせたいと思っていてね。紹介できてよかった」

褒められて面映ゆい気持ちになりながら、私ははにかんだ笑顔でカッスルリー外相と握手を交わす。すると。

「今日の会議について、きみの意見を聞いてみたいと話していたんだ。戦争のない国で育ったきみの目から見て、トルコ・ギリシャ問題はどう思う?」

いきなりクレメンス様にそんな質問を振られて、私は「えっ？」と一瞬慌てた。

まさか私なんかに意見を求められるなんて思ってもいなかったので焦ったけれど、考えてみればここへは遊びで連れてきてもらっているわけではないのだ。ヴェローナにやって来た誰もがこの問題を考え、自分なりの意見を持つ必要がある。

それにクレメンス様は時々こうして、不意打ちで私の力量を測る。

慌てている場合ではないと自分に活を入れ、必死に頭の中で考えをまとめた。

「……我が国もギリシャにつくべきだと僕は思います。ウィーン体制はたしかに大事ですが、形骸化してしまっては意味がありません。ギリシャに手を差し伸べたいという各国の思いこそが、ヨーロッパの結びつきを強くするのではないでしょうか。そしてギリシャが独立を果たした暁には、我がハプスブルク家の者を国王の座に据えることで欧州のパワーバランスの均衡を図るべきです」

ヴェローナ会議の最重要課題であるギリシャ独立問題については、もちろん事前に電子辞書で調べてある。

この後結局イギリス・フランス・ロシアはギリシャ支援につき、ギリシャは八年後に独立を果たす。いつまでも煮えきらずどっちつかずだったオーストリアは完全に蚊《か》帳《や》の外になってしまうのだ。

だったらウィーン体制にこだわらず先手を打つべきだという考えは、未来をカンニングしているみたいでちょっとずるいだろうか。

私の意見を聞いて、クレメンス様もカッスルリー外相もゲンツさんもこぼれそうなほど大きく目を見開いた。

そして沈黙の後弾けるように笑いだしたのは、なんとクレメンス様だった。

「驚いたよ、ツグミ。ウィーンに来て半年のきみがそんな立派な考えを持つようになっていたとはね」

もしかしてウィーン体制を否定するようなことを言って怒らせてしまっただろうかと、内心ハラハラする。

クレメンス様は少し押し黙ってなにかを考えると「参考にさせてもらおう」と言い残し、カッスルリー外相を連れてホールの外へと出ていってしまった。

「ぼ、僕、生意気なこと言ってしまいましたかね……？」

冷や汗をかきながらゲンツさんのほうを振り向くと、彼はまだポカンと驚いた表情のままだった。

「いや……メッテルニヒは率直なお前の意見が聞きたかったんだからかまわねえよ。けどなあ……形骸化かあ。メッテルニヒも痛いところを突かれただろうな」

感心したように言ってから、ゲンツさんはククッと肩をすくめ苦笑いをしてみせた。そして周囲を見回してから声を潜めて言う。

「ウィーン体制はまさにメッテルニヒが要となって推し進めてきた政策だ。あいつとしてもイタリアの革命は徹底的に弾圧したのにギリシャは許すなんて簡単には言えない立場なんだよ。けどトルコの味方につくわけにもいかねえし、せっかく会議を開いても結局立ち位置がはっきりせずモヤモヤしてたみてえだな」

クレメンス様がそんなに悩んでいた問題なのに軽々しいことを言ってしまって、やっぱり怒らせてしまったんじゃないだろうかと気をもむ。けれどゲンツさんはそんな私の額を軽くピンと指で弾いてから、ニンマリと笑った顔を近づけた。

「あいつが欲しかったのは、ご立派な建前だ。ウィーン体制の理念と相反さない姿勢で、ギリシャを支援できる建前がな。〝形骸化〟ってのはよく言ってやったと思うぜ。必死にウィーン体制にしがみついているメッテルニヒにとっちゃ耳の痛い言葉だろうけど、あいつの探してた〝立派な建前〟に使える。……動くぜ。お前のひと言で、ヨーロッパが」

ゾクリと、全身が震えた。

（ヨーロッパが動く……？　まさか、私なんかの言葉で？）

いくらメッテルニヒ家の遠縁を名乗らせてもらっているとはいえ、私はなんの役職も権力もないただの見習いだ。もっと言ってしまえば、異世界から来たただの凡人だ。

そんな私がまさか、歴史に影響を及ぼすとでも言うのだろうか。

「まさか……そんな」

引きつりながらヘラリと笑うけれど、ゲンツさんは楽しそうに口角を上げるだけで冗談だとは言わない。


――そして半年後。

「ヨーロッパの真の平和と統治のもとに」という名目で、オーストリア、イギリス、フランス、ロシアのギリシャ支援が決まり、協定が結ばれた。

私の目の前で、歴史が変わった瞬間だった。

祝、宰相秘書官就任！

一八二三年、五月。

私は皇帝陛下の承認でついに正式な宰相秘書官になることができた。

あちこちの社交界で顔を広め、ヴェローナ会議のような重要な場にも同行させてもらえたおかげだ。そしてなにより、私を強く推薦してくれたクレメンス様の力が大きい。

この時代のオーストリアに内閣制度はなく、皇帝陛下の下には宰相と外相と内相、蔵相しかいない。はっきり言ってヨーロッパ諸国の中でもかなり遅れた政治体制だとは思うけれど、おかげで異国から来た私でも強力な後ろ盾さえあればこのように官職に就けるわけだ。

「オーストリアのため、敬愛する陛下のため、この身を賭して職務にあたらせていただきます」

就任の報告が届いた私は、ホーフブルクの本宮殿に赴いて皇帝陛下に就任のお礼のための謁見をしてきた。

フランツ一世陛下は「よく励むように」と私を激励してくださった。

（ついに私も宰相秘書官かあ……ようやく正式な仕事持ちになれたよ、うれしいなあ）

一年前には何者にもなれず愕然《がくぜん》としたことを思うと、本当にホッとする。第二の人生で私はようやくツグミ・オダ・メッテルニヒ宰相秘書官という立場を手に入れたのだ。

とはいっても、することは今までとあまり変わらないのだけれど。

私は新米の秘書官なので、秘書官長であるゲンツさんから教わることはまだたくさんある。師弟関係はこれからもしばらく続きそうだ。

まあなににせよ、目標だった宰相秘書官になれたことはうれしい。

ただ――私はヴェローナ会議後から、発言には慎重を期すようになっていた。

ギリシャ問題は、私のひと言で史実と異なる結果になってしまった。

ここは私のもといた世界の過去とは違うとわかっていても、なんだかとんでもないことをしてしまった気持ちが拭えない。

もしかして過去に起きていたズレも、こうして私のような異世界から来た人がうかつに少しずつ変えていってしまった結果なのだろうか。

（とにかく、これ以上は史実とのズレをつくらないようにしよう。ズレができた結果、

なにが起きるかわからないもんね）

それこそ、万が一にでも大きな戦争なんか引き起こしてしまったら大変だ。口は災いのもと、と自分を戒め、本宮殿の廊下を歩いていたときだった。

「ツグミ！」

誰かに呼び止められ、私はハッと足を止める。キョロキョロと辺りを見回していると、中庭からバルコニーを通ってこちらへ駆けてくる少年の姿が見えた。

「あ！　えっと、えーっと、なんだっけ……あ、鷲！　鷲の子、レグロン！」

それは去年の夏前、本宮殿で会ったあの不思議な美少年だった。

レグロンという、オーストリアではなかなか耳慣れない言葉を思い出せずにいた私に、彼はプッと噴き出しておかしそうに笑いながらこちらへ駆けてくる。

「あはは、あはは、はは……、やっぱあんた、変だ」

息を切らして私の肩にもたれかかるように手を掛けながら、少年は額の汗と笑いすぎて滲んだ涙を拭った。

けれど急いで駆けてきたからか、彼はゴホゴホと咳をしだし苦しそうに口もとを押さえる。

「大丈夫ですか？」

心配して背をなでる私に少年は咳き込んだまま何度かうなずき、やがて深呼吸を繰り返して息を整えた。

「今年は雨が多いからちょっと咳が出やすいんだ。でも大丈夫」

ようやく落ち着いた様子で笑顔を見せた少年に、私もホッと安堵の息を吐いた。

――それにしても。

「なんか、大きくなりましたね。僕、すっかり抜かされちゃった」

さすが成長期とでも言うべきか。背筋を伸ばした少年の身長は、優に私を超えていた。もうすぐ一七〇センチに届くんじゃなかろうか。

「あれからどれだけ経ったと思ってるんだよ。ツグミが会いにきてくれない間に一年近く経っちゃったんだぞ。そりゃあ身長だって伸びるさ」

少年は唇を尖らせ拗《す》ねたように言う。背丈はもう大人と変わらないのに、表情や言動は相変わらずなのが、なんともかわいらしい。

「ごめんなさい。本宮殿には何回か来てたんだけど、あなたのこと捜せなかったんです」

「ふーん、まあいいや。で、今日はどうしたの?」

「今日は陛下に官職就任のお礼を述べに謁見に来たんです。僕、宰相秘書官に就任したんですよ」

少し得意そうに言えば、少年は「えっ本当に⁉」とこちらの予想以上に驚いた様子を見せた。

そして私の両肩を掴むと、相変わらず天使のように綺麗な顔を近づけて聞いた。

「宰相秘書官ってことは、もしかしてヴェローナ会議にも行ったの⁉」

「え？　ああ、はい、行きました」

「いいなあ！　うらやましい、僕も行きたかったあ！」

ヴェローナ会議に参加できたことはたしかに光栄だけれども、そんなにうらやましがられるとは思わなかった。しかも官職に憧れているならともかく、軍人に憧れている彼がどうして国際会議などに行きたがるのか、よくわからない。

すると彼は私の肩を掴んでいた手を離し、さっきまでの興奮した様子と打って変わって静かな声で言った。

「……会いたい人が、ヴェローナに来ていたんだ」

「会いたい人？」

いったい誰だろうと思ったけれど、彼は少しだけ切なそうな笑みを浮かべただけで、その人の名を語ろうとはしなかった。

……つくづくこの少年は不思議だ。本宮殿に住んでいるということは、王族に縁のある人物に違いない。ならば、本人が強く希望すれば国際会議に同行することも可能だったんじゃないだろうか。

「行けばよかったのに。あなたの年齢なら、後学のためにとでも言えばお許しが出たんじゃないですか?」

素直に疑問を口にすれば、少年は「ははっ」と乾いた笑いをしてから、私の背中をバシバシと叩いた。

「駄目だよ。僕にはウィーンから出られないように呪いがかけられてるんだ。だから、どこへも行けない」

「の……呪い？」

驚いて目をむいた私を見て、少年は今度は大声で笑う。

「そうだよ。だから僕はいつだってこの王宮でお留守番さ。ねえ、それよりヴェローナ会議の話をしてよ。誰がいた?　パーティーは盛り上がってた?　あ、〝M〟の話はいらないよ。僕、アイツのこと嫌いだから」

「は、はあ」

ウィーンから出られない呪いってなんだろう?　なにかの比喩《ひゆ》だとは思うけれど、

なにせまだ科学が発達してるとは言いがたい時代だ。オカルト話にも妙な説得力がある。

考えているうちに彼に矢継ぎ早に質問されて、呪いの話は結局うやむやになってしまった。


「いけない、だいぶ遅くなっちゃった」

少年とおしゃべりをしていたせいですっかり時間を食ってしまった私は、急ぎ足で王宮内の宰相官邸に戻った。

少年の好奇心は尽きることがなく、私はあれからヴェローナ会議の話や途中で寄ったイタリアの街の話などをたっぷり語らされた。

そして最後にまた指切りをして、確実ではない再会の約束をして別れた。

(結局今回も名前教えてもらえなかったな……)

謎だらけの彼への好奇心はどんどん募っていくのに、その正体が明かされないことがなんとももどかしい。

けれど彼が話したがらないのには理由があるのだろうと思うので、追求はしないことにした。いつか彼のほうから話してくれるのを待とうと思う。

「すみません、クレメンス様。ただいま戻りました」

官邸に戻った私はクレメンス様のいる執務室へ行って、本宮殿から戻った旨を報告する。

クレメンス様はすでに外出の準備を済ませ、窓際に立って私が来るのを待っていた。

「ずいぶん遅かったな」

「はい、途中で……知り合いに会って少し話し込んでしまって。すみません」

今日はこれからパーティーがある。私の宰相秘書官就任を祝って、クレメンス様が開催してくれるものだ。

「もう馬車は準備させてある。そろそろ出発するぞ」

「はい！」

急いで隣の秘書室にある自分の外套《がいとう》を取ってこようと踵を返したときだった。

「……っと、その前に。ちょっと待ちなさい」と呼び止めて、クレメンス様が私のもとまでやって来る。そして。

「じっとして」

なんと、私のことをうしろから抱きすくめてしまった。

「えっ、えっ？　は……はい」

男の格好をしているとはいえ、私の心はどうしたって女だ。突然男性に抱きすくめられれば心臓がドキドキしてしまう。

ましてやクレメンス様は私が女だと知っているのだ。どういうつもりなんだろうと、頭が混乱してしまうのも無理はない。

やたらと緊張して体をこわばらせていると、クレメンス様の手が私の腰のあたりで動いているのがわかった。くすぐったくて変な声が出そうになるのを唇を噛みしめてこらえる。

(なんなの？　これ、どういう状況？　私、どんな顔してればいいの？)

ひたすらに心臓を高鳴らせていると、「できた」とつぶやいてクレメンス様の体が離れた。

「へ？」

なんだったのだろうと目をパチクリさせる私に、クレメンス様はにっこりと微笑んで腰のあたりを指さす。

まだ腕時計のないこの時代、男性はみんな、懐中時計を腰のポケットに入れて持ち歩いていた。そして時計につないである鎖やリボンをポケットから出してチラ見せするのがスタンダードなのだ。

さらにおしゃれ上級者になると、その鎖の先にフォブと呼ばれる装飾品をつける。もといた世界でいうチャームというか、キーホルダーみたいな感覚かな。

私もそんな例に漏れず、懐中時計のリボンをポケットから出していたのだけれど……そのリボンの先に、金色のフォブがついていることに気づいた。

慌てて懐中時計をポケットから取り出し、リボンの先についているフォブを手にのせて見つめる。

それはシール・フォブと呼ばれる印章付きのフォブだった。印章にはオーストリア帝国宰相秘書官のシンボルと私の名が刻まれている。

「クレメンス様、これ……」

「私からのお祝いだ。おめでとう、ツグミ」

さっきのバックハグは、どうやら私の懐中時計のリボンにこれをつけていたらしい。ポケットから出さず密着してそんなことをするあたりが、人たらしのクレメンス様らしいというか、なんというか。

けれど、私の就任を祝ってくれる彼の気持ちが――とてもうれしい。

「ありがとうございます！　大切に使います！」

官職のシンボルと名前入りの印章は、私が一人前の行政官になった証だ。改めてそのうれしさを噛みしめ、手の上で輝く金のそれをギュッと握りしめる。

そんな私にクレメンス様も目を細めると。

「今日はきみの大切なお祝いだ。綺麗に身支度をしていきなさい」

そう言って、しなやかな指先で私の短い髪を二、三度梳いた。


午後六時。

私の宰相秘書官就任パーティーは、メッテルニヒ私邸でおこなわれた。

舞踏室のテーブルには色とりどりのご馳走とお菓子がたんまり並び、招待された大勢のお客様で賑わっている。

会場に入った私は大勢の拍手で迎えられ、みんなの前で挨拶をした。

「宰相秘書官就任という栄誉に預かれましたことを心より感謝し、ヨーロッパを牽引《けんいん》していくクレメンス様のお力になれるよう、この身を尽くしたいと思います」

パーティーには、大富豪ロスチャイルド男爵にハンガリーの名門貴族エステルハージ侯爵などそうそうたる顔ぶれが並んだ。もちろん、クレメンス様が私のために顔をつないでおいたほうがいい人たちを、厳選して招待してくれたのだ。

「宰相秘書官就任おめでとう。きみならすぐに官職に就けると思っていたよ」

「さすが宰相閣下の秘蔵っ子だ。これからの活躍が楽しみだな」

「はい、ありがとうございます」

集まってくれたお客様の多くは、宰相官邸やヴェローナ会議、クレメンス様に連れていってもらった夜会などで顔を合わせたことのある人たちだ。

ウィーンに来てから一年と少し。いつの間にか知り合いが多くなったものだと、感慨深く思う。

「宰相秘書官就任、おめでとう」

会場中をクルクルと回って次々と挨拶をしている私に、声をかけてきたのはラデツキー将軍だった。

「ラデツキー将軍! 来てくださったのですね、ありがとうございます」

彼とは財政会議のときに会って以降、時々顔を合わせている。とくに最近ではギリシャ支援の会議にラデツキー将軍も出席しているので、しょっちゅうだ。

彼は相変わらず真面目で情深く、会議でも兵士たちの犠牲を少なくすることに心血を注いでいる。

今日も黒髪を綺麗になでつけ勲章をつけた軍服をぴしりと着こなしている姿は、毅然としていて凛々しい。

「あなたの入隊を待っていたのだが、すっかり文官になってしまったな」

珍しく冗談を言って微笑むラデッキー将軍の姿に、私も思わず頬がゆるむ。

「僕にはマスケット銃は重すぎて……ペンでも握っているほうが性に合っているみたいです」

ラデッキー将軍はフフッと笑うと、「それでいい。平和の国から来たあなたに戦場は似合わないからな」と言って、私の頭をポンポンと軽くなでた。

ラデッキー将軍の癖なのか、それとも背の低い私の頭がちょうどいい位置にあるのか。彼は私の頭を軽くなでることがよくある。

なんだか子供扱いをされている気もするけれど、大人然としたラデッキー将軍のすることだからか、許せてしまう。

けれどなんとなく照れくさくて、はにかんだ笑いを浮かべたときだった。

「将軍閣下。ガキくさい顔をしてますけど、こいつは陛下から正式に官職を賜った行政官ですよ。頭ナデナデはちょっと失礼なんじゃありませんかね？」

突然ゲンツさんが私とラデッキー将軍の間に割り込んできて、私の頭にのせられていた手を乱暴に払った。

ラデッキー将軍は一瞬呆気にとられていたけれど、すぐに冷静さを取り戻す。

「たしかにその通りだ。失礼をした、宰相秘書官殿」

折り目正しく頭を下げたラデッキー将軍に、私は焦って両手を突き出しながら首を横に振る。

「ぜ、全然っ！　全然気にしてませんから！　謝らないでください！」

ラデッキー将軍は頭を上げたけれど、非のない彼を謝らせてしまったことに罪悪感が湧く。

「あの、その……全然失礼じゃないっていうか……、むしろちょっとうれしかったです。大人になると褒められても、頭をなでてもらえることってなかなかないから……」

子供っぽい本音を照れながら吐露してしまうと、ラデッキー将軍の顔が安心したように綻んだ。

その表情を見てホッとしたのも束の間――。

「へえ～？　そりゃあ初耳だなあ、ツグミ？」

隣に立っていたゲンツさんの大きな手がワシャワシャと乱暴に私の頭をなでてきた。

「なでられたいんなら、どうして師匠である俺に言わないんだよっ！　いっくらでもなでてやるぜ、ほらほら！」

「や、やめてください！　髪の毛グシャグシャになっちゃう！」

どうやらゲンツさんは私がラデツキー将軍に懐くのが相当気に食わないらしい。

彼の地雷を踏んでしまったなと激しく後悔したときには、彼に散々なでられて髪がボサボサのぐしゃぐしゃになった後だった。

時計の針が零時を回り夜も更けた頃、パーティーはお開きとなった。

馬車で自分の屋敷に帰る人もいれば、メッテルニヒ邸の客室に泊っていく人もいる。

私もそろそろ自室へ戻ろうとしたけれど、その前にクレメンス様に今日のお礼を言いたくて、広間へと足を向けた。

広間ではまだおしゃべりし足りない人たちが、コーヒーを飲みながら歓談している。けれど、残念ながらその中にクレメンス様の姿は見あたらない。

もう自室に戻ってしまったのだろうかと考えて広間を出ると、ちょうど廊下を歩いてきたゲンツさんと会った。

「あ、ゲンツさん。クレメンス様を見ませんでしたか?」

「メッテルニヒの奴か?　広間にいないなら……」

そこまで言ってゲンツさんはチラリと階段のほうに目を向けた。

「もう寝室にしけ込んだんだろ。今夜はイギリス大使の夫人が来てたからな」

「イギリス大使夫人……背の高い綺麗なご夫人ですよね?　会場でクレメンス様とお

話しされてた……」

「そうだ。あの夫人はメッテルニヒにベタ惚れだからな。今頃楽しくやってんだろ」

ゲンツさんの言葉を聞いて胸にモヤッとしたものが広がったのは、やっぱり私が女だからだろうか。

もといた世界と比べて、この時代の既婚者が活発に恋愛やアバンチュールを楽しんでいることは知っている。

そして人脈づくりや情報を引き出すため、政治絡みの異性とベッドを共にするのが珍しくないことも。

それがこの世界の〝普通〟だとしても嫌悪感が湧いてしまうのは、私に二十一世紀の貞操観念が染みついているからに違いない。

「不潔……」

思わずボソッとつぶやいてしまえば、ゲンツさんがあきれたような表情を浮かべた。

「相変わらずお前は潔癖だなあ。男が女を抱いてなにが悪いんだよ。そんなんだからご夫人方に『かわいい坊や』なんて陰で呼ばれるんだぞ」

男の格好をしている以上、私にもご夫人方からアバンチュールのお声がかかったことがある。けれど当然それに応えるわけにはいかないので、断り続けているうちに

『かわいい坊や』……つまり性に目覚めていない子供だと陰で笑われるようになってしまったのだ。

私は女だからご夫人の誘いに乗るわけにもいかないし、そもそも男だとしてもそんなただれた遊びはしたくない。これはもう育った環境による貞操観念の違いだ。

けれどこちらの事情など知ったこっちゃないゲンツさんは、強引に私の肩に腕を回して言う。

「だから何度も言ってるだろ？　俺がいい女を紹介してやるから、さっさと童貞捨てていって。一回やっちまえば世界が変わるぞ。勇気出せ」

ゲンツさんの面倒見のよい兄貴ぶったところは好きだけれど、こういうデリカシーのないところは嫌いだ。

私は彼の体を思いっきり押しのけて腕の中から脱出すると、大人げなくむくれた表情を浮かべた。

「僕は、愛する人としか体を重ねたくはありません！　ましてや政治利用するためにそんなことをするなんて、最低です！」

プリプリと息巻く私を見て、ゲンツさんはやれやれといった表情でため息をつく。

「潔癖なこって。お前が結婚前の若い姉ちゃんならまだかわいげもあるがな、いっちょまえの行政官になった男がそんなこと言っても笑われるだけだぜ」

どうせ中身は結婚前の若くはない姉ちゃんですよと思いながら、私はつっけんどんに背を向けて言う。

「ゲンツさんやクレメンス様の奥様になる人はお気の毒ですね。僕だったら絶対耐えられません」

「は？　なんでお前にそんなこと言われなくちゃならねえんだよ！」

わめくゲンツさんの言葉に耳を貸さず、私はすっかり拗ねた表情のまま自分の部屋へと歩きだした。

メッテルニヒ邸の三階はクレメンス様の書斎や寝室や居間などの私室と、私にあてがわれた部屋がある。

幸い私の部屋とクレメンス様の寝室は離れているけれど、間違っても情事の物音など耳に入れたくなくて、私は部屋に戻るとベッドへ飛び込んで頭から布団をかぶった。

クレメンス様が女性にモテるのは知っている。そりゃああれだけのイケメンで国でトップのエリートなのだ、モテないわけがない。そして彼が夜会などの後、時々女性の屋敷や部屋に行っていることにも気づいていた。

もちろんなにをしていたかなんて聞いたことはないけれど、聞くまでもない。というか知りたくなくて、聞くことも考えることもしなかった。

そうやって直視するのを避けていたことが、今、たった数部屋先でおこなわれているのかと思うと、私は嫌な気持ちになってしょうがなかった。

「……クレメンス様の馬鹿。今日は私のお祝いなんだから、少しは慎んでくれたっていいのに……」

本当はこの後、彼にお礼を言いにいくつもりだった。こんな盛大なお祝いを開いてくださってありがとうございます、って。

それで、これからもっともっとがんばってあなたの片腕になれるくらい立派な秘書になってみせますって、言いたかった。

河川敷に倒れていた私を拾い、私に新しい名前と第二の人生をくれた人。今度こそ心の底から信頼できて尊敬できるボスに尽くせるって思ったのに。

どんなに私が嫌悪しようと、このだらしない貞操観念がこの世界の〝普通〟なのだから納得しなくてはいけないとはわかっている。

けれど、私にとってクレメンス様はとても、とても特別な人なのだ。彼がただれた夜を過ごすことなど、知りたくなかった。

「クレメンス様の馬鹿……」

もう一度つぶやいて、私は懐中時計のリボンについたフォブを握りしめる。

今日はせっかく夢がひとつかなったおめでたい日だというのに、私は最悪な気分のまま着替えもせずベッドでふて寝するという夜を迎えてしまった。


翌日。午後からホーフブルクの宰相官邸に戻るため、私とクレメンス様とゲンツさんは一緒の馬車に乗って移動していた。

私的な感情をあまり引きずりたくないけれど、向かいの席に座るクレメンス様の顔がどうしても直視できない。

窓の外を眺めながら黙りこくってると、クレメンス様が怪訝《けげん》そうな声で尋ねてきた。

「ツグミ。なんだかきみの様子がおかしいように見えるのは私の気のせいか?」

すると私がなにかを言う前に、隣に座っているゲンツさんがすかさず口を挟む。

「いつもの潔癖だよ。こいつはゆうべ、お前がイギリス大使のご夫人とよろしくやってたことが気に食わないんだとよ」

「げ、ゲンツさん……!」

まったくもってその通りなのだけれど、クレメンス様には言わないでほしかった。

だってなんだか、彼に知られるのは恥ずかしい。男として行政官をめざすことを決めたくせに女々しいことにこだわっているなんて思われたら、嫌だ。

クレメンス様は青い目を大きく見開き、パチクリとまばたきを繰り返すと小首をかしげて言った。

「なんの話だ？　昨夜なら私はずっと広間にいたが？」

「え？」

「へ？」

私とゲンツさんの素っ頓狂な声が重なる。

「で、でも……昨日広間に捜しにいったときには、クレメンス様の姿はどこにも……」

「帰る客人を数名、見送りにいっていたからじゃないか？　嘘だと思うならロスチャイルド男爵にでも聞けばいい。彼もずっと広間にいたはずだ」

クレメンス様の言葉を聞いてポカンとしているうちに、自分の胸に安堵が広がっていくのがわかった。さっきまでやり場のなかった苛立ちがさっぱり消え去って、顔が勝手に綻んでいく。

「なあんだ、そうだったんですか……」

へらりと脱力した笑顔を浮かべたとき、突然豪快な笑い声と共に隣の席から頭をぐしゃぐしゃとなでられた。

「わははははっ！　よかったなあ、ツグミ！　わははははは！」

笑ってごまかそうとしているけれど、そうはいくものか。私はゲンツさんの手を払いのけると、頬を膨らませ怒ってみせた。

「よくもテキトーなこと言って落ち込ませてくれましたね？　不潔なのはゲンツさんだけです。これからはクレメンス様のことを同じように語るのはやめてください」

「な、なんだよ。べつに俺は間違ったこと言っちゃいねえぞ。昨日はたまたま違っただけで、いつもはどうかは――」

「あーあー聞こえなーい！　もうゲンツさんとその話はしたくありません！」

耳を塞いでそっぽを向こうとすると、「お前、師匠に向かってなんて態度だ！」とゲンツさんが私の手を掴んで耳から離そうとしてくる。

そんなふうにドタバタとしている私たちを見て、クレメンス様は頬杖をついた姿勢でため息をつき、「ヨーロッパが誇る宰相秘書官とは思えないな」とあきれたようにつぶやいた。

鳥の詩

寒々しい、鉛色の空。

花を落とした木々の間に身を潜め、彼女はさめざめと泣いていた。

「……帰りたい。バイエルンに……お母様や妹たちのいるお城に帰りたい……」

陶器のように白い頬に、幾筋も涙が走る。

遠くからは彼女を捜す侍女や女官らの声が聞こえ、まだ少女らしい華奢さの残る彼女の体を緊張でいっそうこわばらせた。

隠れたといってもここは王宮の庭園。どうせすぐに見つかってしまうだろう。

まるで自分は捕らえられた鳥だと彼女は思う。

逃げ出したところでここはガラス張りの温室。空に向かって羽ばたくことはできない。すぐに侍女たちにつかまって、目の前の古めかしい巨大な鳥籠に入れられてしまうのだ。——番《つがい》をあてがわれ、卵を産ませられるために。

「嫌……！　あんな人の妻になんか、絶対になりたくない……！」

グスグスと泣き濡れる顔は、輝かんばかりの美しさにあふれている。ぱっちりとした大きな目に豊かなまつ毛、血色のいい上品な唇。今はまだあどけなさが残るけれど、あと数年もすれば大輪の薔薇《ばら》のように華やかな美貌を誇る美女になるだろう。けれど彼女は思う。どんなに美しくとも大人になる前にいっそ散ってしまいたいと。嫌悪さえ覚える夫と一生添い遂げるくらいなら、儚《はかな》く散ったほうがどんなに幸せだろうと。

自分の運命に悲観して、ますます涙があふれたときだった。

すぐ近くの低木の垣根がガサッと音をたて、彼女は驚いて顔を上げる。

いよいよ侍女につかまり王宮へ連れていかれるのだと身を硬くしたとき、鉛色の雲の切れ間から光が差し込んだ。

彼女の青い瞳に、奇跡が映る。

「……あんた、誰？　どうして泣いてるの？」

天からの光を浴びてこちらへ近づいてくる少年は、目を見張る美しさだった。透けるような白い肌とプラチナ色の髪は触れたら消えてしまいそうなほど儚く、海色の瞳は魔法が閉じ込められた水晶のように輝いている。

彼女には少年が天使に見えた。自分をこの地獄から救ってくれるため、神が使わした純白の羽を持つ者だと。

気がつくと、彼女は少年に抱きついていた。少年とはいっても、十六歳の彼女より背は高い。細身でしなやかで逞しいとは言いがたいが、彼女を受けとめるには十分な背丈があった。

「私を助けて！　ここは嫌、ウィーンなんか嫌い！　私はバイエルンに……故郷に帰りたい……」

しがみつくように抱きついて泣く彼女に、少年はしばらく呆気にとられていた。けれどやがて、手袋越しの長い指が彼女の豊かな黒髪をいたわるようになでだす。

そしておずおずと顔を上げた彼女の涙をそっと指で拭い、少年は言った。

「奇遇だね。僕もここが大嫌いだ」

大きく見開いた彼女の目に、花が咲くように綻んだ屈託のない笑顔が映る。

「いつかふたりでここを逃げ出そう」

――花のない高木から、二羽の鳥が光差す天に向かって飛び立った。

その存在は罪ですか？

私が正式な宰相秘書官になって、一年と半年が過ぎた。

あれからヨーロッパは比較的静かで、ギリシャが各国の支援を受けながらトルコと対立している以外は、とくに大きな革命運動も起こっていない。

おかげで私も日常の仕事を覚えることに集中できて、今やゲンツさんがいないときでもクレメンス様の秘書として活動するようになっていた。

そんな平和な日々を送るオーストリアだけれど、今日は久々の慶事に王宮中が湧いている。

フランツ一世陛下の次男、フランツ・カール大公が結婚するのだ。

お相手はバイエルン王国の王女、ゾフィー。まだ十六歳だそうだ。

実はこの王女、のちにオーストリアの歴史に大きく関わってくる重要人物らしい。

今から二十四年後、次期皇帝である長男フェルディナンド一世が病弱で子を残せなかったせいで、オーストリアの帝位継承権は彼女とフランツ・カール大公の子へと回ってくる。

つまりゾフィーは将来の皇帝の母なのだ。

それだけじゃない。非常に聡明な彼女は政治にも明るく、やがて『ウィーンでただひとりの男』と呼ばれるほど王宮を仕切る女傑となる。そして……反メッテルニヒの中心人物となり、クレメンス様をこの王宮から追い落とす人物となるのだ。

そんな情報を得ている身としては、はっきり言って彼女の印象はよくない。

いったいどれほどカリスマ性があって女傑然とした人なのか。私は招かれたお祝いの舞踏会で、緊張しながらゾフィー大公妃の姿を人垣からうかがい見た。ところが。

「……あれが、ゾフィー様……？」

数多のシャンデリアのきらめきと、着飾った人たちで埋め尽くされた王宮の大舞踏会場。その中心で踊るのは、不機嫌な膨れっ面を隠そうともしない、まだあどけなささえ残る少女だった。

(なんか……思ってた印象とだいーぶ違うな)

ゾフィー大公妃の結婚相手であるフランツ・カール大公は、正直あまり冴えない男性だ。二十二歳だというのに覇気がなく、オドオドとしている。

そんな彼のリードはなんとも頼りなく、ゾフィー大公妃が不満を抱くのもわからなくはない。けれど、これは公式の舞踏会。ましてやふたりは今日の主役なのだ。

気まずそうにうつむいている新郎と苛立ちを隠そうともしない新婦を見て、客人がどういう印象を受けるのか考えないのは、あまりにも浅はかすぎると思う。

（女傑っていうより、ただのわがままな子供にしか見えないなあ）

私のもといた世界では彼女は十九歳で嫁入りしている。たった三歳のズレだけれど、やはり十六歳というのはまだまだ子供なのだろうか。高校一年か二年生ということを考えれば、年相応なのかもしれない。

まあ、でも。したたかな女傑よりは素直で子供っぽいほうがマシかもと胸をなで下ろす。この様子ならとても反メッテルニヒの急先鋒になどなれそうにもないのだから。

（もしかしたらゾフィー大公妃も私の知る史実とはだいぶ違う人物なのかな）

唇を尖らせ拗ねた表情で踊っている少女を眺めながら考えていると、私の隣に立って同じくゾフィー大公妃に注目していたクレメンス様がポツリとつぶやいた。

「地頭はよいそうだが、まだまだ未熟だな。子が生まれたら教育は養育係に任せたほうがいい」

どうやら彼も私と同じ感想を抱いたらしい。けれど、子を取り上げるような真似をするのは少し気の毒ではないかとも思う。

「子供の教育の心配はまだ早いのでは？　ゾフィー様はまだお若いですし、これから精神的に大きく成長されるかもしれませんよ?」

私がそう言うと、クレメンス様は少しだけ眉根を寄せながらも舞踏会場の中央を見据えたまま口を開いた。

「次期皇帝のフェルディナンド殿下が子を残せる可能性は絶望的だ。そしてフランツ・カール殿下は性格上、帝位継承を拒否するだろう。だとすると、フェルディナンド殿下の次に帝冠をいただくのは彼女の子になる可能性が大きい。……未来の皇帝だ。教育の重みが違ってくる。母親が成長するのを待っている余裕はない」

……やはりクレメンス様の先見の明はすごい。すでにゾフィー大公妃の子が帝位に就くことを予測している。

「でも……ゾフィー様が納得するでしょうか?」

「個人の意思など、この王宮に暮らす者には関係ないのだよ。彼女が産むのは彼女の子供ではない。このオーストリア帝国の未来そのものだ」

私は大きく吐き出しそうになったため息を、口を引きしめてこらえた。

つくづくと彼と自分の器の大きさの違いを思い知らされる。

クレメンス様が見ているのは、いつだってこのオーストリア帝国とヨーロッパの未来だ。宰相としてなにをどう判断することが未来の確実な平和につながっていくか、彼は常に考え、その方針はけっしてブレない。

革命を徹底的に弾圧するのも、自由主義の芽を摘むため厳しい検閲を設けることも、未来の皇帝を母親の手から引き離す画策をすることも。ヨーロッパの平和にとって必要なことだからクレメンス様は遂行する。たとえ万人から憎まれるとわかっていても。

（すごいな、クレメンス様は。それに比べて私はヨーロッパの中枢部にいる覚悟がまだ足りてないのかも……）

自分の未熟さを恥じて、唇を噛みしめた。そのときだった。

会場の入口のほうがにわかにざわついた。そのざわつきはだんだんと会場の中央へと移っていき、そして注目を浴びせる人垣の間を通って姿を現したのは——。

「あ……！　レグロン⁉」

人々の視線を一身に集めて優雅に足を止めたのは、あの少年だった。

今日は軍服ではなく青いフロックコートをスラリと着こなし、プラチナブロンドの髪を綺麗にセットしている。

舞踏会場という華やかな場所で見る彼は、この場にいる誰より高貴で優美な紳士に見えた。凛々しい表情は涼やかな魅力にあふれ、会場にいる女性だけでなく男性にまで感嘆のため息をつかせている。

（なんでレグロンがここに？　いや、本宮殿に住んでるんだから公式の舞踏会に出ていても不思議はないけど……でも彼、今までどこの舞踏会にも姿を見せたことはなかったのに）

驚きと、彼のあまりのエレガントさに釘づけになりながら呆然としていると、隣に立つクレメンス様が言った。

「……恐ろしいものだな。ひとたび表舞台に出ればたちまち人々の心をかき乱す。……父親にそっくりだ」

感動と嘲笑、羨望と憎しみが混ざった声というのを、私は初めて聞いた。それだけで首筋に鳥肌が立つ。

いつも冷静なクレメンス様の感情を大きく揺らす人物は、このウィーンにひとりしかいない。

私は乾いた喉に唾をのみ込んでから、おそるおそる尋ねた。

「彼が……ナポレオン二世、ライヒシュタット公……ですか？」

聞きながら、私は心のどこかでわかっていた気がした。

本宮殿に住む不思議な少年。誰より高貴で人を惹きつけてやまない魅力にあふれながら、ウィーンに、ホーフブルクにいることに違和感を覚えずにはいられない存在。

彼に注目したままクレメンス様が微かにうなずいたのを見て、私の中のパズルのピースがピタリとはまったのを感じた。

ナポレオンが失脚して十年が経とうとも、ライヒシュタット公に引き継がれたフランス英雄の魂は色あせない。それが彼を誰より気高く見せ、そしてこの敵国オーストリアの空気にはけっして染まらない異質な存在にさせていたのだ。

ライヒシュタット公は要人らと挨拶を交わしながら、やがて私たちの前までやって来た。

敵を値踏みするような緊張感を醸し出していたクレメンス様は、いつもの穏やかで理知的な宰相の顔になり、ライヒシュタット公と和やかに笑い合う。

「ライヒシュタット公爵閣下、今宵は社交界デビューおめでとうございます。堂々とした出で立ち、大変ご立派でございます。皇帝陛下もさぞかしお喜びのことでしょう」

「ありがとうございます、宰相閣下。けれどこう見えて実はとても緊張しているのですよ。なにせ初めて公の場で踊るのですから。僕が足をもつれさせても、どうか笑わないでやってくださいね」

クレメンス様の陰に立ってその光景を見ながら、私は密かに目を見張っていた。

私のよく知る、子供らしいあどけなさ全開の少年の姿はどこにもない。目の前にいるのは帝国重鎮の宰相と対等に渡り合う、立派な王族のひとりだ。

本人は緊張しているなんて言っているけれど、品格を保ちながらおどけて笑ってみせるあたり、余裕すらうかがえる。

（レグロン……じゃなかった、ライヒシュタット公、私とおしゃべりしてたときと全っ然違う。ちゃんと王族してる。これが彼の本当の姿なのかな）

まるで別人のようだと感心して見ていると、ライヒシュタット公がこちらを向いた。

その瞬間、彼の瞳に悪戯っ子の色が浮かぶ。

「宰相閣下の秘書官殿ですね。はじめまして」

片手を差し出してくるライヒシュタット公は、あきらかに笑いをこらえている。

すっかり顔なじみのくせに初対面を装うことを、彼はおもしろがっているみたいだ。

内心苦笑しながらも、その子供っぽさに安堵も覚える。私もわざとらしい笑顔を浮かべると、しらじらしく初対面の挨拶を交わした。

私との挨拶が済んだタイミングで、ちょうどワルツの演奏が終わった。ライヒシュタット公はクレメンス様に「それでは」と軽く会釈をすると、ホールの中央から戻ってくる今日の主役のもとへと歩いていく。

大公夫妻へ挨拶に行ったのだろうと見ていた私は、その光景の異様さに目を疑った。

さっきまであんなに不機嫌だったゾフィー大公妃が、ライヒシュタット公を前にした途端、明るい笑顔になったのだ。

頬を染め瞳を輝かせ、まるで待ちわびていた人に会えたかのように幸福な笑みを浮かべている。

（えー……、たしかにライヒシュタット公は超がつくほどのイケメンだけどさ。今日結婚したばかりの花嫁が夫以外にそんな顔するのは、さすがにまずいんじゃないの？）

あきらかにおもしろくなさそうな表情を浮かべる夫の隣で、まるで恋する乙女のような顔を別の男に向け続ける妻。そしてそんな状況にも動じず、にこやかに挨拶する美少年公爵。

その光景に異常さを感じたのは私だけではないようで、客人たちはチラチラと彼らをうかがいながらヒソヒソ話を始めた。それどころかホールの最奥の玉座に座っている皇帝陛下と皇后陛下まで気まずそうに眉をひそめてしまった。

現在の皇后陛下はバイエルン王女で、ゾフィー大公妃の十六歳年上の姉だ。フランツ・カール大公の妻にゾフィーを勧めたのも彼女だと聞いた。

そんな立場の皇后陛下からすれば、この状況は気まずいどころではない。できることなら飛んでいって妹を叱り飛ばしたい気持ちでいっぱいだろう。

やがてホールに新たなワルツの演奏が流れだすと、ゾフィー大公妃とライヒシュタット公は手を取り合ってホールの中央へと行ってしまった。

さっきはずいぶんと謙遜していたけれど、ライヒシュタット公のダンスは完璧で、見とれてしまうくらい美しいものだった。

当然男性のリードがうまければ女性も伸び伸びと踊ることができる。夫とのダンスのときとは違い、ゾフィー大公妃はライヒシュタット公に身を委ねながら華麗に舞ってみせた。

安心して踊れるからだろうか、少女のようだった面立ちが艶めいた大人の表情になる。優雅にしなやかに舞うゾフィー大公妃の姿は、まるで大輪の薔薇のように華やかだ。

年齢はライヒシュタット公のほうがゾフィー大公妃より三つ年下だけれど、身長は彼のほうが十分大きい。見目よいふたりのダンスは惚れ惚れとするほど素晴らしく、さっきまで下世話な眼差《まなざ》しで見ていた人たちまで、ついうっとりと見入ってしまうほどだった。

けれど、お似合いであればあるほど不愉快なのは彼女の夫であるフランツ・カール大公だろう。今日の主役のひとりだというのに、すっかり拗ねた様子で隅の長椅子に腰を下ろしている。

「あーあ。大公殿下、すっかり機嫌損ねちゃいましたね。無理もありませんが」

クレメンス様にそう声をかけたけれど、返事がない。

どうしたのだろうとそっと顔をうかがい見ると、彼はホールの中央を見つめたまま腕を組み顎に手をあててなにかを考えているようだった。

けれど、長いまつ毛の影を落とした瞳はどこかもっと遠くを見ているようで、なんだか胸が騒ぐ。

「……天使か、悪魔か。答えは出たようだな」

「え？」

誰にあてるでもなくつぶやいたクレメンス様の言葉は、私には意味がわからなかった。けれどなんだか聞き返すのもはばかられる雰囲気だ。

私はソワソワとする胸を押さえながら、クレメンス様の隣で若き大公妃と公爵のきらめくように踊る姿を眺め続けた。

「あなたがライヒシュタット公爵閣下だなんて……本当に驚きましたよ」

フランツ・カール大公とゾフィー大公妃の結婚式から約三ヶ月が経った翌年、一月。

私は所用で訪れたオペラ劇場のロビーで、偶然顔を合わせたライヒシュタット公と久々に話をしていた。

「僕のほうが驚きだよ。まさか二年以上も本当に僕の正体に気づいてなかっただなんてね。『宰相の秘蔵っ子』なんて呼ばれてるみたいだけど、ツグミって案外間が抜けてるよね」

周りに宮廷官がいないせいか、今日の彼はいつもの少年らしい顔に戻っている。髪を整え身なりはキッチリしているけれど、あどけない笑顔を向けてくれるのがうれしい。

とはいっても、彼は今や時の人だ。今まであまり華やかな場所へ出なかった彼が社交界デビューをし、あちこちの舞踏会や劇場や狩猟会などに顔を出すようになってから、若く美しい少年公爵の評判は瞬く間に広がった。

しかも彼は礼儀正しくダンスもうまく、頭の回転が速くて会話も達者だという。おかげであちこちの舞踏会に引っ張りだこの大人気だし、今も私と話しているライヒシュタット公には遠巻きにしている女性たちの熱い視線が注がれている。

「それにしても、すごい人気ですね。今やどこの舞踏会や夜会に行っても、あなたの噂ばっかりですよ。ライヒシュタット公と踊ってもらうため、舞踏会場ではご婦人方が列をなして並んでいるとか」

「あははっ、なんだそれ。噂話って尾ひれがついて本当におもしろいよね。たしかにダンスの申し込みはいっぱいくるけど、行列してるのは見たことないなあ」

やっぱり無邪気に笑う彼はかわいい。身長はとっくに抜かされて体格も声もだいぶ男らしくなってきたけれど、私の目にはまだまだ幼い子供に見える。

……だからこそ、と言うべきだろうか。私は最近の彼の行動について少し心配に思うことがあった。

「ところで……今日もその……ゾフィー大公妃とご一緒ですか？」

「うん、誘われて一緒に来たんだ。彼女なら馬車の中にハンカチを落としたらしいって、取りにいってる」

やっぱりそうかと思い、私はため息をつきそうになったのを危うくこらえた。

あちこちで耳にするライヒシュタット公の噂は、彼を褒めそやすものともうひとつある。ゾフィー大公妃とのよくない噂だ。

あの舞踏会以降、ライヒシュタット公とゾフィー大公妃は事あるごとにふたりで出かけるようになった。舞踏会、夜会、オペラ劇場にピクニックまで。いつどこでもライヒシュタット公の隣にはゾフィー大公妃の姿があって、ふたりがホーフブルクから同じ馬車に乗って出かけることは、もはやウィーン中の貴族が知るところだった。

しかもゾフィー大公妃とフランツ・カール大公の夫婦仲が非常に悪いという噂までまことしやかに流れている。……いや、噂というよりは事実だろう。舞踏会のときのゾフィー大公妃の態度はあからさまだったし、大公夫婦が揃って出かけるのは宮廷の公式行事だけというありさまなのだから。

もはやウィーン貴族のほとんどが確信している。少年公爵と若き大公妃は道ならぬ恋仲にあると。

……はっきり言って私は心配だ。

見た目は大人並みでもライヒシュタット公はまだ十三歳だ。二十一世紀の日本でいえば中学二年生、そんな子供が現状の危うさを理解しているのだろうか。いつか大変なことになって彼の立場を悪くすることにならないか、おせっかいながらハラハラする。

「あの……こんなこと言うのはおこがましいとは思うのですが……。ゾフィー大公妃はフランツ・カール大公の奥様です。伴侶のいる方と常に行動を共にされるのは、よい評判を招きませんよ」

我ながらおせっかいおばちゃんだなあと思いつつも口を出せば、ライヒシュタット公は嫌な顔をするでも笑ってごまかすでもなく、少しだけ悲しそうに微笑んだ。

「そうだね、ツグミの言う通りだ。でもね、僕とゾフィーはみんなが噂するような下世話な関係じゃないよ。僕たちは同じ孤独を持った魂の片割れなんだ」

「魂の……片割れ……？」

「そう。だから一緒にいると落ち着くし……このウィーンで僕らの居場所はお互いの隣だけだ」

そう語った彼の瞳の色があまりに寂しすぎて、私は次の言葉をのみ込んでしまう。

ライヒシュタット公の語る〝孤独〟は、思春期の子が語りたがるような美辞麗句じゃない。父親とは三歳で生き別れ、母は五歳のときにイタリアに行ったきりウィーンにほとんど帰ってきていない。王宮では腫れ物扱いされて独りぼっちで、それなのにオーストリアから出ることを許されず、この古くて巨大な鳥籠にずっとずっと閉じ込められたまま――。

運命に翻弄された彼が口にする〝孤独〟の重みは、私の想像をはるかに絶する。

その孤独を埋める存在がゾフィーなのだと言われたら、私はもう下世話な心配で彼を諫《いさ》めることなどできなくなってしまった。

「ゾフィーはね、僕とふたりきりになるといつも泣くんだ。ウィーンなんて大嫌いだって、バイエルンに帰りたいって。知ってる？　フランツ・カール大公は、公務以外で彼女とひと言もしゃべらないし、目も合わせないそうだよ。それなのに『いつまでも子づくりをしない』って宮廷官たちから責められるのは、彼女のほうなんだ」

たしかに、オーストリアの宮廷は他国に比べて何事も厳格だ。伝統を重んじ儀礼に厳しい。とくに異国から来た花嫁は由緒正しいハプスブルク家の一員として恥ずかしくないように、侍女や女官たちから相当うるさく口出しされる。

それにくらべ彼女の出身であるバイエルン王室は、芸術的感性が高く明るく伸び伸びとしているらしい。

いくら政略結婚が王族の義務とはいえ、まだ幼さが残る若い王女が生まれ育った国と真逆の厳しい環境で暮らすことにどれほど苦痛を感じているか、想像に難くない。ましてや本来支えてくれるはずの夫はあの通り頼りなく、年下で宮廷に慣れない彼女をいたわる心の余裕もないのだ。

不安で孤独でひとりで泣いていたゾフィーが同じく孤独を抱えていたライヒシュタット公に惹かれ共に過ごしたがるのも、無理はないような気がした。

「……で、でも……」

心情的にはとても理解できる。けれど、寂しさのままにふたりが一緒にいれば、いつか困ったことになるのは当人たちだ。

このウィーンで本当に居場所をつくるためにも、ふたりには……ライヒシュタット公には道を踏みはずしてもらいたくはない。

そう思って口を開こうとしたときだった。

「お待たせ、フランソワ」

カシミアのショールを翻しながら小走りに駆けてきたゾフィー大公妃が、私たちの前までやって来た。

大きなリボンベルトに裾が三重のフリルになっているピンクのドレスを着たゾフィー大公妃は、今日も若々しく愛らしい。よい家族に囲まれ素直に育ってきたことがわかる、健全な愛らしさが彼女にはある。

「ハンカチは見つかった？」

「ええ、座席の下に。輿入れするときに妹にもらったものだから、なくさなくてよかったわ」

ニコニコとライヒシュタット公を見上げながら話す彼女は、彼氏のことが大好きで仕方ない女子高生みたいだ。

舞踏会のときは彼女の幼さゆえの素直すぎる感情に思わず眉根を寄せたけれど、今はその素直さがなんとも愛おしい。ライヒシュタット公に抱いたのと同じ庇護欲を覚える。

よほどライヒシュタット公のことが好きなのだろう、彼しか目に入っていなかったゾフィー大公妃がようやく向かい側に立っていた私に気がついて「あら」と焦った様子を見せた。

「彼はツグミ・オダ・メッテルニヒだよ。〝M〟の秘書官だけど、悪い奴じゃない。ちょっと間が抜けてるけど優しくておもしろい僕の友達さ」

私を警戒するように後ずさったゾフィー大公妃の背を押さえ、ライヒシュタット公が優しく彼女に説明する。

彼の説明を聞いて少し警戒が解けたのか、ゾフィー大公妃は後ずさるのをやめてじっと私の顔を見つめた。

「思い出したわ。結婚パーティーの舞踏会にいらしてたわよね。小柄でヨーロッパ人らしくない顔立ちだったから、気になっていたの」

「はい。その節はお招きくださいましてありがとうございました」

微笑んで頭を下げれば彼女の警戒心はすっかり消えたようで、今度は興味津々といった目で見つめられた。

「あなた、どこの出身？　女性みたいに華奢なのね。それに声もあまり低くないし」

「日本という清の東に浮かぶ島国の出身です。僕が小柄で声が高いのはたまたまですが、ほかの男性はみんな、ヨーロッパの方と大差ない体格をしていますよ。もちろん声も低いです」

「カストラートみたいに去勢をしていないのに、そんなに声が高いの？　それってすごい才能だわ！　オペラ歌手になればいいのに。私、パトロンになってあげる！」

今まで散々女みたいだと言われてきたけれど、こんな反応は初めてだった。オペラに結びつけるあたり、やっぱり芸術に造詣が深いバイエルン王家の血筋を引いているんだなと感心する。

それにしても、こうして話していると本当にただの女の子だ。品格はもちろん感じるけれど、ライヒシュタット公と同じでそれを鼻にかける傲慢さがない。そういう点でもこのふたりは似ているなと思った。

オペラ歌手になればいいのにと言われた私を見て、ライヒシュタット公がおかしそうにクスクスと肩を揺らして笑う。

「あはは、そりゃいいや。〝M〟の秘書なんかやってるより、ずっといい。ツグミ、僕からもおススメするよ」

「ふたりとも、からかわないでくださいよ」

私が眉尻を下げて言えば、ゾフィー大公妃は目をパチクリさせ「あら、私本気よ!」などと大真面目に言いだした。それを聞いたライヒシュタット公はますます大笑いし、私たちは劇場のロビーに似つかわしくない賑やかさで注目を集めてしまったのだった。

それからオペラの開演時間になり、ふたりは王室専用のコンパートメント席へと移動していった。

(こうしてると若くて仲良しなフツーのカップルにしか見えないなあ)

ライヒシュタット公にエスコートされ幸せそうに頰を染めて歩くゾフィー大公妃の横顔を眺めてから、私は観覧席ではなく劇場の奥にある警備室へと向かった。

警備室のドアをノックすると、中から「どうぞ~」とゆるい返事が返ってくる。

「失礼します」と挨拶して室内に入ると、ひとりの男性がティーポットにお湯を注いでいるところだった。

「そろそろ来る頃だと思ってたよ。今お茶を淹れるから、適当に掛けてて」

ひょろりとした細身に時代遅れな長髪姿のこの男性は、セルドニキ警視総監だ。のんびりとした雰囲気に私でも勝てそうなほど細い体躯からはとても信じられないけれど、彼はウィーンの秘密警察を取りまとめるトップであり、クレメンス様から絶大な信頼を得ている人物なのだ。

「おかまいなく、僕はクレメンス様からの書類を届けにきただけですから」

「そんなこと言わないで。わざわざ寒い中やって来てくれたんだから、あったか～いお茶でも飲んでいきなさいって。ほら、お菓子もあるから」

そう言ってセルドニキさんは、お茶と焼き菓子までテーブルに並べてくれる。

彼のもとにおつかいに来るのはこれで数回目だけれど、いつもこんな調子だ。相当のおもてなし好きらしい。

「じゃあ、お言葉に甘えて」

せっかく用意してくれたのだからと思い、少しだけ休憩していくことにした。

その間にも部屋には礼服姿の私服警察官がセルドニキさんに報告や指示伺いにきていて、忙しそうだ。

「今夜はずいぶんと警備の数が多いんですね」

「んー？　最近はいつもこうだよ」

セルドニキさんは書類から目を離さないまま返事をしてから、チラリと窓のほうを見やって言葉を続けた。

「甘い果実には害虫がたかりやすいからねえ」

「が、害虫……ですか？」

抽象的なたとえがよくわからなくて小首をかしげそうになったとき、慌てた様子の私服警官が部屋に飛び込んできてセルドニキさんになにかを耳打ちした。

セルドニキさんは驚いた様子も見せず冷静に部下たちに指示を出す。そのとき、彼の口が「フランス」と動いたように見えたのは、気のせいではないだろう。

警察官たちがみんな部屋から出ていったのを見届けてから、セルドニキさんは芝居がかった苦笑いをヘラリと浮かべこちらを向いた。

「やだねえ。言ってるそばから害虫がブンブン飛んでるって報告さ」

「もしかして……フランスのボナパルティズム運動家ですか？」

ボナパルティズムとは、ナポレオンの一族――つまりボナパルト家の者を再び王座に就かせようという政治運動のことだ。ライヒシュタット公が社交界デビューをしてから、クレメンス様は彼らの動向を気にしている。

「さあね。ボナパルティズムか、フランスのスパイかは尋問してみないとわからないよ。でもまあ、ヨーロッパの平和に仇《あだ》をなす存在には違いない」

セルドニキさんはそう言って残っていた自分の紅茶を飲み干すと、少し乱暴に椅子に座ってから新しい書類を広げ始めた。

「……僕もお目にかかったけどね、アレはいけないよ。輝かんばかりの見てくれに、品性があって頭の回転まで速いときている。ボナパルティズム運動家たちがアレをフランスの王にしようって夢見るのも仕方ない。フランスだけじゃないさ、英雄の血と青い血を引いた美しく聡明な王子を新たな王として迎えたい革命家はヨーロッパ中にいるだろうね。……まったく。やっかいな存在に育ったものだよ。アレは社交界になんか出すべきじゃなかった。一生ホーフブルクの奥に閉じ込めておくべきだったんだよ」

彼がいまいましげに口にした『アレ』が、ライヒシュタット公のことだというのはすぐわかった。王家の者を悪く言えないから言葉を濁したのか、それとも彼にとってはその名を口にするのも嫌なほどわずらわしい存在なのか、それはわからない。

けれど、私はセルドニキさんの言葉に憤りを感じずにはいられなかった。

社交界デビューをしたことで、ライヒシュタット公が人並はずれた魅力を持ち、驚くほど聡明だという噂は、オーストリアだけでなくヨーロッパ中に広まり始めている。

そのせいでボナパルティズム運動家たちやブルボン王政に不満のあるフランス人たちが、ライヒシュタット公に近づこうとウィーンに潜入しているらしいとは私も小耳に挟んでいた。

けれど、以前より格段に増えた秘密警察の数やセルドニキさんの苛立ちを見ていると、すでにウィーンには私が思っていたより多く、その手の輩が入り込んできているみたいだ。

それはたしかに危惧すべきことだ。ライヒシュタット公が革命の旗頭に担ぎ出されることは、ウィーン体制にとって大きな脅威となるのだから。——でも。

「そ、そんな言い方はないいんじゃないでしょうか？ ライヒシュタット公は祖父である皇帝陛下のご期待に応えようと勉学をがんばったと聞きます。彼が聡明なのは皇帝陛下への忠義の賜物ですし、見目がよいのは天性のものです。彼自身がオーストリアに仇をなす存在になろうとして、あのような魅力的な人間になったわけじゃありません。悪いのは彼を利用しようと画策している大人です。罪のないライヒシュタット公をけなすのはよくありません」

我ながら警視総監閣下に向かって生意気なことを言ったもんだとあきれる。けれど私は間違っていない。

あの孤独で純真な少年がなにをしたというのだ。彼はフランスの王座に就くことも、革命の旗頭になることも望んでいない。周りの大人が勝手に彼に夢を見て悪だくみしているだけなのに、どうして貶《おとし》められなくてはならないのか。

強くライヒシュタット公をかばった私に、セルドニキさんは「ははっ」とからかうように笑った。

「僕は『アレ』と言っただけでライヒシュタット公なんてひと言も言ってないよ？　きみは早とちりをしているみたいだねえ」

そうくるだろうなと思っていたけれど、セルドニキさんはしらじらしくすっとぼける。

「そうですか。それは失礼いたしました」

悪びれない彼に不満を抱きながらも、私は椅子から立ち上がって謝罪した。

これ以上ここにいても雰囲気が悪くなる一方だと思い、「それでは、僕はそろそろ戻ります。お茶ごちそうさまでした」と挨拶をして部屋から出ようとした。

するとセルドニキさんは「ちょっと待って」と広げていた書類を急いで封蠟《ふうろう》すると、それを私に手渡した。

「今日の報告書だ。宰相閣下に届けておくれ」

書類を受け取りもう一度お辞儀をする私を苦笑して眺めながら、セルドニキさんは肩をすくめて言う。

「やだねえ、魅力が大きすぎる人間は。憎み合う相手の秘書まで惹きつけちゃうんだから。まあでも、ほどほどにしときなよ。宰相閣下に後足で砂をかけるようなことにならないようにね」

おどけるように微笑んだ彼の細めた目の奥が笑っていないことに気づき、私は密かに肌を粟立てる。

クレメンス様の腹心の部下である彼は、私に警告しているのだ。ライヒシュタット公に肩入れしすぎて万が一にでもクレメンス様を裏切ることになれば——ウィーンの警察はお前の敵になるぞ、と。

「……肝に銘じておきます」

湧き出た恐怖を悟られないように、冷静さを繕って言葉を返す。

そして部屋を出てからホーッと大きく息を吐き出した。

公演中だというのに劇場のロビーには不自然なほど人が多い。きっとみんな、私服警察官たちなのだろう。

シルクハットの下から鋭い眼光を覗かせている彼らの前を通り過ぎながら、私はいつまでも嫌な緊張感を払拭できないでいた。

正しい愛ってなんですか？

劇場で会って以来、ゾフィー大公妃は私を舞踏会や夜会で見かけるたびに話しかけてくるようになった。

「だって私、フランソワ以外とはあなたとしか踊りたくないんですもの」

そう言って彼女は、ライヒシュタット公が一緒じゃないときは私にべったりくっつき離れない。

どうやらゾフィー大公妃はウィーンの人々を相当毛嫌いしているようだ。大公妃として一応はあちこちの舞踏会に顔を出すけれど、ダンスのお誘いからもご夫人たちのおしゃべりからも逃げ回っているらしい。

「ホーフブルクの人たちってほんっと意地悪なのよ。ベッドで私を無視するのは夫のほうなのに、宮廷官たちは『子供もつくらず遊び歩いて』って私の悪口ばかり言うの」

「はあ。それはひどいですね」

ワルツを踊りながら、ゾフィー大公妃はいつも宮廷での暮らしを嘆いて私に聞かせる。彼女いわく、話を聞いて慰めてくれるのは私とライヒシュタット公しかいないのだそうな。

そうして今夜も踊りながらたっぷりと不満をぶちまけた彼女はようやくスッキリしたのか、音楽が終わると同時に私の手を引いて次の間でパンチを飲み、晴れやかな笑顔を見せた。

「いつも愚痴ばかり聞かせてごめんなさい。ツグミは行政官なのに全然威圧的じゃないし、なんだか女の子みたいでしゃべりやすいから、つい」

「かまいませんよ。僕なんかで大公妃殿下のお気持ちが晴れるのでしたら、いくらでもお話ししてください」

同じ女として、愚痴に共感してもらえるありがたさはわかる。そんな気持ちでうなずけば、ゾフィー大公妃はますますうれしそうに口角を上げた。

「ありがとう！　あなたってやっぱり不思議な人だわ。宰相秘書官なんか辞めて、私の秘書官になればいいのに」

大公妃付き秘書官とは光栄な話ではあるけれど、あいにく私は宰相秘書官という仕事に生きがいを感じているのだ。お礼を言いながらも丁重にお断りをすると、ゾフィー大公妃は「残念だわ」と、かわいらしく唇を尖らせてみせた。

「ねえ、私今度イタリアのマントヴァ市に行くの。あなたも一緒に来られないかしら？」

広間の窓際にある長椅子にゆったりと腰掛けながら、ゾフィー大公妃は隣に立つ私に向かって小首をかしげた。

「マントヴァ市に？　ご公務ですか？」

「そうよ。大公妃としてイタリア情勢の視察を陛下から仰せつかったの。旅はうれしいけれどおしゃべりする人がいないのは寂しいじゃない？　だからあなたが同行してくれたら最高だと思うんだけれど……」

大公妃のおしゃべり相手として同行するかはともかくとして、イタリアの視察にはぜひ行きたいところだ。

クレメンス様やゲンツさんもイタリアの動向は常に気にしているし、宰相秘書官としてイタリア情勢の視察を買って出るのならば許可は出やすいだろう。

（ひとりで異国へ出張するのは初めてだけど……秘書官になってもうすぐ二年だもんね。経験を積むのにも悪くない頃合いじゃないかなあ）

そんなふうにすっかり乗り気で考えていると、ゾフィー大公妃がチョイチョイと手招きして、顔を寄せた私に小声で耳打ちした。

「マントヴァに、フランソワのお母様……パルマ公もいらっしゃるのよ。私の結婚式のときパルマ公は体調が優れなくて来られなかったでしょう？　だから今回の旅は新しくハプスブルク家の一員になった私の顔見せの意味もあるの」

「……なるほど」

「私ね、パルマ公がマントヴァに滞在している間にお願いするつもりよ。フランソワが寂しがってるから、ウィーンに会いにきてくださいって」

小声で私に語ったゾフィー大公妃の瞳は、強い意志に燃えていた。愛する人の力になりたいと願う、恋する乙女特有のものだ。

「フランソワはとっても、とーってもお母様に会いたがっているのよ。まだ十四歳ですもの、当然だわ。なのにパルマ公はいつも体調が悪いからって帰ってこないんですって。かわいそうなフランソワ！　オーストリアから出してもらえないのに、お母様のほうから会いにきてくださらないなんて！」

彼女の言う通り、ライヒシュタット公の母であるパルマ公はなかなかこのウィーンに帰ってこない。手紙はよく寄越しているようだけれど、彼女が最後にウィーンに帰ってきたのはもう五年以上前のことだとか。

（息子に会いたくないのかな。あんなに立派に育ってるのに……）

以前ライヒシュタット公がヴェローナ会議に行った私をうらやましがったことが

あった。あれは出席していたパルマ公に会いたかったのだと、今ならばわかる。

「わかりました。僕も同行できるように宰相閣下にお願いしてみますね。僕もライヒシュタット公をお母様に会わせてさしあげられるよう協力したいです」

ますますイタリアに行きたくなった私は是が非でも許可を得ようと心の中で意気込む。

私の前向きな返事を聞いたゾフィー大公妃は、「うれしい! 一緒にフランソワのためにがんばりましょう!」と、大輪の花が綻ぶような素晴らしい笑顔を見せた。

——五月。

イタリア視察の許可が出た私は、ゾフィー大公妃と共にイタリアのマントヴァへとやって来ていた。

北イタリアは現在オーストリアの支配下にある。各国の主要ポジションにパルマ公であるマリー・ルイーゼ王女をはじめ、皇帝の弟である大公などハプスブルク家の者やオーストリアの行政官を配置している状態だ。

ハプスブルク家の紋章がついた馬車は行く先々で歓迎され、旅の解放感からかゾフィー大公妃も沿道で旗を振る人々に微笑んで手を振り返していた。

マントヴァの公館では集まった各地域の要人らから話を聞くことができた。

オーストリアの定めた検閲について多少の不満が芸術家たちから上がっているものの、それ以外は取り立てて問題はないようだ。

とくにパルマ公国は異国の王女が君主に就いているにもかかわらず、民は熱烈に彼女を指示し、北イタリアきっての平和と活気を保っているとのことらしい。

正直、意外だと思った。

パルマを治めるマリー・ルイーゼ女王の姿は三年前にヴェローナで見たことがある。会議前の夜会でイギリスの将軍相手にトランプゲームをして少女のようにはしゃいでいた姿だ。

よくも悪くも無邪気そうで、とても政治的辣腕を振るえるような女性には見えなかった……というのが私の本音だ。

どうにも気になった私は実際にパルマをこの目で見にいくことにした。

マントヴァとパルマは近い。馬車で往復一日とかからないので、数人の護衛だけつけてお忍び状態で視察しにいった。

パルマは人口わずか四万人の小さな公国だ。けれど新しい公共施設がどんどん建ち、産院や孤児院が手厚く保護され、驚くほど福祉が充実している。

市民にも直接話を聞いてみたけれど、誰も彼も口を揃えてパルマ公を「善良で慈悲深い女王様」と褒めたたえる声ばかりだ。

なんだか私はマリー・ルイーゼという女性がよくわからなくなってきた。

ひとり息子であるライヒシュタット公に滅多に会いにこないことから、冷たい女性なのかと思っていた。けれど、無邪気な子供のように見えて国家君主として有能だし、市民からの評判はとてもいい。

(駄目だ、直接会ってみないと彼女がどんな人物なのか全然掴めない)

パルマをあらかた見て回った私は日が暮れる前に馬車に乗り込み、マントヴァの公館へと戻ることにした。

予定では三日後におこなわれるマントヴァ公館での舞踏会に、パルマ公も出席するはずだ。

彼女にライヒシュタット公に会いにきてくれるよう嘆願することをこの旅の一番の目的にしているゾフィー大公妃は、今からその日を楽しみにしている。

ふたりが話をするときに私も同席させてもらおうと考えながら、私はマントヴァへの帰路に就いた。

——ところが。

舞踏会に出席しゾフィー大公妃と初めての挨拶を交わしたパルマ公は、二日滞在する予定を繰り上げて、舞踏会が終わると早々に帰ると言いだしたのだ。

「ごめんなさいね。あまり体調もすぐれないし、パルマでの仕事がたくさん残っているの」

そう言って申し訳なさそうに微笑んだパルマ公を前に、さすがのゾフィー大公妃もポカンとする。

「で、でも……私、パルマ公に大事なお話があって……」

「本当にごめんなさい。後でお手紙を書くわ。ウィーンのお父様によろしくね」

パルマ公はお上品に膝を曲げ軽く挨拶をすると、さっさと踵を返して舞踏会場から出ていってしまう。まるでゾフィー大公妃から逃げるように。

「そ、そんなあ……」

愕然として立ち尽くすゾフィー大公妃をその場に残し、私はパルマ公の背を追いかけて走りだした。

会場を出て廊下を駆けるも、彼女の姿はすでにない。玄関口まで走っていくと、慌てて馬車へ乗り込もうとするパルマ公と側近らしき女性を見つけた。

「待って！　待ってください！」

走ってきた私を見つけた側近が驚いたように目を見張って、パルマ公の体を馬車に押し込む。そして自分も大急ぎで馬車に乗り込み、扉を勢いよく閉めた。

やっぱりパルマ公は私たちから逃げ出そうとしているのだ。

なぜかはわからないけれど、とにかくつかまえなくてはと思い、私はダッシュで玄関ポーチを駆け抜けると、走りだそうとした馬車の窓へとジャンプして飛びついた。

「パルマ公！　少しでいいんです、お話をさせてください！」

「きゃあっ！　危ない！　止めて、止めて‼」

強引に窓にしがみついてきた私を見て、パルマ公が慌てて馬車を停めさせる。振りきって逃げられるかと思ったけれど、私を心配してか馬車を停めてくれるなんて案外優しいなと感じた。

「……もう、お馬鹿さんね。ここは戦場じゃないのよ。身を呈して怪我をしたって誰も褒めてはくれないわ」

馬車を停め、あきれながらもパルマ公は扉を開いてくれた。

我ながら馬鹿なことをしたなと反省するけれど、こんな滅茶苦茶な手段を取った私を無礼だと怒らなかった彼女の反応に、内心驚きを抱き感心する。まるで子供を優しく叱るお母さんみたいな印象だ。

「すみません……、でも、ありがとうございます」

頭を下げながら馬車に乗り込むと、パルマ公の隣に座っていた側近の女性が私を見て実に渋い顔をした。

パルマ公は馬車の御者に「そのあたりをゆっくり回ってちょうだい」と命じると、私に向かって「それで、お話って？」と言葉を促した。

「ええとですね……実は先日パルマに伺ったのですが、大変すばらしい国で感動いたしました。大人から子供までみんなが安心した顔で暮らしていて……本当の平和とはこういうことを言うのだなと、胸が熱くなりました」

私の話にパルマ公はほんのりと頬を染めると「まあ、ありがとう」とかわいらしくはにかんで答えた。

「私ね、パルマが大好きなのよ。だからパルマの国民にはうんと幸せになってほしいわ。そのためには私のためのお金なんていらないくらいよ」

うれしそうに語る彼女の言葉に嘘はない。実際、彼女はパルマ公に就任したとき就任式を中止して、そこにあてる費用を貧しい人たちへ下賜《かし》したそうなのだから。

「でも、パルマが豊かになったのはこのナイペルク伯爵夫人のおかげよ。私は政治にはあまり聡《さと》くないから、相談役の彼女が私の案を聞いて具体的な政策にしてくれるの。そこら辺のお役人の男なんかより、ずっと頭がいいのよ」

そう言われてパルマ公の隣に座っていた彼女は「恐縮です」と軽く頭を下げる。

そこで私はやっと、彼女がヴェローナでもパルマ公についていた側近の女性だと思い出した。

見たところ三十代半ばくらいだろうか。冷静で理知的な感じの彼女の姿を見て、私はなんとなくパルマがこれだけ豊かになったからくりがわかった気がした。

パルマが大好きで粉骨砕身してでも国に尽くしたいパルマ公と、その希望を実現できそうな具体案にしていくナイペルク夫人。ふたりは力を合わせてパルマを切り盛りしているのだ。

「――それで？　わざわざ馬車に飛びついてまでしたかったお話がそれ？」

パルマ公のほうから本題を促され、私は表情を引きしめると思いきって口を開いた。

「……ウィーンに帰ってきていただきたいんです。ライヒシュタット公がパルマ公に、お母様に会いたがっています」

私の言葉を聞いて、悲しそうに眉をひそめたのはナイペルク夫人のほうだった。パルマ公は表情を変えず「そう」と言ったきり、扇を広げて口もとを隠してしまった。

「パルマ公が大変お忙しいのはわかっております。けど、せめて夏季休暇の間だけでも、ウィーンにお戻りになってはくださいませんか？」

必死に頼み込んでみるけれど、パルマ公は退屈そうに視線を窓の外に向けただけで、これといった反応は見せない。まるで嫌なお説教でも聞かされてウンザリしているようなその態度は、さっき熱心にパルマのことを語った姿とは別人だ。

「お父様と〝M〟に伝えてちょうだい。もう私は国家の犠牲にはなりませんと。今さら私をウィーンに連れ戻そうというのなら、私は今度こそ湖に身を投げますと」

「え……」

思いも寄らない言葉を返されて、私は一瞬唖然とした。

「ち、違います。皇帝陛下のご命令でも、宰相閣下のご提案でもありません。僕はライヒシュタット公と、その……友達なので、彼のことを思って僕個人の意思でお願いに伺ったのです」

〝M〟という呼び方は王宮の中でクレメンス様を嫌っている人が口にする呼び方だ。ライヒシュタット公もクレメンス様を嫌っているけれど、パルマ公までそんな呼び方をするとは思わなかった。

けれどクレメンス様ではなく私の意思だと説明しても、彼女の反応は変わらない。

「そう。あの子はずいぶんとよいお友達を持ったのね。ならばあなたがあの子のそばにいてあげればいいわ。もう十四歳ならば母親より友達といるほうが楽しい時間を過ごせるでしょう」

「そんなはずありません！　幾つになったって母親は特別な存在です！　ウィーンの宮殿で彼が寂しくしていることはパルマ公もご存じでしょう？　どうして自分の息子に会ってあげないのですか」

あまりにも冷たい態度しか示さないパルマ公に、私の口調にだんだん熱がこもっていく。

「お願いです、どうかウィーンにお戻りください。半月……いいえ、一週間だけでもいいんです。彼が立派に成長した姿をご覧になってください！　パルマ公は……マリー・ルイーゼ様はライヒシュタット公の母親ではないですか！」

次の瞬間、パルマ公の持っていた扇が私の顔に向かって飛んできた。

ぶつかっても痛くはなかったけれど、怒りのこもった瞳でこちらを睨みつけるパルマ公の形相に驚かされた。

「まだ私に義務を押しつけるつもり……？　もう私がウィーンでするべき役目はすべて終わったのよ……！　私はオーストリア王女でもフランス皇妃でもナポレオン二世

の母親でもない！　私はもうパルマの女王なのよ‼」

　どうしてそんなことを言うのか、どうしてそんな憎しみに染まった表情をするのか、なにもわからず私はただ呆然とする。

「もう嫌！　もう嫌よ‼　私はフランスに行きたくない！　どうして青い血を引く私があんな男に蹂躙《じゅうりん》されなければならないの……⁉」

　息を荒らげ気持ちを昂《たか》ぶらせたパルマ公は、両手で顔を覆うと意味のわからないことを叫びだした。その様子の異様さにギョッとしていると、ナイペルク夫人が慌てて彼女の頭を胸に抱きしめ「大丈夫、ここはフランスではありませんよ。大丈夫、大丈夫です」となだめた。

　ナイペルク夫人の胸に抱かれたまま、パルマ公はしばらく「フランスは嫌……フランスは嫌……」と繰り返して泣いていた。

　やがて落ち着いたのか、彼女は脱力したようにそのまま黙ってしまった。静まり返った馬車で私はどうすることもできず、ただその光景を眺め続ける。

「……『コンピエーニュの騒動』をご存じですか？」

　ささやくような声で私に話しかけてきたのはナイペルク夫人だった。驚いたけれど私はやっと落ち着いたパルマ公を刺激しないように、無言のまま首を横に振る。

「十五年前の三月、フランスに輿入れすることになったマリー・ルイーゼ様は、コンピエーニュの宮殿で初めてナポレオンに会う予定でした。ところがあの粗暴な男は儀式の手順をすべて無視し、宮殿に向かっていた輿入れの馬車を強引に停車させるとマリー・ルイーゼ様をさらっていってしまったのです。そしてそのまま宮殿の寝室に連れ込み、マリー・ルイーゼ様を力づくで〝妻〟にしてしまいました」

あまりにひどい顛末《てんまつ》に、私は言葉もなく目を見張った。

オーストリアは伝統と儀礼を重んじる国だ。ましてやそれが大国同士の結婚式ともなれば、儀式の重大さは誰しも骨身に染みているだろう。

それらを破り、神様に結婚を誓う前の花嫁を力づくで抱いてしまうなど、オーストリアを侮辱しているとしか言いようがない。結婚が破談になり戦争に発展してもおかしくない出来事だ。

そうならなかったのは当時オーストリアが対フランスの敗戦国だったこと、そして凌辱された王女に恥をかかせないよう、騒ぎにしなかったからに違いない。

「マリー・ルイーゼ様は幼少の頃からナポレオンは悪魔だと教えられて育ってきました。フランス軍がウィーンに攻め込んできて王宮を追われたことも一度ではありません。そんな相手に、国のためとはいえ嫁がされるだけでも屈辱と恐怖でいっぱいだったのに、あの男はマリー・ルイーゼ様にさらに消えない傷を負わせたのです。当時十八歳だったマリー・ルイーゼ様がそのときどれほどの苦痛を味わったのか、どうかお察しください」

言われるまでもない。彼女の受けた屈辱を思い、同じ女性として怒りでこぶしが震えた。

「マリー・ルイーゼ様にとってフランスに嫁がれていた地獄のような四年間は、今でも癒えない深い傷となって残っているのです。ですからどうか……マリー・ルイーゼ様を苦しめるようなことは、もうなさらないでください」

「でも」と言いかけて、私はためらって口を噤んだ。

——ライヒシュタット公は……パルマ公にとって目を背けたい傷なのですか……？

胸に湧いた問いは、聞くまでもないと思った。答えはもう出ている。

実の息子にあれほど乞われても応えることができないのだ。彼が——屈辱の日々の産物であるがゆえに。

パルマ公の深すぎる傷は、十年以上経った今でもまるで癒えていない。

ナイペルク夫人の話を聞いているうちに忌まわしい記憶を思い出したのか、パルマ公が再び肩を震わせた。

「……嫌いよ。フランスも、私を悪魔に差し出したお父様とメッテルニヒも。みんな、みんな大嫌い。大嫌いよ」

涙交じりにか細く訴える声が、胸に突き刺さって痛い。

ナイペルク夫人はそんなパルマ公をしっかり胸に抱き、優しく背をなでながら声をかけた。

「大丈夫ですよ、マリー・ルイーゼ様。私があなたをお守りしてさしあげます。パルマへ帰りましょう。私と一緒に、ずっとずっとパルマで暮らしましょう」

パルマ公を見つめるナイペルク夫人の眼差しは、慈しみと切なさにあふれている。

それを見て私はようやく気づけた。このふたりに主従を超えた絆があることに。

ハッとした表情を浮かべた私に、ナイペルク夫人はこちらを向いて小さくうなずいてみせる。

「マリー・ルイーゼ様には伴侶となり支える存在が必要なのです。それが神の教えに背くことだとしても、私はかまいません。私は一生このお方に尽くし人生を共にしてまいります」

ナイペルク夫人がきっぱりと言いきると、彼女の背に回されていたパルマ公の手が震えながらギュッと強く握られるのが見えた。

……パルマ公がフランスでどんな日々を過ごしたのか、私は想像することしかできない。けれど、彼女はきっともう男性を愛することができないのだろう。

そしてそんなパルマ公を、ナイペルク夫人は受けとめ愛している。オーストリア王室が厳格なカトリックで同性愛を禁じていることを知っていても、なお。

私はもうなにも言うことができなかった。

ライヒシュタット公の力になってあげたかった。あの子を母親に会わせてあげたかった。けれど、満身創痍の心でようやく見つけた本当の愛にすがって生きているパルマ公を、これ以上苦しめることなどできない。

「もうすぐ公館前に着きます。どうぞこのままお戻りくださいませ。そうすれば私たちも、あなたの秘密に気づかなかったことにしてさしあげます」

「えっ？」

馬車が公館前の大通りに差しかかる角を曲がったとき、ナイペルク夫人が驚く言葉を発した。

「男性の格好をしてらっしゃいますが、女性なのでしょう？　でなければマリー・ルイーゼ様が密室の馬車に招き入れるはずがありませんから。……あなたならマリー・ルイーゼ様の痛みをご理解くださると思いお話ししたのです。どうか私の期待を裏切らないでください」

　初めて女性であることを見破られ、私は心臓を大きく高鳴らせて動揺した。

　最近では男性らしい振る舞いにもすっかり慣れてきたので、まさかの指摘に冷や汗が噴き出す。

「わ……わかりました。もうパルマ公にウィーンに戻ってほしいなどとは言いません。ゾフィー大公妃にもそのようにお伝えします。お約束します」

　狼狽《ろうばい》しながらもそう誓った私にナイペルク夫人がうなずいたとき、馬車がちょうど公館前に到着した。

　馬車から降りて一礼する私に、ずっとナイペルク夫人にしがみついて泣いていたパルマ公が顔を上げて言った。

「あの子を……あの子をよろしくお願いします。あの子が健やかに成長するように、お友達としてどうか力になってあげて。それから――『お母様はあなたをとても愛しています』と」

　目に涙を浮かべて言ったパルマ公の言葉は、偽りなどではない母の愛に満ちていると感じた。

　それがうれしくて、でも悲しくて。私は滲んできた涙をこぶしで拭って、去っていく馬車を見送った。

パルマ公は冷たい母親なんかじゃなかった。息子を愛する気持ちと過去の傷との板挟みになって、苦しみながら生きている。

(……ウィーンに帰ったらライヒシュタット公にパルマのお話をしてあげよう。あなたのお母様が治めている国はとても素晴らしかった、って。いつか……いつの日にか、一緒にパルマへ行こうって)

ナポレオンが台頭した激動の時代が終わってもなお、爪痕は国家に、人々の心に残り続けている。

オーストリアの宰相秘書官になりヨーロッパの政治の中枢にいながら、私は自分の役割に初めて疑問を抱き始めていた。

(クレメンス様の考えは正しい。だから今ヨーロッパは平和になっている。でも……そのせいで不幸になっている人がいるのはどうしてなんだろう。……私はただ、秘書官の立場に甘んじて命令に従ってるだけでいいのかな……)

仰ぎ見た夜空は月が傾き始めていた。二十一世紀の東京よりずっと星がよく見えるその空は、なんだか私にたくさんの疑問を投げかけているようだった。

私このままでいいんですか？

北イタリアの視察から戻って少しすると、皇帝一家は例年通り夏の離宮シェーンブルン宮殿へと住まいを移した。

宮廷内の雰囲気が少しだけ変わったのは、その夏のことだった。

「ようやく大公殿下に跡継ぎが望めそうね」

そんな噂がまことしやかに宮廷内に流れるようになったのだ。

どうやらゾフィー大公妃が北イタリアへ行っている間、フランツ・カール大公は皇帝夫妻にずいぶんと叱られたらしい。「皇室の一員が子づくりを放棄してどうする。大公妃はまだ子供なのだからお前がリードしなさい」と。

もっとも。皇帝陛下がそうなさるように、クレメンス様が仕向けたのだろうけれど。

彼はゾフィー大公妃の子が未来の皇帝になると確信している。ならば自分の権力が衰退する前に未来の皇帝の教育方針を決定したいというのが、クレメンス様の目的だろう。

そうしてこってり絞られたフランツ・カール大公は渋々ながらもゾフィー大公妃に

優しくするようになり、その甲斐あって夫婦仲はずいぶんとよくなってきているのだとか。

そして夏も終わり再びホーフブルクでの生活が始まると同時に、宮廷には「ゾフィー大公妃殿下、ご懐妊」の朗報が駆け巡った。

正直なところ、私は少し不安だった。

パルマ公が屈辱的な初夜を経験したことで深く心に傷を負ってしまったように、ゾフィー大公妃も愛していない夫に抱かれて心を病んでしまうのではないかと。

ところが。

「聞いて、ツグミ！　私、赤ちゃんができたの！　すごいでしょう⁉　私、お母様になるのよ！」

お祝いの言葉を述べに大公妃の部屋へ伺った私は、「おめでとうございます」と述べる前に喜色満面の彼女に詰め寄られた。

「ぞ、存じ上げております。おめでとうございます、大公妃殿下。これからはお体を大切になさってください」

私がお祝いに持ってきた花束を受け取って、ゾフィー大公妃はクルクルと部屋の中を舞う。

「うふふ。私ね、子供が男の子だったらフランソワのような子に育てるの。優しくて、純粋で、勇気があって、頭がよくて、優雅で上品で……ね、素敵でしょう？　それから子供と私とフランソワと三人でピクニックに行くわ。どこがいいかしら、やっぱりラクセンブルクかしら」

彼女の言葉を聞いて、はて、父親はいったい誰だったかなと一瞬混乱に陥った。

「あの、えっと、その……フランツ・カール大公はなんとおっしゃっていましたか？」

おずおずと尋ねてみれば、ゾフィー大公妃は花束に顔をうずめ匂いを楽しみながらケロリとした口調で答えた。

「ホッとしてらしたわ。これで子供が男児だったらお互い義務は終わりですもの。もう寝室も別々だから、朝食のときしか顔を合わせていないわ」

なんとドライでタフなのだろうと、私はポカンと目も口も丸くしてしまう。

まあ、パルマ公のときとは違い、不仲であろうと夫は敵でも悪魔でもないのだ。それにフランツ・カール大公は懐妊まではゾフィー大公妃に優しくしていたようだし、状況はまるで違うのだろう。

ほかに心から慕う人がいるのに別の男性の子を妊娠してケロッとしていられるタフさは私には理解しがたいけれど、それこそ二十一世紀の庶民と十九世紀の王族の感性の差としか言いようがない。

なににせよゾフィー大公妃が心身共にお元気そうでよかったと、私は密かに胸をなで下ろす。

「お体をいたわって元気な赤ちゃんを産んでください。オーストリア国民も、バイエルンのご家族も、もちろん僕も、みんなが赤ちゃんの誕生を心待ちにしていますよ」

微笑んで花束ごとゾフィー大公妃の両手を握りしめれば、彼女は幸福そうに頬を染めて「もちろんよ！」と笑ってくれた。


「クレメンス様。お話があります」

宰相官邸に戻った私は、執務室で書類の決裁をしているクレメンス様に向かって声をかけた。

クレメンス様は持っていた羽ペンをインク壺に刺してから、私のほうに顔を向け「どうぞ」と言葉を促す。

「……ゾフィー大公妃殿下のお子様のことですが……どうか大公妃殿下ご自身の手でお育てできるよう計らってはいただけないでしょうか？」

緊張を押し殺し思いきって願い出ると、クレメンス様はまるで「やれやれ」と言わんばかりに大きく息を吐いた。

私は以前クレメンス様が言ったことが気になっていた。ゾフィー大公妃に子が生まれたら早めに適切な養育係に教育を任せる、と。

国やその時々の王家の方針にもよるけれど、王族の子は基本的に母親だけではなく乳母や養育係、家庭教師など、大勢の人に育てられる。

母親が強い力を持っており自分の手で育てたいと望めば幼少期は普通の親子のように共に過ごせるし、養育係や家庭教師も母親の意思で決めることができる。けれどその逆もしかりで、宮廷内での権力や立場が弱ければ子供を取り上げられてしまうことも多い。ひどいと時々顔を合わせる赤の他人みたいな母子になってしまうのだ。

私はゾフィー大公妃と子供をそんな関係にしたくないと思う。あんなに子が生まれるのを楽しみにし、自分の手で育てることを夢見ているのだ。それを無理やり引き離すことが正しいとは、とても思えない。

（ゾフィー大公妃の子を、ライヒシュタット公みたいに寂しい子にしたくない。大人の都合で子供が母親の愛に飢えるなんて、間違ってるに決まってる）

そう思って強い意志を込めてクレメンス様に対峙するものの、彼はあきれたように顔を背け、椅子から立ち上がって窓際へと歩いていった。

「きみはライヒシュタット公とゾフィー大公妃に会うことをもうやめなさい。これ以上彼らの影響を受けることは、きみの将来のためにならない」

大公妃の子供の話どころか、ふたりに会うなと釘を刺されてしまい、私はショックと驚きで立ちすくむ。

「ツグミ。きみは行政官として悪くない素質を持っている。できることならこの先、ゲンツと共に私の片腕になってほしいくらいだ。——けど。今のきみは道を誤りかけている。もう一度国家とはなにか、王族とはなにか、そして今のヨーロッパに必要なのはなんなのか、考え直したまえ」

厳しい口調で叱責され、思わずうつむきたくなってしまった。

尽くしてきたボスに失望されることは、秘書としてもっとも悲しいことだ。

オーストリア帝国の宰相としてヨーロッパを牽引し、誰よりもヨーロッパの平和のために日夜尽力しているクレメンス様を、私は心から尊敬し憧れている。

時には冷酷な判断を下し非難され誰かに恨まれようとも、クレメンス様の選択は結果的に正しい。私はそれをわかっていながら、感情的で甘いことを言ってしまったのだ。

きっと、「三年もそばにいながらいったいなにを見てきたんだ」ってガッカリしているだろう。

「……大変申し訳ございません」

窓際に立つクレメンス様に頭を下げるものの、私の心は納得がいっていないとばかりに痛む。子供を取り上げられたゾフィー大公妃の嘆き悲しむ姿が、閉じたまぶたの裏をよぎる。

深々と頭を下げていると、クレメンス様が視線をはずし窓を開ける気配がした。緊張感でよどんだ部屋に、秋の穏やかな風が通り抜ける。

「――戦争は悲惨だよ、ツグミ。誰ひとりとして幸せにならない。残るのは支配者のゆがんだ欲の爪痕だけだ。もう二度とヨーロッパをあの時代に戻してはいけない」

独り言のように語った声が、秋風と一緒に私のもとへ届いた。

その声には強い決意と、戦争を見てきた者だけが知る消えない哀しみが感じられた。

「王家の人間はけっして飢えない。国民が血の滲むような思いをして得た糧をいただくからだ。そしてその代償として彼らは自由を奪われる。未来も幸福も愛も、すべてはオーストリアのために。宰相である私の仕事は、彼らが選択を誤らないようにその舵取りをすることだ」

――わかっている。クレメンス様の言葉は痛いほど私の胸に響いて、それが正解なのだと心をギュウギュウと締めつける。

それなのに私のまぶたの裏には妊娠を喜ぶゾフィー大公妃の姿や、国のために癒えない心の傷を負ったパルマ公の姿がよぎって仕方ない。

頭を下げたまま上げられないでいると、窓を閉める気配がして「もう行きなさい」とクレメンス様の声がした。

執務室を出ても私は自分の気持ちを整理できず、唇を噛みしめたままうつむいて廊下を歩いた。


耳を疑うような悲報が飛び込んできたのは、半月後の雨が降る朝のことだった。

「ゾフィー大公妃殿下が流産されました」

早朝から本宮殿に呼び出されたクレメンス様についていった私は、宮殿に入るなり駆けつけてきた侍従の言葉を聞いて頭の中が真っ白になった。

(……どうして？　だって、あんなに子供ができたことを喜んでいたのに……)

昨夜舞踏会の途中で腹痛を訴え、急いでホーフブルクに戻り侍医が手を施したけれど駄目だったと侍従は語った。

ショックのあまり震えそうになる脚に力を込め、居間に向かうクレメンス様の後を必死に追う。

居間では長椅子に座った皇帝陛下が寄り添って泣いている皇后陛下の肩を抱き、慰めているところだった。

「陛下、参りました」

「来たか、メッテルニヒ。聞いた通り、私の孫は天に召された。かわいそうに、一度も母親に抱かれることもなくな」

嘆くように語ったフランツ一世陛下の顔は、悲しみのために疲弊していた。ゾフィー大公妃の姉でもあり義母でもある皇后陛下の悲しみはさらに深いのだろう、「ああ、かわいそうなゾフィー」と繰り返し涙をこぼし続けている。

祖父母として孫を失った皇帝夫妻の姿はあまりにも痛々しく、私まで涙があふれそうになってくる。

「……ゾフィー大公妃殿下は……どうなさっていますか」

子を失った彼女が大丈夫か気になって仕方がない。体への負担も大きいだろうし、なによりどれほど悲しんでいるか想像すると居ても立ってもいられなかった。

皇后陛下は私の声を聞いて顔を上げると、「あなたがツグミね」と言ってハンカチで涙を拭いた。

「体のほうはゆっくり休ませれば大丈夫だそうよ。けど、心配なのは心だわ。よかったら会って言葉をかけてあげてちょうだい」

「よろしいのですか？」

「あなたはゾフィーが心を開く数少ない友人だと聞いているわ。どうかあの子の悲しみを少しでも受けとめてあげて」

皇后陛下の言葉を聞いて、クレメンス様も私に向かってうなずく。さすがに今ばかりは彼女に会うのをとがめないようだ。

私は一礼をして居間を出ると、侍従の案内でゾフィー大公妃の寝室へと向かった。

ゾフィー大公妃の寝室の前には侍女や女官、侍医たちが集まって立っていた。

ひとりにしてほしいとの彼女の命令で、みんな外に出されたのだと侍女頭が教えてくれた。

今は会わないほうがいいだろうかと躊躇《ちゅうちょ》したけれど、ノックをして「大公妃殿下、ツグミです」と外から声をかけてみる。

すると弱々しい涙声で「ツグミだけ入って」と返事が返ってきた。

ただでさえ雨降りの朝で薄暗いのに、カーテンを閉めきった寝室は夜かと見まごうほどの暗さだった。

そんな闇に包まれた部屋で、ゾフィー大公妃はベッドで小動物のように身を縮め、背を震わせて泣いている。

「ゾフィー大公妃殿下……」

……なんて声をかけていいかわからない。子を亡くした母の苦しみがどれほど深いか、私は少しでもそれを救ってあげられるのだろうか。

しばらくただ黙って泣き続けていたゾフィー大公妃は、やがて消え入りそうな声でつぶやき始めた。

「わ……私が悪い子だから……神様は私に罰を与えたの……？　私が大公とミサに行くのを嫌がったから……神様は怒って私の赤ちゃんを奪ってしまわれたの……？　私が……ハプスブルク家に嫁いだことを何度も嘆いたから……私が悪い子だから……私のせいで……」

悲しみのどん底で自分を責め続ける少女の姿があまりにも哀れで、気がつくと私は彼女を抱きしめてボロボロと涙をあふれさせていた。

「あなたは悪くありません……！　あんなに子が生まれるのを楽しみにしていた大公妃殿下が罰を受けることなどありません！　これは偶然の不幸な出来事です。どうかご自分を責めないでください……」

ゾフィー大公妃は私の体にしがみつくように抱きついて、わんわん泣き続けた。こんなにも人は泣き続けられるのかと驚くほど泣いて、泣いて……やがて体力が尽きて眠りに落ちた。

（……本当はライヒシュタット公に慰めてほしかったんだろうな）

幾筋も涙の跡の残った寝顔をそっと指でなでながら、思った。

きっとライヒシュタット公も彼女のもとに駆けつけたいと思っているだろうけれど、かなわないのだろう。

ゾフィー大公妃とライヒシュタット公の関係は義理の伯母と甥の関係にあたる。身内なのだから見舞いに駆けつけてもおかしくはないのだけれど、ふたりが好意を寄せ合っている関係だという噂は、もはや宮廷中が知るところだ。

このようなデリケートな問題にライヒシュタット公が介入して余計な噂になることを、皇帝陛下も周りの宮廷官も避けたいと思っているに違いない。

私も一応男なのだけれど、否応なしに身持ちが堅いことが幸い（?）してか、『日本から来た秘書官は女性に興味がないらしい』という認識になっている。だから今も大公妃の寝室に入れてもらえたようだ。

子供のような寝顔に残る母としての悲しみの跡を痛ましく思いながら、私は寝息をたてるゾフィー大公妃の頭を何度もなでた。

……私は行政官として、この国の舵を取るクレメンス様の補佐として、オーストリアにとっての正しい選択をしなければならない。けれども。

（ゾフィー大公妃には笑っていてほしい）

そう思う気持ちはどうしても、胸の中から消すことはできなかった。

しばらくの間は部屋に閉じこもり元気をなくしていたゾフィー大公妃は、やがて少しずつ舞踏会や公務に出るようになった。

冬は王侯貴族にとって社交界のシーズンだ。大公妃の義務として出席しないわけにはいかない。

ただ少しだけ救いなのは、義務で出席する舞踏会の合間に出かける観劇のときは、いつもライヒシュタット公が彼女の隣にいたことだった。

ライヒシュタット公もゾフィー大公妃と同じように、彼女の妊娠を心から喜び、そして生まれなかった命を嘆き悲しんだ。

肝心なときにゾフィー大公妃のそばに寄り添い慰めることはできなかったけれど、時間が経った今、ライヒシュタット公はこうして少しずつ彼女の心を癒し元気づけているように見える。

（やっぱり愛する人がそばにいるのって大切なことなんだな）

一方、亡くなった子供の父親であるフランツ・カール大公は、悲しんでいるというよりガッカリしているようだった。ようやく跡継ぎをつくる義務から解放されたのに、再び振り出しに戻ってしまい、落胆しているらしい。

子の父とは思えないほどの薄情っぷりだけれど、これもまた時代や王族という立場の違いなのだろう。

そうしてホーフブルク宮殿は以前と同じ平穏さを取り戻しながら新年を迎え、やがて私がこの世界へ来てから五度目の夏がやってきた。


「泣かせてくれ　あなたの胸に寄りすがって　あなたは己のたったひとりの友　この広い大地の上に　己は誰ひとり　おお誰ひとり　親身のものを持っていない」

ある日、所用でシェーンブルン宮殿にやって来た私は、廊下の窓から夕日を眺め詩を口ずさんでいるライヒシュタット公の姿を見つけた。

「寂しいけれど綺麗な詩ですね」

彼は私がいたことに気づいていなかったのだろう、声をかけるとびっくりして肩を跳ねさせてから振り向いた。

「なんだ、ツグミか。驚いた」

綻ぶ笑顔は相変わらず美しいけれど、最近はめっきり大人びてきたように見える。成長期真っ只中なのだろう、会うたびに彼の身長は大きくなっていて、一八〇センチに届く日も遠くないように思えた。

ライヒシュタット公は再び窓のほうを向き窓枠に頬杖をつくと、遠い夕焼けに目を細めて詩の続きを紡いだ。

「この己を　玉座の脇から拾い上げた　哀れなみなしごと思え　己は　なまじ帝王の子と生まれ合わせ　父の情けを知らぬのだ」

声変わりを終えた声に少年の頃の透明感はないけれど、力強い芯を持ちながらもやわらかなそれは、夏のまぶしい夕日と溶け合うように切なく力強く胸に響いた。

「ドイツの戯曲『ドン・カルロス』だよ」

西日のオレンジ色に顔を染め、ライヒシュタット公が私を振り向いて微笑む。

その戯曲の詳しい内容は知らないけれど、孤高な詩はまるで彼のことを綴っているみたいだ。もしかしたら本人も自分を重ねて口ずさんでいたのかもしれない。

そのとき、窓の外で庭の木から大きな鳥が飛び立つのが見えた。

シェーンブルン宮殿は狩猟公園の森が近いから大型の鳥もチラホラ見かける。あれはたしかヨーロッパハチクマだっけ、鷲の仲間だと以前ゲンツさんが言っていたような。

「――ねえ、ツグミ」

再び窓の外に顔を向け直して、ライヒシュタット公がつぶやくように私に呼びかける。

「鷲は大空へ羽ばたくべきだと思わないか。彼の翼は王者の翼だ。彼が大空を飛ぶのは神が示した運命だ」

「わ、鷲……ですか？」

唐突に語られた話の意味が理解できなくて、私は首をかしげて「うーん」と悩む。ただ、話の意味はわからなかったけれど、黄昏の空を飛ぶ鳥を眺める彼の瞳は夕焼け色が反射して、まるで燃え盛る炎を宿しているように見えた。

ここ最近、クレメンス様がピリピリしているように見えるのが気のせいではないとわかったのは、久しぶりにゲンツさんとふたりで食事へ行った日のことだった。

「ついに接触しちまったらしいぜ。チビナポとボナパルティズムの奴らが」

いつものようにお気に入りのトカイ・ワインを口にしながら、ゲンツさんが小声で言う。

私は思わず「えっ⁉」とあげそうになった声を無理やりのみ込んで、テーブルに前のめりになって小声で尋ねた。

「いつですか？　どこで？　だって彼の行くところはいつだって秘密警察が護衛してるじゃないですか」

あのセルドニキ警視総監が万全を尽くしてボナパルティズム運動家を警戒しているのに、どうしてそんな事態になってしまったのか。疑問と驚きがあふれ出す。

「接触っていっても言葉を交わしたわけじゃねえ。劇場に向かうチビナポの馬車に、三色旗が投げ込まれたそうだ。『鷲の子を王座に』って手紙と一緒にな」

鷲の子――その懐かしい響きにハッとする。

彼の正体がわかった今ならば意味がわかる。鷲の子、それは鷲を紋章としていたナポレオンの子供という意味だ。

そして青、白、赤の三色旗はフランスの――フランス革命で勝ち得た『自由・平等・友愛』の証である。

三色旗に鷲の子……。ウィーン体制にとってこれほど脅威で忌まわしい印はない。

「……それで、犯人は捕まったんですか？」

「調査中だ。けど問題は奴らが動きだしたことじゃない。チビナポがなにか考えだしちまったってことだ」

「ライヒシュタット公が？」

「三色旗事件以来、ナポレオンに関する回想録を片っ端から読み始めたらしいぜ。しかもなあ、やっかいなことにゾフィー大公妃が肩入れしてるらしいんだ。最近じゃふたりで出かけるのをやめて、代わりに部屋にこもってフランス語の勉強をしてるって、チビナポの家庭教師からの報告がきてる」

ゲンツさんの話を聞いて、私は唖然とした。

どうしてゾフィー大公妃がそんなことをするのだろう。それじゃあまるで彼女がボナパルティズムの支持者みたいではないか。

ゲンツさんはハーッと大きくため息を吐き出し、腕を組んで椅子の背もたれに寄りかかる。

「メッテルニヒの奴が一番危惧してた事態だ。チビナポが親父と同じ道を歩まないように、ウィーンに閉じ込めて徹底的にオーストリア人として育てたのになあ。子供の頃はしゃべれてたフランス語だって、厳しく禁止して一度は忘れさせせたんだぜ。そこまでしても結局フランスと親父に興味持っちまうんだ。これはもう血筋としか言いようがねえよ」

ああ、そうか、と私は数日前に見たライヒシュタット公の姿が頭によみがえった。

彼は思い出したのだ。自分が力強い翼を持った空の王者だということを。

あのときのライヒシュタット公の瞳を思い出して、私は背をゾクリとわななかせる。

「ライヒシュタット公は……フランスの王をめざすんでしょうか？」

「それはまだわからねえよ。夢や憧れを抱く年頃だからな。フランスの王になれなんて言われて、一時的にヒロイズムに酔っちまっただけかもしれねえ。……ただなあ。あの坊やはもともと親父に強く憧れてたんだよ。オーストリアに来たばかりの頃はナポレオンの話ばっかりしたがってたし、自分はフランス人だって言ってはばからなかった。もちろんすぐにメッテルニヒの命令で禁止されたけどな。けど、チビナポが軍人に憧れてるのは間違いなく親父の影響だ。口にはしないけど、あいつは親父みたいな軍人になりたいってずっと思ってるんだよ」

ゲンツさんの話を聞きながら、胸が不快に鼓動を速める。

まさか、もしかしたら。考えたくはないけれど、いつの日かライヒシュタット公がフランス王座に就き、オーストリアと刃《やいば》を交える可能性もあるのだろうか。

（でも……電子辞書によるとライヒシュタット公は二十一歳で亡くなるはず。それに歴史には彼がフランスの王になった記録は残されてない）

未来から来た私はこの先のヨーロッパがどうなるかを知っている。けれど、この世界は私のもといた世界の過去ではない。いろいろなことが少しずつズレているこの世界ならば、もしかしたらライヒシュタット公が長生きをし、ナポレオン二世としてオーストリアの敵になる未来もないとは言いきれない。

（……嫌だ。あの子がオーストリアの敵になるなんて、そんな悲しい未来にだけはしたくない）

口もとに手をあてうつむいてしまった私に、ゲンツさんが心配そうに励ます声をかける。

「まあ、まだ決まったわけじゃねえよ。チビナポだって十年以上オーストリアで暮らしてるんだ、簡単にフランスの王になりたいなんて言うほど薄情じゃないと思うぜ。第一、そんなことはヨーロッパ中がさせねえよ。なんのためのウィーン体制だと思ってんだ」

「そう……ですよね……」

声が震えないようにこらえながら、私は顔を上げた。

ゲンツさんの言う通りだ。ライヒシュタット公はそんな薄情な少年じゃない。彼がナポレオンに憧れていたとしても、オーストリアには彼をかわいがっている祖父のフランツ一世皇帝陛下も、彼が会いたいと願い続けている母親のパルマ公もいるのだから。

「けど……だったらどうしてゾフィー大公妃はボナパルティズムみたいな真似を？」

それがどうしても不思議で首をかしげるも、ゲンツさんも腕を組んだまま うーんと唸って顔をしかめてしまう。

「……僕、明日ゾフィー大公妃にお会いして伺ってきます」

想像を巡らせるのにも限界がある。私は思いきって彼女に直接聞くことを決めた。

「そういやお前は大公妃の〝お友達〟なんだっけな。なら本人に聞くのが一番いいぜ」

ゲンツさんがそう賛同してくれたとき、店の壁掛け時計が二十二時の鐘を鳴らした。グラスのワインを飲み干し、ゲンツさんは「そろそろ行くか」と椅子から立ち上がる。

そして同じように立ち上がった私の背を、気合を入れるように叩いてから、「お友達が馬鹿なことたくらんでたら、しっかり叱ってやれよ」と発破をかけた。

「ええ、そうよ。私、フランス語が少しできるからフランソワに教えてあげてるの」

翌日、さっそく話を聞きに部屋を訪れた私に、ゾフィー大公妃はあっさりとそう答えた。

「ど……どうしてですか?」

悪びれる様子も隠す様子もない彼女に呆気にとられながら尋ねれば、さらにあっけらかんとした答えが返ってきた。

「なぜって、この王宮でフランソワにフランス語を教えてくれる人がいないからに決まっているじゃない。ウィーン宮廷の人たちって本当に意地悪よね。フランソワがフランス語を覚えたらオーストリアが消滅するとでも思ってるのかしら? ばかばかしい!」

ゾフィー大公妃の言うことはもっともである。ただウィーンの宮廷が恐れているのは、ライヒシュタット公がフランス語を覚えることではなく、覚えた後どうするのかだ。

「ならばなぜ……ライヒシュタット公はフランス語を学びたいと思うようになったのでしょうか?」

三色旗事件以来、彼がフランスのナショナリズムに目覚めてしまったのではないかと危惧する私に、ゾフィー大公妃は思いも寄らない言葉を返した。

「私が勧めたのよ。いけない？」

そう言ってこちらを向くゾフィー大公妃の瞳には、いつか見た力強い炎が宿っていた。愛する人の力になりたいと願う、あの力強さだ。

「……私ね、お腹に赤ちゃんが宿ったときから考えるようになったの。私の子は大きくなったらきっと、オーストリアの皇帝になるんじゃないかって」

衝撃の告白に、私は黙ったまま目を見張る。

今まで子供っぽい感情の陰に隠れてしまっていたけれど、ゾフィー大公妃はやはり聡明な頭脳の持ち主なのだ。彼女にはこの先のオーストリア帝位の行方が、すでに見えている。

「私の子が王座に就いたとき、その隣にはフランソワがいてほしいと思ったの。私の子とフランソワのふたりが、いつの日かオーストリアを牽引していくのよ。そのために彼はもっとたくさんのことを学ばなくてはいけないの。彼にはその素質がある、世界中を飛び回って魅了できる強い翼があるのよ。私は彼をこの鳥籠から解き放つわ」

……耳を疑った。

まさか、てんで幼いと思っていたゾフィー大公妃がそんなことを考えていただなんて。きっとこの王宮の誰もが予想もしていないだろう。

言葉もなく立ち尽くしている私を見て、ゾフィー大公妃がクスクスとあどけない笑顔で笑う。

「そんなに驚かないでちょうだい。私たち、初めて会ったときから決めていたのよ。『いつかふたりでここを逃げ出そう』って。私に子ができたり、フランソワを乞う人々がいることがわかったりして、私たちたくさん考えるようになったの。それで、『私たちいつまでも泣いて慰め合ってるだけじゃ駄目ね』って、ふたりで話し合ったのよ」

幼い恋に踊っていた少年と少女は、いつの間にか成長し自分たちの役割を見つけ出していた。ふたりはもうただ泣くのをやめて、政治という舞台から鳥籠の鍵を開けようとしている。

「だから……ライヒシュタット公に国際教育を施そうと？」

「そうね。それが彼にフランス語を教え始めた理由の半分」

緊張で背に汗をすべらせる私と対照的に、ゾフィー大公妃は楽しい計画を打ち明ける子供のように唇に弧を描いてこちらを見つめた。

「もう半分の理由はね、フランソワを彼のお父様に会わせてあげるためよ」

無邪気な口調で話された言葉の衝撃に、私は息をのむ。

ライヒシュタット公とナポレオンの再会――この宮廷で……いや、ヨーロッパで一番タブーとされていることを、彼女は平然と口にしたのだ。

「フランソワが彼のお父様にずっと憧れていることは、ツグミだって知っているでしょう？　……もっとも、〝M〟と意地悪な宮廷官たちのせいでフランソワはそれを口に出すことさえ禁じられてしまったけれど。でもね、フランソワはもう大人の言いなりになるしかない子供じゃないわ。彼は彼の意思で生きるべきなの。私、フランソワに約束したわ。いつか一緒にあなたのお父様に会いにいきましょうって。立派な軍人になって、その姿をお父様に見せてさしあげなさいって言ってあげたの。彼、喜んでいたわ」

――ライヒシュタット公を父に会わせてあげたい。

その願いが子供のような純粋で浅慮なものなのか、それとも危険をはらんだ思想ゆえなのか。私は密かに唾を喉に流し込んでから、口を開いた。

「……会って、それからどうされるおつもりです？」

緊迫した様子で問いかけた私に、ゾフィー大公妃は肩をすくめクスッと笑ってみせる。そして長椅子から立ち上がり、私の肩をポンポンと軽く叩いた。

「本当に臆病ね。〝M〟もあなたも。父親に会ったからって、フランソワがオーストリアの敵になるわけないじゃない。言ったでしょう、フランソワは私の息子と一緒にこの国を治めていく存在になるって。彼はナポレオンのように革命の旗頭にはならない。正当なハプスブルク家の一員として、ヨーロッパを……いいえ、世界を羽ばたく鷲になるのよ」

――私は、はっきり言ってゾフィー大公妃を侮っていた。史実と違って、この世界の彼女はまるっきり幼くよくも悪くも純粋で、恐れる存在ではないと思い込んでいた。

けれど、そうではない。聡明な女傑であり打倒メッテルニヒの急先鋒といわれた史実は、間違っていなかった。

ゾフィー大公妃。彼女は脅威だ。

彼女は純粋ゆえにどこまでも強く賢くなれる。愛するライヒシュタット公のために。彼女の本質を見抜けなかった私の完敗だと思った。歴史は動きだしている。正しく、クレメンス様が追放されウィーン体制が壊滅する未来へと。

なにも言えないままでいる私を、ゾフィー大公妃が愛らしい上目遣いで見つめる。そして友達と内緒話をするように「シーッ」と口もとに指を立て、声を潜めて言った。

「ツグミ。私たちの味方にならない？　あなたは〝M〟の親戚だけれども、信頼できる友達だわ」

「――っ⁉　た、大公妃殿下……⁉」

背筋がゾッとした。神様か悪魔かわからないけれどなにかが背をなでた気がして、心臓が狂ったように早鐘を打ち始める。

「私は皇帝の母としてこの国で力をつけていく。古い体制はいずれ崩壊して、これからは私やフランソワの時代になっていくのよ。そして私の子が帝冠をいただいたとき、あなたはこの帝国の宰相におなりなさい。新しい時代のオーストリアを支えるために」

「僕が……宰相……？」

自分の声がかすれ震えているのがわかったけれど、どうにもできなかった。

乱れそうになる呼吸を整えるのが精いっぱいで、動揺を隠す余地もない。

いつからか胸に根付き膨らみ続けてきた違和感が、はっきりとした形になって心を揺らすのがわかった。

（――ヨーロッパを平和に導くことは正しい。けれど、クレメンス様のやり方は正しいの？　パルマ公を国のために犠牲にし、ライヒシュタット公を王宮に閉じ込め、ゾフィー大公妃からも子を奪おうとしている。ハプスブルク家の人たちから愛を奪い続けるしか方法はないの？　私なら――未来を知っている私ならば、きっともっとうまくできる。ヨーロッパを平和に導きながら、誰も泣かないで済むやり方が、必ずあるはず）

「……僕は、……僕は……」

鯉のように口をパクパクさせながら声を絞り出そうとする私に、ゾフィー大公妃はクスクスと笑って両肩をポンポンと叩く。

「今すぐ返事をしなくてもいいわ。考える時間が必要だものね。でも、私はあなたのことを信じているわ、ツグミ」

その微笑みは自信にあふれ艶やかで――人心を掴む〝女傑〟の顔そのものだった。

その三ヶ月後、一八二七年一月。

私の目の前でまたひとつ歴史が大きく変わった。

ギリシャを支援していたオーストリア、イギリス、フランス、ロシアがトルコ艦隊を破り、ついにギリシャの独立が決まったのだ。

しかしギリシャの独立は結果的に革命家たちの士気を上げることとなってしまい、相次ぐようにオランダからベルギーが、ロシアからはポーランドが独立してしまった。

すべて私の知る歴史より三年も早い出来事だった。

そして、ヨーロッパ中でまことしやかにささやかれ始める。「新たな国の王座にライヒシュタット公を迎えよう」と。

まるで鷲の子の目覚めに呼応するかのように、歴史がうねり動きだそうとしていた。

鷲は大空を飛びますか？


この世界には、神に愛される英雄というものが存在する。その者が自分の使命に目覚めるとき、世界は彼の足もとにひれ伏すしかないのだ。

少なくとも今、ヨーロッパはひとりの英雄を中心に動いている。もはや、彼が羽ばたくことは神の意志で、誰も止められないように。


「ライヒシュタット公爵、フランツ（フランソワのドイツ語読み）。お前をオーストリア帝国陸軍大尉に任命する」

八月十七日。シェーンブルン宮殿でライヒシュタット公の大尉叙任がおこなわれた。

ついに憧れの軍人になれたことに、ライヒシュタット公が感激で瞳を潤ませたのは言うまでもない。

「これからも勉強と鍛錬によく励み、勇敢な軍人になるように」

「はい！　必ずや陛下のご期待に応えてみせます！」

ライヒシュタット公が顔を輝かせて言うと、広間は大きな拍手に包まれた。皇帝皇后夫妻をはじめハプスブルク家の人々、ライヒシュタット公の養育係や家庭教師、それに高位官職らがこの広間に揃い、立派に育ったライヒシュタット公を祝福している。

……ただし。にこやかな笑みを浮かべ惜しみない拍手を送っていても、その胸の内まではわからない。そう、私の隣に立ち紳士然とした笑みで手を打っているクレメンス様のように。

クレメンス様はライヒシュタット公の大尉叙任に激しく反対していた。

今、ヨーロッパでは独立を果たした新しい国の王にライヒシュタット公を迎えたいという声が盛んになってきている。

当然クレメンス様はじめオーストリアとしてはそれを許すことはできない。革命を起こし独立を果たした国の王にナポレオンの子を据えるなどしたら、ヨーロッパはますます革命に沸くことになるに決まっている。

ウィーン体制の中心人物であるクレメンス様としては、できることならば今まで以上にライヒシュタット公を王宮の奥深くに閉じ込めておきたいところだ。

ましてやこのタイミングで大尉に叙任などとんでもない話である。ライヒシュタット公を一人前の軍人と認めることは、彼を一人前の大人と認め表舞台へ出すことと同義なのだから。

けれど、クレメンス様の必死の説得も、加熱していくライヒシュタット公支持の声の前には通用しなかった。

ライヒシュタット公は去年の三色旗事件以来、フランス語だけでなくラテン語や国家学、国際法まで様々な分野の学習にも力を入れだした。もともと勉強熱心で頭のよい子なのだ、もはや大人以上に知識量は増え、指導者の立場に回ってもいいほどの学問を彼は身につけた。

それだけではない、体を鍛え軍事鍛錬にも励んだ。背は高いものの少年らしい華奢さを残していた体はどんどん筋肉をつけていき、もはや子供扱いがはばかられるほど男らしく逞しい。

……すべてはゾフィー大公妃の尽力の賜物だろう。彼女はライヒシュタット公を本格的に育て上げようとしている。未来の王にするために。

そして次第に、ウィーンの宮廷内からもライヒシュタット公に大尉の叙任をという声があがり始めた。

ライヒシュタット公が幼い頃から軍人に憧れていることは、宮廷人ならば誰しもが知っている。あれだけ鍛錬を積み、有能な軍人になるであろう王子を飼い殺す気かと、クレメンス様に対しての批判まで出るようになったのだ。

フランツ一世皇帝陛下は悩んだ。宰相であるクレメンス様の主張はもっともであるけれど、祖父として孫の努力と才能を見て見ぬふりはできない。

どちらにしろハプスブルク家の男子は必ず軍人として隊を持つのが習わしとなっている。正当な理由もなくライヒシュタット公だけ免除するわけにもいかず、結局ライヒシュタット公が十六歳になったこの夏、大尉叙任の運びとなった。

ライヒシュタット公を父親と同じ軍人にしてしまった。しかもこのタイミングで。

これはクレメンス様にとって、そしてウィーン体制にとって大きな痛手だ。そして……ゾフィー大公妃の計画にクレメンス様が一敗を期した出来事でもあった。

ヨーロッパの宰相といわれた男が、てんで子供だと思っていた大公妃に出し抜かれ痛手を負うなど、誰が予想したであろうか。

これにはクレメンス様はもちろん、ゲンツさんもずいぶんと渋い表情を浮かべていた。

『陛下が決められたことだ。私にそれを覆す権限はない。……たかが階級が与えられただけだ、焦ることはないさ』

今日の叙任式に向かう前、クレメンス様が言っていた台詞を思い出す。

おそらくクレメンス様は、すでに次の一手を打っているはずだ。……そう。たとえば、ライヒシュタット公爵を名乗りながら彼がライヒシュタットの地を踏んだことがないように。名ばかりの大尉で戦場どころか司令部にだって出さないことはできる。

あくまで階級を与えられただけ。ライヒシュタット公の扱いはきっと今までと変わらず籠の鳥のままのはずだ。

そんな複雑な気持ちを抱えている私の目の前で、叙任式は晴れやかな雰囲気で続いていった。

「お前の母から贈り物が届いている。……お前の父がエジプト遠征のときに帯刀していたサーベルだそうだ」

「本当ですか⁉ うわあ、すごい！ 感激です、どうもありがとうございます！」

パルマ公から送られてきた贈り物を受け取ったライヒシュタット公は、これ以上ないほど瞳をキラキラと輝かせて破顔している。もしかしたら彼は今、生まれてきて一番幸福な瞬間を過ごしているのではないだろうか。

優美な金装飾のついた鞘に納められたサーベルを手に、うっとりとした表情を浮かべるライヒシュタット公を見て、胸が締めつけられる。彼は本当に、本当に父親のことが大好きで憧れ続けているのだ。

その強くて純粋な思いを今まで抑圧され続けていたことが、彼にとってどれほど苦しかったか。父のサーベルを手に喜びで頬を染める姿から伝わってくる。

そしてそれを感じているのは私だけではないようで、孫を見つめる皇帝陛下の眼差しや家庭教師たちの表情、思わず涙ぐんでいる皇后陛下や侍女たちの心にも思うことがあるのは一目瞭然だった。

（……やっぱり、王宮の人たちもライヒシュタット公に悪いことをしたと心の奥では感じているんだ）

国のためとはいえみんながみんな、冷酷なことを子供に強いて平気でいたわけではないと知れて、わずかに安堵する。

そのとき、ライヒシュタット公に祝福を述べる大公たちの隣に並ぶゾフィー大公妃の姿が目に入った。

ゾフィー大公妃は達成感に満ちた晴れ晴れとした笑みを浮かべながらも、青い目の奥は笑っていない。それどころかライヒシュタット公を囲む人々を見る眼差しには、恐ろしいほどの敵意がこもっているように見えたのは……私の気のせいだろうか。

ライヒシュタット公が大尉に就任したことで世間の注目はますます大きくなり、クレメンス様が危惧した通り〝ナポレオン二世ブーム〟がさらに過熱して問題を生み出した。

大きな騒動のひとつ目は、ある日ゲンツさんが目を白黒させながら宰相官邸に持ってきたビラで発覚した。

『ライヒシュタット公爵、ポーランド国王に就任』

大きな文字でそう書かれたビラには、ライヒシュタット公はポーランドのクラクフという都市ですでにポーランドの政治家たちと会談を済ませたと記されていた。

当然、根も葉もないデマである。ライヒシュタット公は相変わらずオーストリアから出ることを許されていないのだから。

ポーランドの王にナポレオン二世を望む人たちが作ったデタラメなビラではあるけれど、これがワルシャワはじめポーランド中にばらまかれたというのだからやっかいだ。すでにこの情報を掴んだロシアからも使いの者が真意を確かめるため、オーストリアまですっ飛んできたという。

「やることがだんだん過激になってきやがったなあ。頭が痛いぜ」

クレメンス様の執務室にビラを持って駆け込んできたゲンツさんはそう言って、うんざりとした様子でソファにどっかりと腰掛ける。

「ツグミ。セルドニキのところへ行って、今夜から警備の数を二倍……いや、三倍に増やすように言ってくれ。ポーランドに対抗したフランスが、ライヒシュタット公の誘拐を企てる可能性がある」

「わ……わかりました！」

クレメンス様に命じられ、私はすぐさま執務室を出て廊下を駆けだした。

けれど残念ながら事態はクレメンス様の心配したように、さらに面倒なことになっていく。

ポーランドのビラ事件に続いて起きた騒動は、フランスの警視総監より大使を通じて密告された。

「ブルボン派がライヒシュタット公の暗殺を企てているそうです」

人目を忍んで宰相官邸にやって来たパリ在住の大使は、フランスの警視総監より託された書状をクレメンス様に渡して小声でそう告げた。

ポーランドの騒動に比べてあまりに物騒なその密告に、同席していた私とゲンツさんの表情がこわばる。

フランスはナポレオン二世を求める声がもっとも大きい国だ。現在の君主であるブルボン王朝とその周囲は、ナポレオン二世が担ぎ出され再び革命が起こることをおおいに恐れている。

日に日に高まっていくボナパルティズム運動家の声にブルボン派は脅威を覚え、ならばいっそその脅威ごと消してしまおうと過激な手段に出たのだろう。

クレメンス様は眉間にしわを寄せて面倒そうに息を吐くと、「フランス外相に手紙を書く。届けてくれ」と言って、執務机に着き手紙を書き始めた。

「相当ストレスがたまってるぜ、メッテルニヒの奴」

クレメンス様が本宮殿へ出かけた後、宰相官邸に残っていた私とゲンツさんは広間でコーヒーを飲みながら話をした。

「ギリシャはともかくとして、ポーランドとベルギーまで独立しちゃいましたもんね。それでライヒシュタット公にまつわる騒動があっちでもこっちでも起きるんだから、クレメンス様も大変ですよね……」

最近のクレメンス様は本当に忙しい。ロシアやプロイセン、イギリス、フランスの外相や外交団との会議や話し合いは連日だし、書かなくてはいけない書類に信書も机に山積みだ。

話し合いのためとはいえ各国の行政官らが来れば、夜は舞踏会や夜会を開いて招かないわけにはいかない。

もちろん私とゲンツさんもお供するので毎日目の回るような忙しさだけれど、クレメンス様に至ってはいつ寝ているのか心配になるほどの多忙ぶりだ。

ただ、不眠不休なのも心配だけれど、それ以上に心配なのはゲンツさんの言う通りストレスだ。最近のクレメンス様の眉間には常にしわが刻まれているように見える。

はっきり言って今の状況はクレメンス様にとって逆境だ。革命を許さないウィーン体制が綻びを見せ始めている。正念場ともいえるだろう。

「少し痩せましたよね、クレメンス様。今日もお昼食べないで本宮殿行っちゃったし」

「こういうときこそ飯はしっかり食うべきなんだけどな。面倒ごとが多くて、飯を味わう余裕もないんだろ。ぶっ倒れなきゃいいけどな」

ゲンツさんの言葉を聞いて、私まで眉間にしわが寄ってしまう。

クレメンス様は人に弱みを見せることがない。面倒な状況に陥ってもあからさまに不満を口にすることもなければ、嘆くことも文句を言うこともなく自分のするべきことを考え、淡々と処理するだけだ。

（……たまには愚痴くらい吐いてもいいと思うんだけどなあ）

クリームとブランデーを入れたコーヒーを口にしながら、私は自分の不甲斐なさに密かに落ち込む。こんなとき秘書としてボスを苦悩から救えないことが、なんとも歯がゆい。

「あいつはカッコつけだからなあ。たまにゃ浴びるほど酒飲んで、言いたいこと全部ぶっちゃけりゃいいんだよ。俺たち相手ならかまわないじゃねえか。ったく、冷てえ奴だよ」

不満そうにブツブツとつぶやいたゲンツさんを見て、彼も私と同じ気持ちなのだと思った。

いや、自分を頼ってくれないクレメンス様に対し、きっと私以上にもどかしさを覚えているに違いない。ふたりの付き合いは十年以上に及ぶうえ、宰相と秘書という関係を超え親友に近いものなのだから。

「ゲンツさんって友達思いですよね。僕、ゲンツさんのそういうところ尊敬してます」

なにかと豪快で少々デリカシーに欠けるところはあるものの、友達や部下を大切に思うゲンツさんの情の深さは好きだ。いつだってクールなクレメンス様は、ゲンツさんのこういうところに救われている部分もきっとあると思う。

私の言葉を聞いたゲンツさんは一瞬目を大きく見開くと、さっきまでの不満そうな表情を綺麗さっぱり消して満面の笑みを浮かべた。

「おいおい、なんだよ急にかわいいこと言いやがって！　いいぞ！　もっと言え！」

そして腕を伸ばすといつものように私の頭をワシャワシャとなでてくる。髪をぐしゃぐしゃにされながら私は、褒めすぎただろうかとちょっと後悔した。

その日の夜。

日付がもうすぐ変わろうかという時刻になって、クレメンス様は公邸に帰ってきた。自室の窓から彼の乗った馬車が門の前に着いたのを見ていた私は、部屋を出て玄関ポーチへと向かう。

「おかえりなさいませ。遅くまでお疲れさまでした」

「なんだ、まだ起きてたのか」

昼に官邸を出ていったときよりさらに疲労が濃く滲んだ顔を見て、ますますクレメンス様の体調が心配になってくる。

クレメンス様は侍従に着ていた外套を手渡すと「コーヒーを執務室に」と命じた。

それを聞いて私も侍従も目を丸くする。

「お休みになられないんですか?」

「今夜中に目を通しておきたい書類が幾つかある」

「それなら僕もなにかお手伝いします」

「大丈夫だ。きみはもう休みなさい」

心配をかけまいとしているのか、優しく微笑むクレメンス様の姿に胸が締めつけられる。

執務室へと向かっていったクレメンス様の背を見送ってから、私は邸の厨房へと足を向けた。

それから十数分後。

淹れたてのコーヒーとタルトののったトレーを持って、執務室の扉をノックした。

「夜食をお持ちしました」

「なんだ、部屋に戻ったんじゃないのか。しかも、そんな侍従の真似ごとなどしてどうした？」

湯気の立つトレーを運んできた私を見て、クレメンス様が書類を手にしたまま目をしばたたかせる。

部屋にある応接テーブルのほうにコーヒーとタルトのお皿を置けば、クレメンス様は執務机から立ち上がり、ソファのほうへと移動してきた。けれど、腰は下ろさずコーヒーカップにだけ手を伸ばす。

「親切はありがたいが、コーヒーだけでいい。食べ物を口にしたい気分じゃないんだ」

「そんなことおっしゃらずに。……僭越《せんえつ》ですが、クレメンス様は最近あまりお食事を取られてないように見えます。今夜も遅くまで作業されるのでしたら、少しでもお腹になにか入れてください」

おせっかいがすぎただろうか、クレメンス様が小さくため息をつく。けれど次の瞬間、タルトから立ちのぼる香ばしい香りに気づいて「ん？」と表情を変えた。

「これは……ツヴィーベルクーヘンか」

「はい。夕方焼いたものを、温め直してもらいました」

執務机に戻ろうとしていたクレメンス様は姿勢を直し、そのままソファへと座る。そして手にしていたコーヒーをテーブルに置くと代わりにフォークを持って、タルトをひと口大にカットし口へと運んだ。

「……懐かしい味だ」

そうつぶやいた彼の顔が、ようやく少し綻んだ。それを見て私までなんだか胸が温かくなってうれしくなる。

ツヴィーベルクーヘンはクレメンス様の故郷、ドイツのコブレンツの郷土料理で、玉ねぎとベーコンをたっぷり使ったタルトだ。甘くないので夜食にもいい。

「思い出すな、子供の頃を。私の家はライン川の近くにあって、夏になるとよく泳いだものだ。近所のどの子より私が一番泳ぎがうまかった。ツヴィーベルクーヘンは好きだが、これは秋の訪れを知らせる料理でもあってな。このタルトが食卓に出ると、ああもう今年はライン川で泳げないのかと、毎年残念に思ったものだ」

クレメンス様はゆっくりとタルトを口にしながら、懐かしそうに昔話を語った。その表情はとてもリラックスして見える。

（やっぱり郷土料理ってどの国でもどの時代でも特別なものなんだな）

腹が減っては戦はできぬ。食事って体だけじゃない、心にも栄養を与えるものなんだ。とくに、その人にとってホッと落ち着ける味ならば、効果はきっと十倍にも二十倍にもなるはず。

「ただ、ツヴィーベルクーヘンを食べるとコーヒーではなくワインが欲しくなるな」

「あ、すみません。何件かお店を回ったんですが、ウィーンの酒屋じゃフェダーヴァイサーは手に入らなくって……」

フェダーヴァイサーは同じくコブレンツの名物的なワインだ。葡萄の収穫時期にしか飲めないワインで、輸送にも向かないため地元以外ではほぼ手に入らないらしい。

コブレンツの人にとっては、ツヴィーベルクーヘンとフェダーヴァイサーは揃って秋の味覚なのだそうな。

せっかくだからセットで出してあげたかったけれど、やっぱりウィーンで手に入れるのは難しかったことを残念に思う。するとクレメンス様は私の言葉を聞いて、ぱちくりとまばたきを繰り返した。

「……もしかして、きみが手配してくれたのか？　私の故郷がコブレンツと知って、ツヴィーベルクーヘンを」

「えっと……手配したっていうか……、僕が作りました。公邸の料理人はみんな帰っちゃってたし、従僕や女中も作り方知らないって言うから……」

オーブンの火だけ調整してもらい、あとは電子辞書で作り方を調べながら試行錯誤で作ったのである。

こっちの世界に来てから五年ぶり、しかも初めての料理。うまくいくか心配だったけれど、日本にいたとき自炊していた経験が役に立った。

お皿の上でタルトの残りがわずかになったところを見ると、味は悪くはなかったのだろう。そう願いたい。

「作っただと？　きみが？」

そう言って私とお皿のツヴィーベルクーヘンを何度も見たクレメンス様は、しばらくポカンとした後、肩をすくめてククッと笑いだした。

「すごいことをするんだな、ツグミは。秘書官が厨房に立つなど聞いたことがない」

口もとを手で押さえおかしそうに笑うクレメンス様の言葉に、よくないことをしてしまっただろうかと不安が湧く。

貴族と使用人の役割がきっちりと分かれている時代だ。行政官の肩書を賜っている私が厨房で使用人のようなことをするなど、品がなかっただろうか。

「申し訳ありません。どうしてもクレメンス様のお体が心配だったので……勝手なことをしてしまいました。もう二度と厨房には入りません」

日々疲れを増していく彼に、どうしても元気になる食事を取ってほしかったのだ。けれど、少し考えが浅はかだったかもしれない。今日じゃなくても日を改めてツヴィーベルクーヘンを知っている料理人に頼めばよかったのだから。

いつまで経っても私は考えが浅いなと落ち込み、深く頭を下げる。すると「ツグミ」と呼びかけられ、空になった皿をこちらへ差し出された。

「ツヴィーベルクーヘンはまだ残っているか？　もうひと切れいただきたい」

「え……」

私に向けられる瞳は素直な喜びを浮かべていて、到底怒っているようには見えない。彼を不快にさせたわけではなかったんだと思い、自省にこわばった私の顔までゆるんだ。

「は、はい！　すぐにお持ちしますね！」

お皿を受け取りトレーにのせて部屋を出ようとする。すると再び、「ツグミ」と呼びかけられた。

「きみを秘書にしてよかったと思うよ」

ただひと言かけられたその言葉が、私の心臓を激しく高鳴らせる。鼓動が速まって、口角が上がってしまうのを抑えられない。

軽く一礼してから部屋を出て、足早に廊下を歩きだす。

（うれしい……。どうしよう、すごくうれしい）

有能なボスに尽くしたいと願って第二の人生を始めた私にとって、クレメンス様に褒められることは最上の喜びだ。ましてやあんな――秘書としての私を丸ごと認めてくれるような言葉、本懐を果たしたといってもいいくらいうれしい。

心臓はまだドキドキと高鳴っている。

私は足を止めると気持ちを落ち着かせようと深呼吸をしてから、片手で胸を押さえた。

……自分でも気づき始めている。この胸がこんなにうるさいのは、秘書としての感情だけじゃないってことに。

そしてもうひとつ。

クレメンス様への情が募れば募るほど私の胸を茨《いばら》のような緊張感が締めつけて、それはもう知らんぷりできないところまできていた。

『あなたはこの帝国の宰相におなりなさい』

あの日、ゾフィー大公妃に言われた言葉が、ずっとずっと私の胸を締めつけ続けている。

ゾフィー大公妃に味方になれと誘われてから一年が経つけれど、私はまだ返事ができないでいた。

……断るべきだとわかっている。彼女がたくらんでいることはウィーン体制の崩壊へとつながりかねない。

今もゾフィー大公妃が後押ししたおかげでライヒシュタット公はどんどん世界の表舞台へ出ていき、その影響でクレメンス様が手をわずらわせる事態になっている。

現状、クレメンス様が苦しんでいるのは彼女のせいといっても過言じゃないのだ。

だったら私は——彼の秘書である私は、ゾフィー大公妃を敵とみなすのが正しい。

そう頭ではわかっているのに……私の心は迷ったまま動けないでいる。

ライヒシュタット公を自由に生きさせてあげたい。彼の才能を世界で羽ばたかせてあげたい。どうしてもそう願ってしまう心が消せない。

以前、セルドニキさんが魅力の大きすぎる人間は怖いと、ライヒシュタット公のことを語っていたことがある。今ではその言葉の意味が痛いほどよくわかる。

職務——いや、秘書として生きると決めた運命さえ超えて、私はライヒシュタット公の自由と幸福を願わずにはいられない。

これが神に愛された人間の魅力かと、恐ろしくさえ思う。

まぶたを閉じれば、さっき私に向けてくれたクレメンス様の笑顔が浮かんでくる。

『きみを秘書にしてよかったと思うよ』

この胸がときめくだけで終われたなら、どんなに幸せだっただろう。

クレメンス様を好きになるたび、尊敬するたび、私の心は茨にからめとられ、ふたつにちぎれそうになる。

もう一度大きく息を吐き出して、私は閉じていたまぶたを開いた。

窓の外では冷たい夜風が庭木を揺らし、黄色く染まった葉を空へとさらっている。

冬はもう、すぐそこまでやってきている。

私が〝内緒で〟ゾフィー大公妃のお茶会に呼ばれたのは、年が明けて少し経ってからのことだった。

場所はホーフブルクのオランジェリー。ガラス張りの建物内に真冬でも様々な花や植物が生い茂る、いわゆる温室で、花に囲まれた一角にティーテーブルが用意されていた。

「ここはいつだって暖かくて、ティーパーティーにうってつけだわ」

そう言ってゾフィー大公妃は自らの手で紅茶を淹れ、みんなに振る舞った。

テーブルに着いているのは、私と主催者のゾフィー大公妃、ライヒシュタット公。それから……軍服を着た快活そうな若者がひとり。

それ以外は人払いをしてオランジェリー内には誰もいない。入口の外に衛兵がふたり立っているだけだ。

その状況から察するに、これがただののんきなお茶会ではないことぐらいたやすく見当がつく。

「紹介するわ、ツグミ。彼はアントン・プロケシュ・オステン少尉。グラーツにある司令部に所属しているの」

そう紹介されたプロケシュ少尉は人のよさそうな笑顔で、私に片手を差し出す。

「はじめまして、プロケシュ・オステンです。ツグミ宰相秘書官殿のお噂はかねがね。アジアの島国から来られた、とても真面目な方だと聞き及んでおります」

「ツグミ・オダ・メッテルニヒです。お会いできて光栄です」

握手を交わす私たちを見て楽しげな笑みを浮かべたゾフィー大公妃が、言葉を付け加えた。

「プロケシュ少尉のお父様は昔フランス軍に所属していて、マレンゴの戦いに参加されていたんですって」

それを聞いて、私はなぜこの青年がここにいるのかを瞬時に悟った。と同時に、背筋がヒヤリと冷える。

マレンゴの戦いは、一八〇〇年にイタリアのマレンゴでナポレオン率いるフランス軍がオーストリア軍を打ち破った戦いだ。〝英雄〟ナポレオンを語る上で欠かせない戦いである。

その頃はまだ傭兵《ようへい》時代の名残があって、一兵卒はどこの軍に所属するか選べたらしい。だからプロケシュ少尉のように父がフランス軍で息子がオーストリア軍人などという不思議なことも多々あるそうだ。

「去年公務でグラーツへ行ったときに、彼のほうから僕に会いにきてくれたんだ。それから意気投合しちゃって、今でもこうして時々ウィーンに遊びにきてもらってるんだよ」

　お皿のクッキーをひとつかじりながら、ライヒシュタット公が上機嫌で言う。するとプロケシュ少尉もうんうんとうなずいて、言葉を続けた。

「俺は父からナポレオン陛下のことを聞いて育ちました。瞬時に戦況を判断し、いついかなるときでも冷静で正確な命令を下し、その偉大さはまるで戦場の神のようだと。だから、グラーツへナポレオン陛下のご子息であるライヒシュタット公がお見えになったとき、ぜひお目にかかりたいと司令官に頼み込んだのです」

「僕も父上のことを詳しく話してくれる人に初めて会えてうれしかったんだ。それにプロケシュは戦史研究もしていて、彼のワールテローの戦いの分析はすごくおもしろいんだよ。何時間聞いていても飽きないくらいだ」

　どうやらナポレオンに憧れを持っているライヒシュタット公とプロケシュ少尉は、意気投合どころか相思相愛のようだ。年も近そうだし、気が合うのだろう。……というか、ライヒシュタット公にとって初めてできた同年代の友達なのではないだろうか。

　彼は私のことも友達と言ってくれてはいるけれど、やっぱり同年代の男子と本当は十五歳も年上の異性では違う。彼らはまだ会ってさほど日数が経っていないというのに、すでに親友みたいだ。

「ふたりが仲よくするのはよいのだけど、フランソワったら最近はプロケシュ少尉とおしゃべりばかりで私のことをかまってくれないのよ。やけちゃうわ」

タルトを取り分けながらそう言うゾフィー大公妃は口ではプリプリ怒っているけれど、その表情はとても楽しそうだ。

「そんなこと言って、僕とプロケシュが会う場を積極的につくってくれているのはゾフィーじゃないか」

ライヒシュタット公がタルトのお皿を受け取りながら言えば、ゾフィー大公妃は「だってフランソワの喜ぶ顔が見たいんですもの」と、わざと唇を尖らせながら答える。

そんなかわいらしい彼女にライヒシュタット公は照れたように頬を染めると、「これだからゾフィーのこと大好きさ」とはにかんでみせた。

明るい日差しの中、若い男女の笑い声が響くテーブルはまるで青春の一場面みたいで、私までほっこりとしてしまう。……年齢的に場違い感がないとは言えないけれど。

会話はしばらくたわいもないものが続いた。大流行しているワルツ音楽のことや、仮面舞踏会に三人で遊びにいったときのこと。そこでライヒシュタット公が伯爵令嬢に熱烈なアタックをされて、ゾフィー大公妃がすっかり拗ねてしまったときのことなど。

（なんだか本当に、高校生や大学生の会話と変わらないなあ）

流行の音楽や遊び、それに微笑ましい男女交際。国や時代が変わったって、気の合う若者が揃えば盛り上がる話題は一緒だ。

（……こうしてると本当にただの学生みたいだ）

もし今が二十一世紀だったら、彼らはきっと明日も明後日もこんな平和で明るい時間を続けられるだろう。

けれど、ここは十九世紀のオーストリアで、彼らはただの若者じゃないから。世界は彼らに悠久の穏やかな時間を許してはくれない。

「それでね、ツグミ。プロケシュ少尉があなたに聞いてほしいことがあるんですって」

一杯目の紅茶を飲み終える頃、ゾフィー大公妃がそう切り出した。

のんきなおしゃべりをするために私はここへ呼ばれたわけじゃない。いよいよ本題に触れられるのだという緊張感が、無意識に私の背筋を伸ばす。

「ツグミ殿。俺は不思議でたまりません。なぜウィーンの宮廷はライヒシュタット公のような才能あふれる王子をオーストリアに閉じ込めたままにするのですか？　彼はもっと世界へ出ていくべきです。軍の司令部に入ったっていい、ヨーロッパ中を旅して見聞を広めるのでもいい。各国の要人が集まる会議にも出席するべきだ。ライヒシュタット公をオーストリアの外に出すべきだと、俺は強く思います」

やはりプロケシュ少尉の意向もゾフィー大公妃と同じものだった。

ライヒシュタット公を世界に羽ばたかせるべきだ――その思いはわからなくはない。

けれど。

「気持ちはわかります。僕も……ライヒシュタット公をオーストリアに閉じ込め続けるのはあまりにも……やりすぎではないかと思っています。けど、残念ですが僕にはどうすることもできません。僕はただの秘書官です。陛下にお願いすることなどとてもできませんし、万が一できたところで取るに足らない者の話だと歯牙《しが》にもかけられないでしょう。僕は……ライヒシュタット公のお力にはなれません」

ゾフィー大公妃の思惑がどうあれ、今の私に事態を変える手助けはできない。

プロケシュ少尉が私になにかを期待していたのなら悪いな、と思いながらも素直に告げる。けれど、彼の顔に落胆の色は見えなかった。

「大丈夫よ、ツグミ。プロケシュ少尉も私たちも、あなたにそんなことを頼むつもりはないわ」

「え？」

言葉を返したのはゾフィー大公妃だった。彼女は明るい色を塗った唇を半月型にして、含みを持った笑みをこぼす。

「……このことはくれぐれもご内密に」と前置きして、プロケシュ少尉が声を潜める。

「まもなく――俺の見立てではおそらく夏頃に、フランスでは政変が起こります。間違いありません。ブルボン王朝の治世にフランス人は限界を迎えています。そして水面下では、ブルボン王朝を失脚させた後ライヒシュタット公を王座に迎えようという勢力が動き始めています。ボナパルティズムの者だけではありません。フランスの名だたる将軍たちがライヒシュタット公のフランス国王就任をオーストリアに正式に要請するつもりです」

プロケシュ少尉が話した極秘情報を聞いて、私の頭の中にハッとある事件が思い浮かんだ。

（――七月革命だ……！）

再びブルボン王朝が追放される、フランスにとって二度目の大きな革命だ。本来なら一八三〇年の出来事なのだけれど、この世界ではほかの革命も時期が前倒しにズレている。そう考えると今年中に起こってもおかしくはない。

「……プロケシュ少尉は、それを機にライヒシュタット公がフランスの王座に就くべきだというお考えですか？」

おそるおそる尋ねると、またしても「違うわ」と首を横に振ったのはゾフィー大公妃だった。

「どう考えてもそれは無理よ。奇跡が起きて皇帝陛下がお許しになっても、ロシアやプロイセンが許さないわ。フランソワがフランスの王座に就いたら、ハプスブルク家がオーストリアだけでなくフランスまで支配することになってしまうもの。小国とはわけが違う。欧州のパワーバランスが崩れてしまうわ。ブルボン王朝の保守派だけでなく、ロシアやプロイセンまで敵に回すことになるのは、フランソワにとってあまりにもリスキーよ」

たしかに……ゾフィー大公妃の言う通りだ。

フランスでライヒシュタット公を王に望む声は大きいけれど、その分リスクも大きい。まだ十六歳の若き青年が王座に就くには、問題がありすぎるだろう。

「私とプロケシュ少尉はね、フランソワをギリシャ王に推薦することを考えているの」

「ギリシャ？」

狙いはフランスではなくギリシャだと言われて、私はハッとする。

『そしてギリシャが独立を果たした暁には、我がハプスブルク家の者を国王の座に据えることで欧州のパワーバランスの均衡を図るべきです』

――私がヴェローナ会議のときにクレメンス様に伝えた提案だ。

あれからギリシャはオーストリア・ロシア・プロイセン・イギリスの力を借りて見事独立を果たした。そして今、新しい国王に誰を据えるかまだ決まっていない。

フランスをはじめ、あちこちでライヒシュタット公を新国王に迎えたい声があがっているけれど、一番問題がないのがギリシャだろう。

オーストリアをはじめとしたウィーン体制同盟国が支援し独立した国なのだ。ほかの独立国とは事情が違う。トルコへの牽制のためにも、ウィーン体制同盟国から王を出すのが望ましいはずだ。

(たしかに……ギリシャ支援でオーストリアの力は大きかった。ハプスブルク家からギリシャ王を出したとしても、ほかの国は反対しないかも。それに口うるさいロシアとプロイセンは、距離的にギリシャは遠すぎる。一番近いオーストリアが支配下に置くのが適当だ)

フランスと違い、いきなり現実味を帯びてきたギリシャ王の話に、私の胸がドキドキと高鳴る。高揚なのか危惧なのか、自分でもわからないけれど。

「私たち、皇帝皇后両陛下へギリシャ王の案を上奏してみようと思うの。皇后陛下は私のお姉様だし、皇帝陛下も孫であるフランソワのことは内心とてもかわいく思ってらっしゃるもの。きっとうまくいくわ。……ただね」

言葉を途切れさせたゾフィー大公妃の青い瞳がジッと私を見つめる。プロケシュ少尉も、緊張と期待をはらんだ眼差しを私に向けた。

「〝M〟はきっと反対するわ。彼はフランソワをとても怖がっているもの。ましてやフランスから国王就任の要請がきた後ならば、相当神経質になっているはずよ。彼が断固ノーと言えば、皇帝陛下も首を縦には振らなくなるでしょうね」

それも、容易に考えられることだった。

フランスで七月革命が起こった後ならば、クレメンス様だけでなく皇帝陛下も革命や独立が盛んになるのを危惧するだろう。今以上にライヒシュタット公をオーストリアから出さないようにするはずだ。

「単刀直入に言うわ、ツグミ。私たちはフランスの政変が起こる前に皇帝陛下にギリシャ王就任の約束を取りつける。国際会議で正式に承認されるまで、あなたには〝M〟が異を唱えないようにしてもらいたいの」

ついにズバリと協力を仰がれて、私は思わず閉口する。

いつかくるだろうと思っていた選択が目の前にやってきて、私は自分が運命の岐路に立たされていることを痛感した。

「可能性があるなら説得を試みたっていいけれど、無理ならば彼をこの問題から遠ざけてほしいの。あなたにしかできないことよ、ツグミ。〝M〟の親戚で秘書官のあなたなら、彼の懐に飛び込める。手段は問わないわ。人手や物がいるのならすべてこちらで準備するから」

「お……っ、お断りです！」

運命の選択を前に逡巡《しゅんじゅん》していた私は、ゾフィー大公妃の言葉でハッと目が覚めた。

彼女は今、暗に促したのだ。手段は問わない――つまり、クレメンス様を罠《わな》にはめ社会的に貶めることも、あるいは命を脅かすことも辞さないと。

叫んで椅子から立ち上がった私を、驚いた目で見ているのはプロケシュ少尉だけだった。

ゾフィー大公妃は「あーあ」と言わんばかりに肩をすくめ、ライヒシュタット公はさっきから他人事のように私たちの会話を眺めている。

「僕は……ただの秘書官じゃありません！　クレメンス様は僕の恩人で、憧れで、大切な人なんです！　ライヒシュタット公を解放すべきだとは思いますが、僕にクレメンス様を裏切るような真似はできません！」

クレメンス様のやり方に賛同できないとしても、彼を裏切ることは嫌だ。ましてや卑怯な手段を用いるくらいならば、死んだほうがマシだ。

強く言いきった私に、プロケシュ少尉がオロオロとしながら「失礼なことを言って申しわけありません。どうぞ落ち着いてください」となだめる。

ゾフィー大公妃は扇を広げたり閉じたりしながら、「そんなに怒らなくてもいいじゃない」と唇を尖らせた。

さっきまで和やかだったテーブルはあっという間に険悪な雰囲気に包まれ、いたたまれなくなった私が帰ろうとしたとき。

「ねえ、ツグミ」

ずっと傍観者のように黙っていたライヒシュタット公が口を開いた。

顔を向けた私の瞳に映ったのは、天使のように美しい顔に挑戦的な笑みを浮かべる彼の姿。そう、それはまるで世界の頂点に立つことを確信した英雄のような。

「僕を解き放ってくれるならば、あんたにいいものを見せてあげるよ。稀代の英雄、ナポレオンの再来だ。――いや、僕はもっと高い空を飛ぶ。父が果たせなかったヨーロッパ統一だって、夢じゃない」

——この世界には、神に愛される英雄というものが存在する。

その者が自分の使命に目覚めるとき、世界は彼の足もとにひれ伏すしかないのだ。

「ぼ……僕は……」

なんと言われてもクレメンス様を裏切れない。そう言いたいのに喉が渇いたように貼りついてうまく声が出せない。

圧倒的な存在感に気圧《けお》されて、全身がゾクゾクと震える。彼のことは五年も前から知っているというのに、いつの間にこんなにも王者の風格をまとうようになっていたのだろう。

私の中で誰かが渇望している。この少年が翼を広げ世界の空に舞うところを見たいと。

(——もしかしたら私は……彼を解き放つためにこの世界へ呼ばれたのかもしれない)

ふと、そんなことを思った。

彼が頭上に王冠をいただき、ヨーロッパを足もとにひれ伏せさせる。そのとき、彼の片腕として脇に控える自分の姿がまぶたの裏をよぎったような気がした。

……けれど。

「……っ、ク、クレメンス様を説得します。クレメンス様が納得してくださるかはわかりませんが、誠心誠意話し合います。それで駄目なら、あきらめてください。僕ができるのはそこまでです」

ライヒシュタット公の威光に圧倒されながらも、目を逸らさずに言った。

もし私がこの世界に呼ばれた理由が、ライヒシュタット公を王にするためだとしても。私に第二の人生を与えてくれたのはクレメンス様だ。

私は私の意思で生きる。この世界で、自分で考えて選択して生きたい。

「僕は、クレメンス様を貶めたり傷つけたりするようなことはしません。絶対に」

私とライヒシュタット公はしばらくお互いに視線をぶつけ合った。張り詰めたような沈黙が流れ、やがて目を逸らしたのは彼のほうだった。

「わかったよ。好きにしな」

あきれたように言って、ライヒシュタット公は手もとのクッキーをひとつ口に放り込むと椅子の背もたれに気怠そうに寄りかかった。

「ツグミはいい奴なんだけど、〝M〟のこと好きなのが玉にキズだよなあ。親戚とはいえ、あんな冷血人間のどこがいいんだか」

お行儀がいいとは言いがたいその姿は、まるっきり普通の少年だ。さっきまでのすくみ上がるような威厳はどこへやら、ライヒシュタット公は子供のように拗ねた表情を浮かべた。

「仕方ないわ。異国から来たツグミにとって、〝M〟は家族も同然なんでしょう。ごめんなさいね、あなたを不快にさせるようなことを言って」

場を収めようとゾフィー大公妃が眉尻を下げて微笑むけれど、どこか鼻白んだ雰囲気が漂う。

思いきって手の内を明かしたというのに、私が完全な味方にならなかったことが期待はずれだったのだろう。

「ツグミ。私たちはあなたを大切なお友達だと思っているわ。できることならばずっと、この友情が続くことを願いたいの。わかるわよね？」

「……大丈夫です。ここで聞いた話は他言しません。約束します」

立ち上がったまま椅子に座り直す気配を見せない私に、ゾフィー大公妃が暗に「敵になるな」と釘を刺す。

するとライヒシュタット公がニッと口角を上げて笑い、こちらへ向かって小指を突き出した。

「大丈夫だよ、ゾフィー。ツグミは約束は守る奴だ。じゃないと針千本飲まされちゃうもんな？」

「針？　なあに、それ？」

　得意そうなライヒシュタット公と小首をかしげるゾフィー大公妃を見て私は小さく笑うと、「ええ。必ず守ります」と小指を見せてから、一礼してその場を去った。


　――ゾフィー大公妃たちが皇帝陛下にライヒシュタット公のギリシャ王就任の提案を上奏したのは、それから一ヶ月後のことだった。

　その話題はたちまち宮廷を駆け巡り、皇后陛下、ライヒシュタット公の養育係や家庭教師、さらに一部の武官らの支持を集める。

　あらかじめ根回しをしていたのだろう、パルマからライヒシュタット公の母であるマリー・ルイーゼの支持も届いていた。

　鷲の子が飛び立つため古い鳥籠の鍵が開かれると、誰もが思った。神に愛された英雄のため、運命の歯車が回りだすのだと。

　――ただひとつ。

　フランスの革命がゾフィー大公妃たちの予想より、はるかに早く訪れたという誤算さえなければ。

「ライヒシュタット公はどこの国王にも、門は閉ざされている」

フランツ一世皇帝陛下がそう宣言したのは、ゾフィー大公妃たちがギリシャ王就任の提案を上奏したわずか一週間後のことだった。

ゾフィー大公妃をはじめ、ライヒシュタット公のギリシャ王就任が実現すると信じていた人たちは、落胆を通り越し信じられないものを目《ま》のあたりにしたように呆然としていた。

彼のギリシャ王就任はたしかに十分な可能性があっただろう。——提案の直後に、フランスから国王就任の要請がなかったならば。

『七月革命』という名で歴史に残っているフランスの二度目の革命は、この世界では二年と五ヶ月も早い一八二八年の二月に起こった。

プロケシュ少尉の言っていた通り、フランスの名だたる将軍たちからライヒシュタット公への正式な国王就任の要請がきて、ホーフブルクの空気は一変した。

「今、ライヒシュタット公を国外に出すわけにはいきません。フランスの王座に就くことはまずありえませんが、それ以外の国も駄目です。フランスの革命の余波がヨーロッパ中に広まっている今、彼を新しい国の王に据えることは革命軍の士気を高めることになります。それだけではありません、強硬手段に出たフランスに誘拐される危険性も大きい」

クレメンス様の進言は至極まっとうであり、フランツ一世皇帝陛下の心を決めるのに十分だった。

フランスが動きだしてしまったのなら、もはや私がクレメンス様に口を挟む余地はない。そもそもあれだけライヒシュタット公のギリシャ王就任に沸いていた王宮が、フランスの革命を知って色あせたように静まり返ってしまったのだ。

王宮の誰もが、今、ライヒシュタット公を国外に出すことは危険だと感じているのはあきらかだった。

——誤算。ゾフィー大公妃から見たらこの状況は誤算としか言いようがないだろう。

「フランスが動きだす前にギリシャ王就任の承認を得るはずだったのに……まさかフランスの革命がこんなに早く起きるだなんて」

計画が頓挫したゾフィー大公妃は、悔しそうに何度もそう嘆いた。

それでも、機をうかがっていれば再びチャンスは訪れるとプロケシュ少尉と励まし合い気を取り直そうとしていた彼女に、さらなる悲劇が襲う。

それは、春まだ遠い二月の終わりの頃。

プロケシュ少尉が突然ボローニャの教皇庁大使に派遣されることになったのだ。オーストリアを離れ遠いイタリアのボローニャに使わされること。それはつまり、プロケシュ少尉をライヒシュタット公から引き離すことを意味していた。

フランスの革命と違い、今度の出来事は偶然ではない。あきらかに人の――言うまでもなく、クレメンス様の――意思が介入している。

ライヒシュタット公の動向に目を光らせていたクレメンス様はとっくに知っていたのだ。プロケシュ少尉の存在がライヒシュタット公のボナパルティズムを煽《あお》り、ゾフィー大公妃の計画にとっても大きな力になっていることを。

政治や思想的なつながりを抜きにしても、プロケシュ少尉とライヒシュタット公は親友同士だった。

同年代の親友と存分に好きなことを語り、遊び、ふざけ合い、ときに夢を語り合った時間は孤高のライヒシュタット公にとってかけがえのないものだったに違いない。

プロケシュ少尉の転任が決まってから、ライヒシュタット公はあきらかに元気を失っていった。

父を奪われ母を奪われ王宮に閉じ込められ続けた鷲の子は、同じ手に今度は親友を奪われたのだ。彼が本能的な絶望を感じるのも無理はない。

ライヒシュタット公は体調を崩しやすくなり、頻繁に咳き込むようになった。覇気をなくした彼の姿からは、オランジェリーで圧倒されたような威光はもはや感じられない。

それでも、ゾフィー大公妃はあきらめなかった。

国王への扉が閉ざされたとしても軍人の道があると、彼女はライヒシュタット公に説いた。

ハプスブルク家の男子はみんな、最初の軍務はチェコのプラハで勤務することが決まっている。

これは受け継がれてきた伝統で例外はなく、まもなく十七歳になるライヒシュタット公にもそれが課されるはずだった。

「とにかくオーストリアを出ることが大切よ。〝M〟の手が届かない場所で、あなたは軍人として活躍していくの。そうよ、そのほうがずっとあなたのお父様に近いじゃない。あなたには軍事的な才能も、多くの兵士を従えられる魅力もあるわ。すぐに世界に名を轟《とどろ》かせる将官になるに決まってる。そして自分の力で得た栄誉を携えて、今度こそ王冠をいただくのよ」

ゾフィー大公妃がそう強く説得した甲斐があって、ライヒシュタット公も徐々に元気を取り戻すようになった。

「そうだね。用意された王座に座るより、そのほうがずっと父上に近い。僕は鷲の子なんだから、まずは父上のような立派な軍人になることから始めなくちゃ」

ライヒシュタット公は大尉就任以来、ずっとナポレオンのサーベルを肌身離さず帯刀している。

そのサーベルを掲げ「楽しみだな。兵営で兵士たちと暮らすことにずっと憧れてたんだ」と微笑んだ彼の姿は、無邪気な夢を見る少年のようで——けれどもやっぱり、かつての威光は私には感じることができなかった。

三月十四日。

その日は冷たい雨が降っていて、鳥肌が立つような妙な寒さが漂っていた。

「どうして⁉　どうしてなのです⁉」

ホーフブルク本宮殿の広間では、王宮に似つかわしくない、なりふりかまわない悲痛な叫びが響いていた。

「プラハ軍勤務はハプスブルク家の慣例でしょう!? なのにどうして……!? ハンガリー第六十連隊だなんて!」

異様な光景だった。

激昂したゾフィー大公妃は掴みかからんばかりの勢いで皇帝陛下に詰め寄り、姉である皇后陛下と侍従たちに体を押さえられなだめられている。

その隣では、ライヒシュタット公が悪夢でも見ているような瞳で愕然として立ち尽くしていた。

ライヒシュタット公の軍務辞令発表の日。フランツ一世皇帝陛下は彼にプラハ勤務ではなく、ハンガリー第六十連隊大隊長を任じた。

ハンガリー連隊とはいっても司令本部はウィーンのアルザー通りにある。つまりライヒシュタット公は……軍人としてもオーストリアから出ることを許されなかったのだ。

しかもプラハ勤務と同時に与えられるはずの大佐への昇進もなかった。

国王としても軍人としてもオーストリアを出ることを許されず、鷲の子の翼は完全にもがれた。

どんなに世界中から乞われても、どんなに天性の魅力があろうとも、どんなに努力し常人を超える能力を身につけたとしても。

彼は飛び立てないのだ。この、オーストリアという呪われた鳥籠から。

「フランソワを行かせて！　プラハへ行かせてあげて！　もういいでしょう⁉　あの子は十分我慢したわ！　ずっとずっとこんな薄暗い王宮へ閉じ込められて……っ！お願いよ、彼を解放してあげて！」

綺麗な顔を涙で汚しながら、ゾフィー大公妃が叫ぶ。

この辞令がどれほど残酷か、みんなも口には出せないけれどわかっているのだろう。ゾフィー大公妃をなだめる皇后陛下も、この場に同席したライヒシュタット公の家庭教師たちも、皇帝陛下でさえ苦しそうに眉をひそめ口を引き結んでいた。

「今、ライヒシュタット公爵閣下を国外に出すことがどれほど危険か。聡明な大公妃殿下ならばおわかりでしょう」

ゾフィー大公妃のほえるような訴えに、聞き違いかと思うほどやわらかな声で返したのは……私の隣に立つクレメンス様だった。

「お優しい大公妃殿下が甥っ子であるライヒシュタット公爵閣下を大変慮《おもんぱか》っていることは存じております。けれど今、ヨーロッパは非常に騒がしい状態です。我々の目の届かないところで公爵閣下に接触しようと手ぐすね引いている輩はごまんといるでしょう。そう、たとえば——公爵閣下にボナパルティズムを植えつけようとしたお友達のように」

ニコリとクレメンス様の口角が上がったのを見て、ゾフィー大公妃の顔色が変わった。彼は暗に言っているのだ。『あなたが余計なことを企てたせいで、ライヒシュタット公は本来与えられるはずだった自由を奪われたのですよ』と。

「皇帝陛下は公爵閣下の身に危険が迫ることを案じて、このようにご決断なさったのです。ご令孫を思いやる皇帝陛下の深い御心を、我々も理解せねばなりません」

まるで舞台に立つ役者のように両手を広げゾフィー大公妃に語ったクレメンス様の姿を見て、私は「あぁ」と心の中で呻《うめ》く。

——この世界には、神に愛される英雄というものが存在する。

その者が自分の使命に目覚めるとき、世界は彼の足もとにひれ伏すしかないのだ——ただし。

英雄はひとりとは限らない。

ここにもいたのだ。かつて大空を獰猛《どうもう》に羽ばたいた鷲の翼に、一矢を打ち込んだ英雄が。

鷲の子は翼をもがれる。父と同じように。権力でも軍事力でもなく、ヨーロッパを頭脳で支配したこの男に。

「メッテルニヒ！」

ゾフィー大公妃が叫んだ。涙を浮かべた瞳に、ギラギラとした殺意を浮かべて。

「許さない！　絶対にあなたを許さない！　私はあなたを絶対に追放してやるわ！」

麗しい唇から飛び出した呪詛《じゅそ》に、クレメンス様は「そんな物騒なことをおっしゃってはいけませんよ」と肩をすくめて苦笑する。

誰も、なにも言えずにいたけれど、この場にいたすべての人が悟った瞬間だった。

このオーストリアの覇者は、クレメンス・メッテルニヒだと。

そのとき。幽霊のように立ち尽くしていたライヒシュタット公の体が、ゆっくりと膝から崩れ落ちていった。

「フランソワ⁉」

うずくまったライヒシュタット公は激しく咳き込みだし、駆けつけたゾフィー大公妃や侍従たちが慌てて彼の周りを取り囲む。

みんなが驚き心配をする中、クレメンス様だけが冷静に口を開いた。

「そうそう。公爵閣下がプラハへ行けない理由がもうひとつ。我々は心配しているのですよ、……公爵閣下の肺の病を」

苦しそうに咳き込むライヒシュタット公の口もとを押さえる手から、赤い血がこぼれ落ちていくのが見えた。

その日の夜。私は宰相公邸のクレメンス様の私室である書斎を訪れた。

「折り入って、申し上げたいことがございます」

私が部屋に入ってきたにもかかわらず、クレメンス様は窓際に立ち、ジッと雨の降りしきる外を眺めている。

朝から降り続いている雨はますます勢いを増し、地面や木の葉にぶつかって騒がしいほどに雨音をたてていた。

「ライヒシュタット公爵がプラハで軍務につけるよう、どうかクレメンス様から皇帝陛下に誓願を上奏なさってください」

私の声が聞こえているはずなのに、クレメンス様は窓の外を眺めたまま微動だにしない。

「情勢が不安定だというのでしたら、今すぐでなくともかまいません。どうかライヒシュタット公爵の……あの子の生きる希望を、奪わないであげてください」

必死に懇願する声が、涙でかすれそうになる。

あれから寝室に運ばれたライヒシュタット公は宮廷侍医の診察を受けながら、涙をこぼして言ったそうだ。

『僕の人生は始まる前に終わるんだ』と。

彼は知っていた。自分の体が肺結核という不治の病に侵され、長くは生きられないことを。

そしてきっと、彼を愛するゾフィー大公妃も。

だからこそ彼女は、こんなにも早急にライヒシュタット公を自由にさせようと躍起になっていたのだ。

「プロケシュ少尉がウィーンを離れてから、ライヒシュタット公爵の体調は目に見えて悪化しています。まだ十六歳の彼にとって、生きる喜びや希望こそが生命力そのものなんです。お願いです！　どうか、どうかあの子を――」

「ツグミ」

必死に訴える私の声を、夜の雨より冷たい響きが遮った。

「私は言ったはずだ。きみは行政官として道を誤りかけているから、もう彼らと接触するなと。どうして私の言うことを聞かなかった」

それはもはや怒りではなく、敵意の込められた声だった。

そのことがショックで恐ろしくて悲しくてたまらず、怯みそうになる。けれども。

「……っ、私は……あなたの秘書だけど、操り人形じゃない！　私は、私の意思で生きます！　私は……たとえ敬愛するあなたの命令であっても、間違っていることには従いません！」

足にギュッと力を込めて、真っ向から言い返した。

クレメンス様は私にとって一番大切な人だ。ボスとしても恩人としても、ひとりの異性としても。嫌われることも今の関係を壊すことも、とても怖い。

でも、私は新しく歩み始めたこの人生に悔いを残すことのほうがもっと嫌だ。

再び命尽きそうになったそのときに、「やれることはすべてやった」って満足してまぶたを閉じたい。そして関わったすべての人たちに心からの感謝を抱いて人生を終えたいんだ。

次の瞬間、窓の外が光り、耳をつんざくような大きな音が部屋に響いた。

近くに雷が落ちたのかと思ったけれど、音の正体は違った。クレメンス様がそばにあったテーブルの上の花瓶を力任せに払い落したのだ。

床には青い陶器の欠片が散らばり、白と紫のロベリアが無残に散らかった。

「残念だよ、ツグミ。きみならばわかってくれると思ったが、私の見込み違いだったようだ」
花瓶を払い落とすなど過激な行動をしたとは思えないほど、クレメンス様の声は落ち着いていた。
　ずっと背を向けているうしろ姿からその表情はうかがえなくて、彼が激昂している
のか冷めているのか、判断がつかない。
「ベルギーとポーランドの独立は私の、ウィーン体制の失態だ。これ以上ヨーロッパ
に革命を飛び火させるわけにはいかない。これからは今まで以上に革命を警戒し弾圧
を強くしていく」
「それは……わかっています。けど、力任せに弾圧を繰り返すことは本当の平和なん
ですか？　革命が起こるということは誰かが我慢を強いられている証拠です。その人
たちの声をすくい上げて共存していくことが、本当の平和につながるんじゃないです
か？」
「その結果が三十年前のフランス革命だ。どれだけの王侯貴族の血が流れ、多くの庶
民までもが恐怖政治でギロチンにかけられたのだと思う。あげくの果てに革命はナポ
レオンという悪魔を生み出した。あれだけの犠牲を出し誰もが戦争を忌避したという
のに、痛みを忘れた人間たちがまた愚かなことを繰り返そうとしている。きみがかば

うライヒシュタット公爵だってそうだ。革命が、戦争がなければ彼は違う人生を歩んでいた。彼を孤独に追い込んだのは革命と戦争だと、どうしてわからない?」

クレメンス様の言葉に、私は口を噤む。

やっぱり彼の言うことは正しい。今のヨーロッパに真っ向から反論できる者などいないだろう。

けれど——私は知っている。ウィーン体制はクレメンス様の失脚と共に二十年後に崩壊することを。

権力による弾圧は自由を求める人々の声に負け、時代は変わっていくのだ。

「……無理です。王侯貴族も平民も、人々が生きて自由を望む限り戦争はなくなりません。人はたしかに愚かです。数十年後には今よりもっと大きな戦争を二度も繰り返し、くらべものにならないほどの膨大な犠牲を出すのですから。でも、その痛みを知ったからこそ、立場も国籍も超えてお互いを尊重して生きていくことが真の平和につながると気づくんです。本当の平和を望むのなら、体制に反発する声を弾圧するのではなく、すべての人を尊重し自由を認めるべきなんです!」

歴史を大きくゆがめてしまう恐れから今まで未来のことは口にしないようにしてきた。これはルール違反だとわかっている。けれどそれでも、私はクレメンス様にわかってほしかった。

ヨーロッパの悠久の平和を願い身を尽くしている彼だからこそ、権力による弾圧は無意味なのだと。やがてそれは時代の波にのまれ崩壊していくしかないのだと、知ってほしかった。

ずっと背を向けていたクレメンス様が、初めて私のほうを振り向いた。

まるで未来を見てきたような発言をした私を嘲笑するのかと思いきや、彼はランプの明かりを映し込んだ瞳に挑むような色を浮かべて、私を見つめた。

「そこまで言うのならきみがつくればいい。このヨーロッパの平和を」

「え……」

クレメンス様はゆっくりとこちらに向かって歩を進めて言う。

「宰相秘書官は今日で終わりだ。きみはきみの正義を貫くために戦えばいい。内相補佐官でも外交官でも事務総長でも私が推薦してやろう。ゾフィー大公妃もきみが私のもとを離れるとなれば、喜んで推薦してくれる。好きな行政職を選びたまえ。きみがもっとも自分の正義を遂行できる場所へ、行けばいい」

「……それって……」

私はこれ以上ないほど大きく目を見張った。つまりはこれって……宰相秘書官をクビになった……ということだろうか。

この世界で有能なボスに尽くすことを生きがいとしてきた私にとって、それは絶望的なことだ。

真っ青な顔をして唇を震わせていると、目の前まで来たクレメンス様がそっと指を伸ばして私の頬をなでた。

「そんな顔をするな。きみを見限ったわけではない、逆だ。私はきみに期待している。まるで見てきたように説くきみの正義が、私の正義を下しヨーロッパに新しい風を吹かせられるのかどうか……私はこの目で見てみたい」

手袋越しの長くてしなやかな指が私の輪郭をたどり、軽く顎を掴む。上を向けさせた私の顔を、クレメンス様の青い瞳が覗き込んだ。

こんなときなのに、私は間近で見る彼の美しさに感動してしまう。

なんて深い色の瞳。底のない深海のようなその瞳は、ここじゃない遠い遠い場所を映しているみたいで。見つめ返しているうちに緊張より切なさが募っていく。

「……今まで、お世話になりました」

気がつくと、私の目からは涙がひと筋こぼれていた。

それが輪郭を伝って顎まですべり落ちたとき、クレメンス様は私からゆっくりと指を離した。

「住むところは好きにしたまえ。王宮内に行政官の宿舎もあるが、私邸が欲しいのなら私の別荘を貸してやろう。身の回りの世話をする人間と馬車もつけてやる」

そう言ってクレメンス様は踵を返すと、まるでいつもと変わらない様子で執務机に戻っていった。

それから机の上のベルを鳴らして、ゲンツさんを部屋に呼び出す。

「呼んだか？　って、うわ！　なんだこれ、花瓶が粉々じゃねえか！　もったいねえな、どうしたんだ？」

部屋に入ってきたゲンツさんは床の惨状を見るとすぐさま窓際に駆け寄って、花瓶の欠片を拾いだした。そしてしゃがんで背を向けたまま「ツグミ、その辺の従僕呼んでこい」と私に命じる。

けれど私は唇を噛みしめると深々と一礼をしてから、無言のまま部屋から出ていった。

閉まった扉の向こうで、「ツグミ？」と呼びかけるゲンツさんの声が聞こえた気がする。

大声で泣きだしてしまいそうになるのをこらえようと、私は血が滲むほど唇を強く噛みしめ、うつむいたまま廊下を足早に歩いた。窓の外ではやまない雨が暗幕のように視界を闇に閉ざしていた。

この世界に来て七度目の春。私の肩書が変わった。

――大公妃秘書官長。

それが、私が新しく得た職務と肩書だった。

私がクレメンス様のもとを去ったことを知ったゾフィー大公妃が、すぐさま自分の側近にと任命してくれたのだ。

宰相秘書官を辞め大公妃秘書官長になった異国の青年の話題は、しばらくウィーンを沸かせた。メッテルニヒを裏切ったボナパルティズム支持者だとうしろ指を指されることも多かったけれど、私はこれでよかったと思う。

「正解よ、ツグミ。私を選んだあなたは間違っていないわ。私はこの先、未来の皇帝の母になってオーストリアで強大な権力を持つんですもの。あなたは私の片腕になるの。そして私の子が皇帝の座に就いた日――あなたはオーストリアの宰相となるのよ」

大公妃の書斎に私を呼び寄せて、彼女はそう言って微笑んだ。

ゾフィー大公妃。将来、皇位継承一位のフランツ・ヨーゼフを産み、オーストリアの陰の支配者としてその名を轟かせる。舞台の裏から政治を仕切る辣腕ぶりは、かのマリア・テレジアにも匹敵するといわれ、女傑の異名にふさわしい。

有能なボスに仕えたい。それが私の第二の人生での望みだ。

ゾフィー大公妃はこの身を尽くして仕える価値がある。私の夢はまだ終わっていない。

ゾフィー大公妃に仕え、ゆくゆくは宰相になりオーストリアと新しい皇帝に尽くす。そしてヨーロッパを真の平和に導いてみせるんだ。もう誰も……王族も平民も、国のために犠牲になって泣いたりしないで済むように。

「はい、ゾフィー大公妃殿下。僕はあなたと未来の皇帝に忠誠を誓います。そして必ずや——宰相になってみせます」

——これでいいんですよね？　クレメンス様。私のやり方でヨーロッパの真の平和をめざす。それがあなたの望んだことなのですから。

胸に手をあて深く頭を下げると、鼻の奥がツンとした。

私の新しいボスは「頼もしいわね。期待してるわよ」と微笑んでくれたけれど、私は泣き顔にならないよう必死で無様な笑顔を浮かべることしかできなかった。

目が覚めたら結婚してました……!?

「あ」

ある日、本宮殿の廊下を歩いていた私は前方から歩いてきた人影を見て、思わず顔をしかめそうになった。

けれど気を取り直し堂々と顔を上げると、その人物に向かって「こんにちは、ゲンツさん」と声をかける。

しかしというか案の定というか、ゲンツさんはこれでもかというくらい不機嫌なオーラを放ったまま、仁王立ちで私の進路を塞いだ。

「よう。考えは変わったか?」

「……変わってません」

ヒヤヒヤしながらも率直に答えれば、ゲンツさんはますます不機嫌オーラを全開にして「大馬鹿野郎!」と怒鳴り声を廊下に響き渡らせた。

「いつまでくだらねえことやってるつもりだ! このスットコドッコイ!」

「大公妃秘書官の仕事をくだらないとはなんですか! 大公妃に対する不敬ですよ!」

「そういうこと言ってんじゃねえ！　くだらねえのはお前の根性だ！　メッテルニヒと喧嘩《けんか》したくらいでコロッと鞍替えしやがって！　つまんねえ意地張ってねえで、さっさとメッテルニヒに土下座して宰相秘書官に戻れ！」

「喧嘩じゃありませんってば！　それにもう決めたんです、私は大公妃秘書官長としてがんばっていくって！」

「お前はヨーロッパ一の大馬鹿野郎だ！」

本宮殿の厳かで美麗な廊下に、私とゲンツさんの大声が響き渡る。

廊下に立っていた衛兵や近くにいた従僕たちが何事かと覗きにきたけれど、私たちが言い争っているのだとわかると「またか」とあきれたように去っていった。

私が突然宰相秘書官を辞めて大公妃秘書官長になってからというもの、ゲンツさんと顔を合わせるたびにこの調子だ。

……まあ、彼が怒るのも無理はないとわかっている。あれだけ世話になっておきながら、ひと言の相談もせず宰相秘書官を辞めてしまったのだから。

しかも私とクレメンス様以外は、事の詳しい経緯を知らない。袂《たもと》を分かったのだと説明したけれど、ゲンツさんは私とクレメンス様が喧嘩別れをしたものだと思い込んでいる。そのことがますます彼の怒りに油を注いでいるようだ。

最初などもっとひどかった。「秘書官のくせに宰相と喧嘩したあげく後足で砂かけるような真似しやがって！」とブチ切れたゲンツさんにげんこつを食らったのだから。いくら私が女だと知らないとはいえ、げんこつはないだろうと思う。

後でそのことを知ったクレメンス様にさすがに叱られたようで、その後は鉄拳制裁はなくなったものの、王宮でも舞踏会でも顔を合わせるたんびにこの調子である。

「とにかく！　私はもう宰相秘書官には戻りませんから！」

そうまくし立てて、私はスルリとゲンツさんの横をすり抜けると駆け足で廊下を去っていった。

「この大馬鹿が！　俺はお前をそんな薄情者に育てた覚えはねえぞ！　さっさと土下座して戻ってきやがれ！」

逃げていく私の背中にゲンツさんのわめく声がぶつけられて、ウンザリする。

……でも。

（それってつまりは、謝ればまた一緒に働いてくれるってことだよね。あんなに怒ってるのに、突き放したり縁を切ったりはしないんだな……）

ゲンツさんの不器用な情の深さが見え隠れして、胸が少し苦しくなる。

クレメンス様のもとを離れたことに後悔はない。けれどゲンツさんを怒らせ、きっとひどく落胆させたであろうことにはずっと申し訳なさが拭えなかった。

打って変わって、私が大公妃秘書官長になったことに大喜びしたのはライヒシュタット公爵だった。

「ようやく〝こっち側〟に来てくれたね、ツグミ。それが正しいと僕も思うよ。〝M〟のそばにいたっておもしろい未来は見えやしない。これからは僕やゾフィーの時代になっていくんだから」

得意満面でそう言う彼の顔色は、吐血した日よりずいぶんとよくなっている。

あれからしばらくは安静の日々が続いたけれど、今ではベッドから起きて日常生活を営むくらいには元気になっていた。

「さあて、ツグミも僕らの味方についたことだし、改めて計画を立てなくっちゃな」

大公妃秘書官長になった報告を兼ねて彼の見舞いにきた私は、テーブルの上に山のように積まれた戦史研究書と諸外国の兵法の本に密かに目を見張った。

「これ……全部読まれたんですか?」

「うん。だって、体動かせなくて暇だったから。来月にはアルザー通りの兵営に移って訓練を始めるんだ。せっかく大隊長に任命されたのに、ボーっとしてるわけにはいかないだろ?」

ベッドに腰掛けていたライヒシュタット公は立ち上がってテーブルの研究書を一枚手に取ると、まぶしそうにそれを眺める。

その瞳にはかつての憂いの色はなく、彼が絶望の淵から這い上がり再び前を向き始めたことが伝わってきた。

それはとても素晴らしいことなのだけれど、やはり私には素直に喜べない。

「でも、軍隊での生活は過酷だと聞きます。その……お体は大丈夫なのですか?」

「ぜーんぜん平気。みんな心配しすぎなんだよ、ちょっと咳が出たくらいでさ。こっちは十七歳の男子だよ? 体力がありあまってるんだ、早く軍事訓練に出て思いっきり体を動かしたいよ」

不安そうに眉をひそめて聞いた私に、ライヒシュタット公はケロリとした口調で答えた。

ただし、一度もこちらを見ずに。

「そうですか……でも無理はなさらないでくださいね」

ライヒシュタット公が過酷な軍事訓練に参加することに、ハッキリ言って不安は拭えない。止めたほうがいいのかとも思う。

けれど今ここで彼の楽しみを奪うことが最善ではないこともわかる。

肺結核は命を落とす病だ。今の医療技術で治すことはできないけれど、体力と免疫力の向上で進行を遅らせることぐらいはできるだろう。

(彼の体を気遣って病人生活を送らせるより、憧れていた軍隊生活を送らせてあげて気力を養わせるほうが大事なのかもしれない)

きっと、私だけでなく皇帝陛下や家庭教師たちもそう考えているのだろう。

「ツグミも軍隊に入りたくなったら僕の軍においで。朝から晩まで僕が直々にしごいてあげるから」

楽しそうに笑うライヒシュタット公の姿は、相変わらずきらめくように美しい。

翼をもがれた鷲の子は、それでもまだ大空を見上げ続けるのだろうか。

四月。ライヒシュタット公が王宮を出てアルザー通りの兵舎へ行ってしまってからというもの、ゾフィー大公妃は少し寂しそうだ。

「ホーフブルクから少ししか離れていないとはいえ、やっぱり宮殿にいるのといないのとでは全然違うわ。ちっとも顔を合わせられやしない。おまけに兵舎での暮らしが楽しいらしくて、最近では訓練が休みの日でさえも王宮に帰ってこないのよ」

私をお茶の相手にしてつまらなそうに唇を尖らせるゾフィー大公妃は、まるっきり置いていかれた恋人だ。なんだかかわいらしく思えて、ついクスッと笑ってしまう。

「よいことではありませんか、それだけお元気になられたということです。それに、ウィーン市内とはいえ、初めて王宮を出て独り立ちされたのです。うれしくて兵舎での生活に夢中になるのも仕方ありません。喜んでさしあげましょうよ」

「それはわかっているけれど……」

薔薇の絵がついた磁気のティーカップを両手で包んで、ゾフィー大公妃は悲しそうにひとつため息をついた。

「少し心配だわ。フランソワって尋常じゃない努力家だから、張りきりすぎて体を酷使しているんじゃないかしら。ねえツグミ、司令本部へ様子を見にいってくれない？」

よほどライヒシュタット公のことが気になるのだなと思いつつも、私も彼女と同じ不安を抱く。

「そうですね。大丈夫だとは思いますが、一応ご様子を見てきます。それから、大公妃殿下が非常に寂しがられていることもお伝えしてきますよ」

そう言って微笑むと、ゾフィー大公妃は「余計なことは言わなくていいわ！」と顔を赤くしながらも、うれしそうにはにかんで笑った。

アルザー通りの司令本部は、本当にホーフブルクの目と鼻の先にある。馬を走らせれば三十分もしないで着くところだ。

ゾフィー大公妃に頼まれた私はさっそく翌日の昼に、馬を走らせ単身で司令本部へと向かった。

この世界へ来て六年。すっかりひとりで馬も乗りこなせるようになっていた。

最初は馬車ばかりだったけれど、急いでいるときは小回りの利く馬のほうが勝手がよい。

私の乗馬の師はラデツキー将軍だ。馬の扱いの教授はやはり軍人が頼りになる。

将軍仕込みの乗馬技術のおかげで今や軍人並みに馬を扱えるようになった私は、大公妃秘書官長になったときゾフィー大公妃からお祝いに送られた鹿毛《かげ》の馬に乗って、颯爽《さっそう》とウィーンの街を駆け抜けていった。

司令本部に着くと、中は空っぽだった。留守番に残されていた兵士が、ライヒシュタット公の軍隊は郊外の広場へ訓練に行ったというので、そちらに行ってみた。

住宅街をはずれた広場は軍事練習場になっており、その一角で騎兵と歩兵が行進の練習をしている姿が見えた。

「第一小隊、前へ進め！」

馬上でサーベルを掲げ隊を率いているのはライヒシュタット公だ。どうやら公式式典の練習をしているらしい。

（うわぁ……カッコいいなあ）

白い軍服を着て白馬に乗り指揮を執るライヒシュタット公の姿は、まるで一枚の絵画のように美しかった。

すっかり見とれながら訓練の様子を遠目に眺めていたときだった。

「これはこれは、こんなところに珍しいお客様だ」

背後から声をかけられ驚いて振り向くと、そこにはうしろ手を組んで私を見上げているラデツキー将軍が立っていた。

「ラデツキー将軍！　ご無沙汰しております」

慌てて馬を下り礼をすれば、「こちらこそ。遅ればせながら大公妃秘書官長就任、おめでとうございます」と頭を下げ返されてしまった。

王族の秘書官、それも秘書官長ということもあって、私の王宮での地位は以前よりずっと高くなっている。行政に実際携わるという点では宰相秘書官のほうが大きかったけれど、こんなふうに年上の人にへりくだられると、大公妃の側近という立場の強さを実感せざるを得ない。

「ありがとうございます。でも自分では相変わらずひよっこの文官だと思っております。まだまだ努力邁進せねばならない立場ですので、これからも変わらぬご指導ご鞭《べん》撻《たつ》をお願いいたします」

改めてもう一度頭を下げれば、ラデツキー将軍の顔がどこか和むように綻んだ。

「大公妃秘書官長になっても、あなたは変わらないな。少し安心した」

私がゾフィー大公妃の秘書官になったことには、ずいぶんいろいろな噂や憶測が飛び交った。ラデツキー将軍も私の真意が見えず、もしかしたらどう接するか少し迷っていたのかもしれない。

「ところで今日はどんな用でここに？」

馬をつないだ私はラデツキー将軍と並んで、遠目に訓練の様子を眺めながら話した。

「大公妃殿下にライヒシュタット公爵の様子を見てきてほしいと頼まれたのです。先週も公爵閣下は王宮に帰ってきませんでしたから。お元気ならばよろしいのですが、公爵閣下は人並はずれた努力家ですので、あまり根を詰められていないか僕も心配で」

「そうか。私も陛下のご命令でハンガリー第六十連隊の軍事演習を視察に来たのだが、やはり陛下も公爵閣下の体調が気にかかっていらっしゃるご様子だ。今も閣下はずいぶん張りきっておいでになるようだが……声に疲れが見える。少し気がかりだな」

前を向きながらラデッキー将軍は微かに眉をひそめる。言われてみると指揮を執る声がちょっとかすれていることに気づいた。

やがて訓練がひと区切りついたのか、整列していた兵士たちがぞろぞろと移動を始め、馬に乗ったライヒシュタット公がこちらにやって来るのが見えた。

「やあやあ、ラデッキー将軍閣下に大公妃秘書官長殿ではありませんか。お越しになっていたとは気づきませんで、失礼いたしました」

ヒラリと馬から下りたライヒシュタット公はびっしょりと汗をかいている。どことなく呼吸も苦しそうだ。

「……失礼ですが、体調が優れないのではありませんか？」

まるで高熱を出しているかのように見えるその姿に、挨拶よりも先に咄嗟に心配する言葉が出てしまった。

「は？　今の訓練見てなかったのかよ、ツグミは。あれが体調不良な奴の指揮に見えるか？　僕は絶好調だよ、心配性さん」

そう言ってライヒシュタット公は笑うけれど、流れる汗は止まっていない。

「それはそうと閣下。皇帝陛下より先の閲兵式のことで言伝《ことづて》を賜っております。ひと足先に司令部でお待ちいたしておりますので、閣下も身支度を整えられましたらお越しください。体を冷やさぬよう、ご注意を」

　機転を利かせたのだろう、ラデッキー将軍はライヒシュタット公の体が汗で冷えないようすぐに着替えるように仕向けた。

「わかりました。すぐに向かいます」

　軍人に憧れているライヒシュタット公は、偉大な功績を持つラデッキー将軍を尊敬している。私のときとは違い、すぐ指示に従って訓練所内の建物へと向かっていった。

「……陛下や大公妃殿下に、どのようにお伝えするべきでしょう……」

　夕刻。アルザー通りの司令部から王宮へ帰る道すがら、私はラデッキー将軍と馬を並べて話した。

　あれから司令部に戻ってきたライヒシュタット公は元気そうに振る舞いながら、何度も咳き込んだ。「少し喉の調子が悪いだけだ」と痛々しい強がりを口にしながら。

「お体も以前より痩せているように見えました。それなのに目だけは爛々《らんらん》と輝いていて……僕は正直、ライヒシュタット公爵をこの先も軍務に就けておいていいものかどうかわからないです」

　彼の体調はあきらかに悪化している。心配していた通り、過酷な軍事練習が体に負担をかけているのだ。

けれど、あんなに張りきっている彼から軍人としての生活を取り上げるのはあまりにも酷というものだろう。

体力と気力、どちらが彼にとって重要で守るべきものなのか、もはや私には判断がつかなかった。

「夏前に、公式式典の先導をハンガリー第六十連隊に任せるよう、私から陛下に申し上げてみる。それから大隊長殿は夏季休暇に入ればよい」

ラデツキー将軍の提案を聞いて、思わず「なるほど……」とつぶやいてしまった。

いきなり彼から生きがいである軍務を取り上げるのではなく、華々しい舞台を飾らせてあげてから、夏季休暇というていで王宮に呼び戻すという考えだ。それならばきっとライヒシュタット公の自尊心を傷つけることもないし、おとなしく王宮に帰ってきてくれるかもしれない。

そのとき、十八時を知らせる教会の鐘が街に響き渡った。

「あ、いけない。今夜は大公妃殿下のオペラ観劇にお供しなくちゃいけないんだった。すみません、将軍。僕、先に王宮へ戻りますね」

そう言って私は手綱を握り直すと、ラデツキー将軍の馬と並べて歩かせていた自分の馬の腹を蹴った。馬は勢いよく駆けだし、みるみるスピードを上げていく。

「だいぶ暗くなってきた、気をつけなさい」というラデッキー将軍の声を背に受けて、大通りに出ようとしたときだった。

「あっ！」

道に突然飛び出してきた子供をよけようとして、私は思いっきり手綱を引っ張った。馬は激しくいななき前足を上げて立ち上がり、私はその勢いのまま背から振り落とされてしまう。

「ぐ……っ！」

地面に思いきり胸を打ちつけ、息ができなくなる。あまりの痛みに霞んでくる視界に、無事だった子供の姿と、「ツグミ殿！」と叫んで駆け寄ってくるラデッキー将軍の姿が見えた。


ラデッキー将軍は近くを走っていた辻馬車を拾い、私を王宮まで運んでくれた。そして王宮に着くと人手を借りて私を担架に乗せた。

「静かに運ぶんだ。肋骨が折れていたら肺に刺さる可能性がある」

冷静に指示を出すけれど、彼の声にはらしくない焦りの色が滲んでいる。心配をかけてしまって申し訳ないと伝えたいのに、私は胸の痛みで声すら出すことができない。

「どっ、どうしたんだツグミ!?」

行政官の宿舎に運ばれる途中で、ゲンツさんの叫ぶ声が聞こえた。偶然遭遇したのか、騒ぎを聞きつけてきたのかはわからないけれど、ずっと担架に付き添ってくれている気配がする。

「急いで医師を」

宿舎にある私の部屋に入ると、体をそうっとベッドへ移された。従僕らが治療の準備をしているのか、室内がバタバタと騒がしい。

その中で一番近くで聞こえているのが、ラデツキー将軍とゲンツさんの声だった。

「ったく、こんな細っこい体で馬になんて乗るから怪我するんだ。大馬鹿野郎が」

「……申し訳ない。私がそばにいながらツグミ殿にこんな怪我を負わせてしまった」

「将軍が悪いんじゃありません。手がかかるこの馬鹿がいけないんです。いっちょまえ気取って俺から離れた途端これだ、心配ばっかかけやがって……」

痛みでぼんやりとする頭でそんな会話を聞いていると、扉の開く音が聞こえてまた部屋が騒がしくなった。

「馬から落ちたそうだな。どこを打った」

「胸です。胸骨のあたりを打ったかと」

どうやら医師が来たようだ。ベッドの脇に座り、手のひらで私の呼吸を確かめている。

「患部の診察をする。患者の服を脱がせ胸が見えるようにしてくれ」

そう言った医師の言葉に、意識が薄れていきそうになる頭が一瞬で覚めた。

「俺がやります」と言ってゲンツさんの指がテイルコートのボタンにかかったのがわかった。彼はどんどんとボタンをはずしていき、テイルコートと中に着ていたベスト、そしてシャツの襟もとのネッククロスまではずしていく。

「駄目……っ、やめてくださ、い……！」

胸に激痛が走るのを耐えながら、必死で訴えた。肩を動かすとしゃれにならない痛みで涙が滲んだけれど、それでも無理やりゲンツさんの手を握って止めた。

「駄目……、お願い、脱がさないで……っ」

こんな状況で必死に服を脱がされまいとする私に、ゲンツさんもラデッキー将軍も一瞬呆気にとられる。

「はあ？　お前こんなときに、なに馬鹿なこと言ってるんだ。いいからおとなしくしてろ」

「嫌っ……！　お願いだから……！」

力の入らない手でそれでも必死に抵抗していると、ベッドの頭側からラデッキー将軍に手首を掴まれ動けなくされてしまった。

「痛みで錯乱しているのかもしれません。私が押さえていますので、ゲンツ殿は続けてください」

「駄目、ぇっ！　見ちゃ駄目……っ」

ただでさえ痛くて体に力が入らないのに、将軍のような屈強な男性に掴まれてしまってはもはや抗うことができない。

ゲンツさんは私のシャツのボタンをすべてはずすと、大きく胸もとを開いて「ん？」と不思議そうな声を出した。

「なんだ？　もともと怪我でもしてたのか？」

彼の目に映っているのは、私が胸の膨らみを押さえるためにつけているさらしだ。

「動かせねえから切っちまうぞ」と言って、医師に借りた鋏《はさみ》で中央をジョキジョキと切っていく。

そしてハラリと散っていったさらしの下から現れた私の胸を見て、ゲンツさんとラデッキー将軍の「え」という短い声が聞こえた。

ギリギリBカップの小ぶりな胸とはいえ、女の胸と男のそれはまったく違う。

ついに男装がバレてしまったというショックと、よりによってゲンツさんとラデッキー将軍に胸を見られたという恥ずかしさで、私は目にいっぱい涙をためて歯を食いしばることしかできなかった。

そのときだった。

「医師と助手以外はこの部屋から出たまえ。ゲンツ、ラデッキー将軍、あなたたちもだ」

ピシリと厳しい声が部屋に響き渡り、全員の視線が入口に立つ人物へと向けられた。

「メ、メッテルニヒ！　ど、どうなってるんだこれ――」

困惑しているゲンツさんの声にかまわず、クレメンス様はツカツカとベッドまでやって来ると自分の着ていた上着をさらされたままの私の胸に掛けた。

そして手首を掴んだまま呆然としているラデッキー将軍の手を離させ、もう一度厳しい声で言う。

「聞こえなかったのか。部屋から出ろと言っているんだ。治療が遅れてツグミが命を落とすようなことになってもいいのか」

今は治療を優先させるべき緊急事態だということを思い出したのか、ゲンツさんとラデツキー将軍はハッとして私のそばを離れ、そのまま部屋を出ていった。

扉が閉められ室内が静かになると、クレメンス様は医師に「診察を続けてください」と言って、少し離れた場所に移動した。

医師も最初は戸惑った様子を見せていたけれど、そこはプロなのだろう。すぐに冷静に診察を始め、肋骨が二本折れていると診断した。

「痛みは強いが肺に損傷はないようです。鎮痛剤で大丈夫でしょう。じきに呼吸も整う。安静が大事です、体をなるべく動かさないように」

治療を終えそう説明した医師に、クレメンス様は「ありがとうございます」と丁寧にお辞儀をした。

「どんなご事情があるか知りませんが、私は医師です。患者の体について詮索や他言しない義務がある。けれど宮廷医師である以上、陛下や王族の方々の尋問には答えなければなりません。そこはご理解ください」

最後に医師はクレメンス様にそう言い残し、助手を連れて部屋から出ていった。

シンと静まり返った部屋には、私の荒い呼吸の音だけが響く。

クレメンス様はベッドの脇まで来ると椅子に腰を下ろし、私の額に滲んだ汗をタオルで拭いた。

「痛いだろうがじきに鎮痛剤が効いてくる。大丈夫だ」

そしてもう片方の手でそっと手を握ってくれた。

迷惑と心配をかけてしまった不甲斐なさ。ゲンツさんたちに正体がバレてしまった不安。それに痛みと呼吸の苦しさが加わって、私は情けなくベソベソと涙をこぼす。クレメンス様はそんな私の涙を優しく拭いながら、鎮痛剤が効いて眠りに落ちるまでそばにいてくれた。


鎮痛剤を飲みながらもひどい痛みは治まることがなく、ようやく薬なしでもいられるようになったのは骨折から一週間が経ってからだった。

無理をしないように気をつけながらも、部屋で久々に湯浴みをし髪を梳いた。サッパリすると、やっと生きた心地がする。

痛みでほとんど動けなかったのと発熱もあったせいで、この一週間医師とクレメンス様と、身の回りのお世話をするために来てくれた女中以外の人と話をしていない。

私が女だとバレてしまったことはどうなったのか、怪我をしたことはゾフィー大公妃の耳に届いているのか、いろいろ気がかりだったけれどクレメンス様は「今は余計なことを考えるな」と言うばかりでなにも教えてはくれなかった。

（少し動けるようになったし、部屋の外に出てみようかな）

女中の手を借り、久々にズボンやテイルコートに袖を通す。気持ちの引き締まる着心地に、この格好が自分の正装だとしみじみ思った。

……けれど。部屋を出て本宮殿へ向かう途中、すれ違う人たちの視線があからさまに突き刺さる。本宮殿の玄関ホールに入るときも、いつもならなにも言わず通してくれる衛兵の人たちが困ったように顔を見合わせ、「仕方ない」といったふうに通してくれた。

（この反応……なんか、すごく嫌な予感がする）

私が女だとバレたとき、部屋には医師と助手、ゲンツさんとラデツキー将軍のほかに何人かの従僕がいたようだ。

誰がどんな状況で言ったかはわからないけれど、周囲の反応を見るに私が女だという情報がすでに広まっているとしか思えなかった。

本宮殿三階のハプスブルク家の住居まで行き、侍従に大公妃殿下への謁見を取り次いでもらう。しかし、さすがに三階まで階段を上るのは骨に響いて痛かったと少し後悔した。

てっきり侍従が戻ってくるものだと思って廊下に立って待っていた私は、廊下の奥からゾフィー大公妃が転げんばかりの勢いで走ってきたのを見て、目をまん丸くした。

「ツグミ！　怪我は大丈夫なの⁉　ああもう、どれほど心配したと思っているのよ！　あなたって人は！」

「いだっ、いたたたたっ！」

駆けてきたゾフィー大公妃にがっちり抱きしめられ、私は痛みに顔をゆがめる。

ゾフィー大公妃は「あら、ごめんなさい」と言ってすぐ離れてくれたけれど、その瞳にはうっすらと涙が浮かんでいた。

私を本当に心配してくれていたその姿に、こちらまで胸が熱くなる。

「ご心配をおかけして申し訳ございませんでした。今日から職務に戻ろうと思います。無断で数日おそばを離れてしまい、大変申し訳ございませんでした」

ところがゾフィー大公妃は涙をハンカチで拭うと、どうしてかとても不満そうな表情を浮かべた。

「無断じゃないわ。あなたに代わって怪我の状況と休暇の申請をちゃーんと伝えにきたもの。――あなたの夫が」

「……ん？」

よくわからない単語が飛び出したような気がして、私はパチパチと目をしばたたく。

「すみません、うまく聞き取れませんでした。どなたが僕の怪我を殿下にお伝えにきたのですか？」

「だから、あなたの夫よ！　ああ、もう！　また腹が立ってきたわ！　ツグミ！　私はあなたのことが大好きだけど、そのことだけは納得がいかない！　私が教皇庁にけ合ってあげるから今すぐあの男と別れなさい！」

「え？　え、え？」

まったく話が見えなくてオロオロとする私に業を煮やしたのか、ゾフィー大公妃は私の手を掴むと大股で廊下を歩き自室の居間へと連れ込んだ。そしてふたりきりになった部屋でソファに向かい合って座り、まるで尋問のように詰め寄る。

「ツグミ。私はね、あなたの性別については非難する気はないの。……心のどこかでなんとなくそんな予感はしていたもの。あなたからはまったく男性の威圧的な気配がしない。だから私も心を開けていた部分があったのだと思うわ。それを隠していたことは不敬だけれど、皇帝陛下がお許しになっていたのなら私が怒る筋合いもないし。……でもね、あなたにそれを強いていたあの男だけは許せないわ。本当に、どこまで人の人生をもてあそべば気が済むのアイツは！　ウィーンに巣食う悪魔よ！」

「え……えーと、あの……」

どうやら思った通り、私が女だということはすでに宮廷中に知られているようだ。

性別を偽って本来なれない行政官になったりして、詐称のうえ王族に対する不敬でもあるのだから国外追放になってもおかしくないのだけれど……ゾフィー大公妃の口ぶりから察するに、そうはならないみたいだ。

というか、皇帝陛下がお許しになっていたってどういうことだろう？

それよりなにより、さっきからゾフィー大公妃が言っている『夫』だとか『あの男』だとかのことが、意味がさっぱりわからなくて困る。

「すみません、大公妃殿下。あの……僕、ずっと寝込んでいたので今状況がどうなっているのかよくわかっていなくて。さっきからおっしゃっている『夫』だとか『あの男』って、なんのことでしょうか？」

率直に尋ねれば、ゾフィー大公妃はますます不機嫌そうに口をへし曲げてしまった。

そしてこの上なく苦々しい口調で言う。

「私にあの男の名を言わせるつもり⁉　メッテルニヒよ！　人の心がないあの悪魔よ！　行政官になりたいツグミの希望に付け込んで無理やり結婚したあげく、あなたがあの男のド変態な趣味のせいで男装させられていたと聞いて、吐きそうになったわ！」

怒りのあまりついに手に持っていた扇を床に叩きつけたゾフィー大公妃の言葉を聞いて、私はしばらくポカンとした後、大混乱に陥った。

「――え？　え？　ええええええっ⁉」

彼女はいったいなにを言っているのだろうか。私が結婚？　クレメンス様と？　ってか、ド変態な趣味ってなに⁉

激怒しているゾフィー大公妃と大パニック状態の私のせいで部屋が異常な雰囲気になったとき、扉がノックされて「宰相閣下がお見えです」と侍従の声が聞こえた。

「開けないでちょうだい！　その男を私の部屋に入れることは許さないわ！」

咄嗟にゾフィー大公妃が叫ぶと、扉の向こうからは冷静なクレメンス様の声が返ってきた。

「大公妃殿下。失礼ながらこちらに私の妻が伺っているかと。間もなく医師が怪我の様子を診にくる時間ですので、妻をお返しいただけますでしょうか」

余裕しゃくしゃく、歌うようにそう申し出たクレメンス様の扉越しの声に、ゾフィー大公妃は顔を真っ赤にしてソファから立ち上がる。

そしてツカツカと部屋の入口まで行くとすごい勢いで扉を開いた。

開けられた扉の前には、クレメンス様がにっこり穏やかに微笑んで立っていた。ゾフィー大公妃は顔を上げ、そんな彼を射殺せんばかりに睨みつける。

「ツグミは私の側近よ。彼女の怪我の具合はこれから私が見るわ」

「それはそれは恐れ入ります。しかし皇帝陛下は、妻の療養は夫の責任とおっしゃられました。引き続き私がツグミの面倒を見るのが道理かと」

一触即発の雰囲気を感じ取って、私はソファから立ち上がりすかさずふたりの間に割って入る。

「あの、あの、とりあえず診察を受けてきますから。えっとそれから、もうずいぶん元気になったので、大公妃殿下のお手も宰相閣下のお手も、お借りしなくて大丈夫だと思います。おふたりのご厚意に感謝します」

そしてふたりをそれぞれ部屋の中と外にグイグイと押しやると、「では、診察後にまた来ます！」とゾフィー大公妃に言い残して、廊下から扉を閉めた。

「……ぼ、僕がクレメンス様の妻っていったいどういうことですか？」

宿舎の自室にクレメンス様と戻ってきた私は、診察を終えた医師が部屋から出るなり直球で疑問をぶつけた。

クレメンス様は自らの手で紅茶を淹れるとカップをひとつ私の前のテーブルに置き、

自分もソファに座って紅茶をひと口飲んだ。

「きみと私は六年前に結婚している……ということにした。書類上の処理も教皇庁への根回しもきみが伏せっている間に済ませておいた。あとは私が作った筋書きにきみが合わせてくれれば問題はない」

「いやいやいや。問題だらけです、ちっともわからないです。ゼロから説明してください」

まったく理解できなくて首をブンブン横に振れば、あきれたように肩をすくめられてしまった。

「いつも言っているだろう。相手に答えをすべて求めるのではなく、自分の頭で考えるんだ」

そんなこと言われても、いざ我が身のこと、しかもいきなり妻だなんて言われて冷静に考えられるはずがない。

それでもクレメンス様はツンと横を向いて答えてくれなそうだったので、仕方なく頭をフル回転させることにした。

「……僕が女だということが宮廷中にバレてしまったわけですよね。そうなると、皇帝陛下及び王族の方々を騙した罪に問われ、免職、下手すれば国外追放になる。けどそうならないのは皇帝陛下のお許しがあったからだと、先ほど大公妃殿下にうかがいました。……もしかして最初からクレメンス様は皇帝陛下に僕のことを女としてご紹介していたのですか？」

考えを口にすれば、クレメンス様は目を伏せ優雅に紅茶を飲みながら、「三十点。まだまだだな」と私を評した。三十点という酷評に、密かに落ち込む。

「万が一きみの正体がバレたときのために、陛下にはもともとツグミが女ということは打ち明けてあった。その上できみがオーストリアの行政官になりたいと強く望んでいること、私の監督下で育て男として扱うことを訴え承諾していただいたんだ。突拍子もない申し出ではあったが、まあ秘書官ぐらいならと陛下もお考えになったのだろう」

異国の女性を行政官にしたいだなんて普通ならばありえない話だけれど、クレメンス様だったから許されたに違いない。

なにせクレメンス様は実質オーストリアの行政のすべてを握っている人だ。一部では皇帝陛下は宰相の言いなりだとまでいわれている。

そんなふうにクレメンス様が陛下に代わって行政の判断をすべて下していることに比べれば、女の秘書官をひとり男装させて紛れ込ませることなど、ほんのおふざけにすぎないと思われたのだろう。

「しかし今回、予想以上にきみが女だということが広く知れ渡ってしまった。しかも今のきみは大公妃秘書官だ、私がどうこうする権利がない。きみが非難にさらされたとき大公妃殿下はきみをかばうだろうが、それだけでは守りきれないだろう。彼女の権力はまだそこまで強くない。――だから最後の手段として、私の妻という地位をきみに与えることにした。問題が発覚してから取り繕ったと思われないように、六年前にすでに入籍してあるということにして。皇帝陛下の承認、大公妃殿下の庇護、そして宰相の妻。この三つの後ろ盾があれば、きみを表立って非難し行政官の資格を剥奪《はくだつ》しようとする者はいないだろう」

「……はあ、……」

たしかにそんな強力な後ろ盾が揃ったのなら、このオーストリアで文句を言える人はいないはずだ。

自分は今、ものすごい特別扱いをされているのだなと感心をしていると、クレメンス様が再び紅茶を口にしてから続けた。

「それからふたつ目の理由。私が妻に男の格好をさせて喜ぶ変態だという噂を流すことで、一部の権力者の共感を得るためだ」

「は⁉」

さすがに今度の理由は理解ができず、怪訝さ丸出しの声をあげてしまう。

「陛下や私の権力をもってしても、口を出せる立場の者がいる。聖職者だ。反メッテルニヒ派の者が聖職者を取り込んで、ツグミの件を盾に攻撃してくる可能性もあるからな。それをあらかじめ防ぐため、高位聖職者たちを味方につけることにした」

そこまで聞いて私はハッとし、たまらず嫌悪に顔をゆがめた。

カトリックの聖職者は結婚を禁じられている。ほとんどの人は真面目に神に仕え清らかに生きているのだけれど、大きな権力を持った一部の聖職者には修道見習いの少年に性愛を抱く不届きな輩がいるのだ。

彼らは少年の華奢で儚い美しさを好む。けれど少年が成長して逞しい男性に育っていくのを忌避し、中性的な少女に男の格好をさせて長く少年愛を楽しむ者もいるのだとか。

「……最っ低……」

すさまじい嫌悪から、思わずつぶやきが出た。

もちろんクレメンス様がそんな理由で私に男装させていたわけではないことはわかっている。けれど、そういった趣向の下衆《げす》な人たちのご機嫌を取るために、そんな最低な理由をつけなくてはいけないことに吐き気さえ催してくる。

「私もあまり好ましくない手段だとは思うがね。効果は抜群だったよ。私を敵視していた教皇大使があんなになれなれしくなったのは滑稽だった」

ククッとこぼす笑いは皮肉に満ちていて、クレメンス様もそんな人たちのご機嫌取りが本意ではないことが感じられた。

駆け引きだらけのこの世界で味方を増やしていくというのは簡単なことではない。

そんなあたり前のことを改めて痛感せずにはいられなかった。

「三つ目は……」

クレメンス様はそう言いかけると、視線を一瞬さまよわせてから口を噤んだ。

「三つ目は、なんですか？」

「ん、まあいい。とりあえず、そんなところだ」

まるで言いかけたのをなかったことにするように、クレメンス様はさっさと話を切り上げると、ベルで侍従を呼んで空いたカップを片づけさせた。

しかし、それにしても。

（私……クレメンス様と結婚しちゃったわけだよね……）

政治的な問題の解決策とはいえ、いきなり人妻になってしまった。しかもクレメンス様の。

いわゆる偽装結婚というものだろうか。そこに愛がないことはわかっているけれど、私としては心穏やかではいられない。

「ク、クレメンス様はその……ご迷惑じゃなかったんですか？　いきなり僕なんかと結婚だなんて」

オーストリア一のモテ男ともいえる彼が、偽装でも私みたいな異国のチンチクリンを妻にして迷惑千万なのではないかと心配になる。

するとクレメンス様はソファから立ち上がってテイルコートの裾を軽く正しながら、

「きみの面倒は私が見ると決めたからな」と言った。

あまりにもなんてことないように言うものだから、私には彼の心が測れない。

クレメンス様はいつどんなことだって政治的な視点から見ている。彼にとっては結婚も自分の立場や政務に付属する一環で、好き嫌いだとか幸福かどうかなど関係ないと考えているのだろうか。

そうだったら少し寂しいなと、胸がチクンと痛んだ。

「そういえば、ゲンツさんどうしてますか？」

ふと思い出した私は、部屋を出ていこうとしたクレメンス様の背に呼びかけた。

ゲンツさんのことだ、私が実は女だったということを知って烈火のごとく怒っているんじゃなかろうか。

今まで女であることを隠していたことを謝りにいきたいけれど、思いっきり胸を見られてしまった恥ずかしさもあって顔を合わせづらい。

「しばらく職務を休むそうだ」

クレメンス様は淡々とそう答えたけれど、一拍置いて大きなため息と共に付け加えた。

「もうホーフブルクには戻ってこないかもしれないな」

翌日。

私は午前の職務を終えた後、ウィーン市内にあるゲンツさんの私邸までやって来ていた。

ゲンツさんはベルリンの造幣局長官の息子だけれど、ナポレオン戦争が激化してきた頃、オーストリアの政治顧問官としてスカウトされウィーンにやって来たそうだ。

結婚はしておらず、ウィーンの私邸で独り暮らししている……とはいっても、仕事が忙しいので宰相公邸やクレメンス様のお屋敷で生活していることがほとんどだけれど。

私は初めて訪れたゲンツさんのお屋敷の門に、緊張した足取りで入っていった。

呼び鈴を鳴らすと家令と思わしき男性が出てきて対応してくれた。名を伝えゲンツさんへの面会を希望すると、男性は私を一階の応接室に案内してからゲンツさんのもとへ向かった。

しばらくののち扉が開きゲンツさんが来たのかと思ったら、先ほどの家令の男性が私を屋敷内へと案内してくれた。

綺麗に手入れの行き届いた廊下には、あらゆるところに花が活けてあって目を和ませてくれる。その廊下の突きあたりに中庭に続く出口があり、家令はその扉を開けて一礼した。

「わあ……」

開かれた光景に私は目を見張る。

広い庭には色とりどりの花が鮮やかに咲き、王宮庭園並みの整然とした調和を誇っていた。

噴水から続く水路は穏やかな水音をたてて流れており、花たちはみずみずしく活き活きと育っている。

なんて心地よく美しい庭なんだろうと感激している私の目に、花壇の中央で花の手入れをしているゲンツさんの姿が映った。

一瞬気持ちがすくんだけれど、勇気を出して彼のもとまで歩いていく。

「……ゲンツさん」

けれど彼は私の呼びかけなど聞こえていないように前を向いたまま、アスチルベの剪定《せんてい》を続ける。その態度に私の胸がたちまち不安で曇った。

彼はとても怒っている。私が六年も欺《あざむ》き続けたことに。ううん、怒っているどころではない。落胆して失望して、もう関わりたくないとさえ思っている。

私のほうを見ようともしないゲンツさんの態度からは、そんな気持ちが伝わってきた。

「……ごめんなさい。僕、どうしても秘書官になりたかったんです。そのためには男として生きていこうって決心して。悪戯にゲンツさんを騙していたわけじゃありません。それだけはわかってください」

こちらを向かない背に向かって訴える。するとゲンツさんは背を向けたまま「うるせえ」とつぶやくように言った。

「お前の言うことなんかもう信じられねえよ。六年間も俺を欺きやがって。二度とお前のツラは見たくねえ。メッテルニヒの奴もだ。俺は宰相秘書官長を辞める。帰れ」

うしろ姿から表情はうかがえなかったけれど、彼の言葉はあまりに悲しかった。いつだってまっすぐに感情をぶつけてきたゲンツさんが、顔も見ずただ淡々と拒否したのだ。もはや私は怒ってもらう価値もないのかと感じて、悲しくてたまらなくなる。

「辞めないでください、秘書官長。ゲンツさんはクレメンス様の片腕です。いなくちゃならない人なんです。どうか、お願いですから──」

泣きたくなる気持ちをこらえてした懇願は、ゲンツさんの「うるせえっつってんだろ！」という怒鳴り声で遮られた。

ゲンツさんは手にしていた剪定鋏を地面に叩きつけると、初めて私のほうを振り向いた。

「お前もメッテルニヒも、大事なことはいつだって俺に隠しやがる！　俺はお前らにとってなんなんだよ！　俺は──秘密も打ち明けられないような存在なのかよ！」

苦しそうに叫んだゲンツさんの言葉が突き刺さる。

人一倍仲間思いの彼だからこそ、ずっと真実を教えられなかったことに傷ついたのだ。彼を欺き続けてきた罪の重さに今さら気がつき、罪悪感につぶされそうになる。

「……ゲンツさん、僕……」

後悔したって遅い。今となってはもう、どんな償いの言葉ももとの信頼を取り戻すことはできないだろう。

だからこそ、すべてを打ち明けようと思った。

私が男になってでも秘書官になりたかった理由。そうしなければこの世界で生きていく意味がなかったことを。

信じてもらえるかどうかはわからない。でも、周りを騙すつもりではなく、一生男として生きていくつもりだったことはどうしてもわかってほしかった。

「僕……本当はこの時代の人間じゃないんです」

突拍子もないことを言いだした私に、ゲンツさんは「は?」とあからさまに怪訝な表情を浮かべた。

けれど一生懸命に話し続けるうちに、やがて彼の表情は真剣なものへと変わっていった。

「僕は二百年後の日本で貿易会社の社長秘書をしていました。もちろん、女性として。頼りない社長を支えるため、自分のことは犠牲にして仕事に尽くしてきました。それこそ、仕事にかまけて恋人に捨てられるくらいに。……でも」

話しているうちにつらい記憶がよみがえる。もう二度と思い出したくなかった、日本での最後の出来事。

「ある日、社長は第二秘書を雇ったんです。とても……かわいい女性でした。僕と違って髪が長くて胸もお尻も大きくて、色っぽくて人に甘えるのが上手で。でも彼女は社長室にこもりっきりで秘書としての仕事はほとんどせず、僕の負担が軽くなることはありませんでした。理不尽さを覚えながら、それでもがんばってきたけれど……ある日、経費に大きな横領の形跡が見られたんです。日付と照らし合わせ、それが彼女の仕業だとすぐに判明しました」

話しているうちに、あのときの光景がありありとまぶたの裏に浮かんでくる。

横領を発見したことを報告したとき、「よく見つけたな。ありがとう」と微笑んだ社長の顔。「あとはこちらで調査する」と言った社長に証拠となるデータをすべて渡したときの安心感。そして——翌朝、出社した私を待ち構えていた光景。

「渡した証拠のデータはすべて改ざんされ、僕が会社のお金を横領したことになっていました。僕に向かって『刑事告訴する』と言った社長の顔と、その隣で勝ち誇ったように笑うあの女の顔は、今も忘れられません。気がついたら僕は会社を飛び出していました。どうしたらいいのかわからず、家にも帰れなくて、お酒を飲んでフラフラと街をさまよっていたとき足をもつれさせて川へと転落したんです。そして目が覚めたとき──僕は二百年前のウィーンに、クレメンス様のお屋敷にいました」

初めてすべてを打ち明けた。自分が本当は二十一世紀の日本から来た人間だということ。そして二度と思い出したくなかった、横領冤罪事件。

「死なずにこの世界にトリップしたことは、神様がもう一度人生をやり直すチャンスをくれたんだと思っています。だから僕は今度こそ信頼できるボスに尽くして、秘書として生き直そうと決めました。でもこの世界では女は秘書官になれない。だったら女であることを捨てよう、って。この世界で僕は一生男でいるって決めました。僕は……ただ、秘書として生きたかったんです」

いっそトリップしたついでに体も男になっていればよかったと思う。そうすればゲンツさんをこんなに傷つけることなんてなかったのに。

最後にもう一度「ずっと黙っていてごめんなさい」と深く頭を下げると、しばらく沈黙が訪れた。

おそるおそる頭を上げたとき、ゲンツさんは困ったような悩ましい表情で私を見ていた。そしてうつむくように視線を逸らした後、再びくるりと背を向けてしまった。

「……いきなりそんな話されても、すぐには『はいそうですか』なんて理解できねえよ。もういいから、今日は帰れ。まだ怪我が治ったわけじゃねえんだから、無理に動き回るんじゃねえよ」

その声からは、さっきのような拒絶の色は感じられなかった。

もしかしたらタイムトリップの話なんか聞かされて、今は混乱しているだけかもしれない。

けれど、少しでも私の気持ちが伝わるといいなと願いながら、私は多彩な花が咲き誇る庭を後にした。


行政官の宿舎に戻ると、私の部屋の前に人影が見えた。

その人影は私が歩いてきたのを見つけ、こちらへやって来る。

「ラデツキー将軍……」

「見舞いにきたのだが、もう出歩いても大丈夫なのか？」

「はい。あの……その節は助けてくださってありがとうございました」

馬から落ちた私を助け宿舎まで運んでくれたのはラデツキー将軍だ。改めてお礼に行かねばと思っていたけれど、彼のほうから先にやって来てくれたことに恐縮する。

それに……緊急事態だったとはいえ彼にも胸を見られてしまったと思うと、恥ずかしくてどんな顔をしていいかわからない。しかも。

「こんなところで立ち話もなんですから、どうぞお入りください。今、お茶を用意します」

部屋に招こうとした私にラデッキー将軍は「いや、みだりに女性の部屋に入るわけにはいかないので、結構」などと、思いっきり女扱いしてくるものだから、私はますます意識してしまって妙な汗が噴き出してくるのだった。

結局私とラデッキー将軍は、本宮殿までの遊歩道を歩きながら話した。

「実はまだ少し、あなたをご夫人として扱うべきか行政官として扱うべきか迷っている」

怪我をしている私に気遣っているのか、狭めた歩調で歩きながらラデッキー将軍は言った。

「どうぞ、未熟な行政官として扱ってください。今までとなにも変わりません。……というか、どうか今までと変わらず扱ってください」

それが本音だった。私は夫人として扱われることなどこれっぽっちも望んでいない。むしろ夫人扱いされて、今までの功績や人間関係が無駄になってしまうことのほうが恐ろしい。

「そうか。ならば、そう努めよう」

微かに目を細めて言ったラデッキー将軍を、紳士だなあと思った。

彼も心の中ではいろいろ思うことがあるはずだ。けれどそれを表には出さず、相手の意思を尊重してくれるのは本当にありがたい。

「助かります」と微笑み返して言うと、ラデッキー将軍はにこりと口角を上げた後、口もとに手をあてしばらく黙ってしまった。

そして私から目を逸らし、今度はどこか気まずそうに口を開く。

「実は……あなたが女性で既婚者だと発覚したとき、私は宰相閣下を殴ってしまった」

「えっ⁉」

突然打ち明けられた話に、私は驚きで目をむいたまま固まる。

「宰相閣下が自分の趣味であなたに男の格好をさせていたと聞いて……自分でも驚くほど怒りが湧いてきた。女性であるツグミ殿が夫のけがれた趣味のためにひどい苦痛を強いられてきたのだと思って。しかし……冷静になって考えると、それは違うのではないかと思えてきたのだ。どのような事情があるか知らないが、宰相閣下は悪役を引き受け一身に非難を受けようとしたのではないかと。現にあなたは今でも女性扱いされることを拒み、男の格好をして行政官でいることを望んでいる。……私は宰相閣下にひどいことをしてしまったな」

この冷静で誠実な将軍が激昂して人を殴るだなんて、あまりにも意外だった。

そういえば、私が寝込んでいたときにクレメンス様が頬にシップを貼っていたことがあったような気がする。痛みと熱にうなされていたせいでそれを尋ねる余裕もなかったけれど、まさかラデッキー将軍に殴られた痕だったとは。

（クレメンス様、私にはひと言もそんなこと言わなかった。男装女が趣味って吹聴するのは聖職者の共感を得るためって言ってたけど、私への非難をかわすためでもあったのかな……）

なんだか、胸がギュウギュウと締めつけられる気がするのはどうしてだろう。

考えてみればそんな噂を流して私をかばったところで、彼にメリットはない。クレメンス様は私の面倒を見ると決めたから世話を焼いていると言っていたけれど、それって彼にとってはリスクばっかりだ。

「宰相閣下は昔から器用で不器用な方だ。いつだって悪者然としながら誰よりこのオーストリアのことを考えられている。……私はまだまだだな。あなたをかばう宰相閣下の本当の心が見えていなかった」

なんだかすごく、クレメンス様に会いたいと思った。すごくすごく、あの人のそばにいたいと。

「ラデツキー将軍。僕とクレメンス様のこと、心配してくださってありがとうございます。お話、聞けてよかったです。これからも今までと変わらぬお付き合いをしてくれるとうれしいです。僕にも……クレメンス様にも」

ラデツキー将軍の行動は意外だったけれど、それだけ私のことを本気で心配してくれている気持ちが伝わった。

クレメンス様も将軍のそんな実直な性格をわかっているはずだ。きっと、恨んだり怒ったりなんかしていない。

ラデツキー将軍は私の言葉を聞いてどこか安心したように微笑んだ。それから手を伸ばして私の頭をなでようとして、一瞬ためらって、けれど私が微笑むと少し恥ずかしそうに笑って頭をなでてくれた。

「私はこれからもずっとあなたの味方だ。困ったことがあったらいつでも頼りなさい」

最後にそう告げてくれた言葉が、うれしかった。

翌週。

ゲンツさんが仕事に戻ったことを知り、私はホッとした。

けれど、王宮で顔を合わせることがあっても彼は私と目を合わさない。こちらから挨拶をしても、黙って知らんぷりされてしまう。

正直悲しいけれど、やっぱり仕方ないとも思う。ゲンツさんとはそれだけ師弟として長くて濃い時間を過ごしたのだ、彼の中で気持ちの整理がつかないのも当然だ。

（いつかまた……前みたいに一緒に食事やカジノへ行けるような仲に戻れたらいいな）

今はそう願うしかなかった。たとえかなわないとしても。


そんなある日のことだった。

私は大公妃殿下に頼まれて、ヨーロッパの著名な画家を調べるために奔走していた。なんでも次の夏季休暇で、ライヒシュタット公の肖像画を画家に描かせるのだとか。誰にお願いすべきか悩んだ末、クレメンス様の助言をもらうことにした。彼はオーストリア美術アカデミーの管理官で、多くの画家のパトロンもしているのだ。

私はさっそく話を聞こうと、久々に宰相官邸を訪れた。

「わかった。何人か候補をあげておくから、決めるといい。後日紹介してあげよう」

快くそう言ってくれたクレメンス様にお礼を言い、部屋を出ようとしたときだった。

「夏季休暇はどうする。ホーフブルクの宿舎も誰もいなくなってしまうだろう」

その問いかけに一瞬ウッと言葉を詰まらせてしまう。

宰相秘書官を辞めてから、私はホーフブルクの行政官宿舎で生活をしている。夏の間もいることはできるけれど、従僕たちに夏の休みを取らせないわけにもいかない。

身の回りの世話をしてくれる人もおらず、仕事もないのにポツンとひとり宿舎に残っている自分の姿が浮かんだ。この時代の上流階級としては、ありえない夏の過ごし方だ。

(ただでさえ最近あれこれ噂になってるのに、夏に宿舎に引きこもってるとか知られたらますます変な噂が広まりそうだなあ。イタリアにでも脱出して、しばらくホテル住まいしてこようかな……お金かかるけど)

今さら焦って夏の予定を頭の中で立てていると、クレメンス様がまるで当然のことのように言った。

「予定がないのなら私と一緒にバーデンへ来ればいい」

バーデンはメッテルニヒ家の保養地だ。宰相秘書官をやっていたときは夏は一緒に連れていってもらったけれど……今年もお邪魔してしまっていいのだろうか。

「でも……」

「遠慮はいらない。結婚した以上、きみの別荘でもあるんだ。ウィーンの私邸もそうだ。きみの家なのだから好きなときに帰り、好きなように使えばいい」

返答に困ってしまう。偽装とはいえ私たちは夫婦なのだと改めて意識してしまうのと、今や敵対する立場にいるのにもかかわらず変わらず優しくしてもらえることがうれしくて。

「す、少し待っててください。大公妃殿下の夏季のスケジュールを確認しないといけませんから」

顔が赤くなっていくのを感じながら、冷静さを保って答えた。

クレメンス様は「わかった。後で連絡しなさい」といつもと変わらない様子で言ったけれど、執務室を出ても私の鼓動はなかなか静まってくれない。

(べつに……今までと変わらないよね、一緒に別荘に行ったって。夫婦っていっても形だけのものだし……)

そうはわかっていても、クレメンス様とまた一緒にしばらく過ごせるのだと思うと口角が上がってしまう。

(バーデンでなにをして過ごそうかな。クレメンス様を誘って劇場にロシアバレエを観にいこうかな)

我ながら浮かれていたのだろう。夏のことをあれこれ考えながら歩いていた私は、なんと階段を下りようとして足を踏みはずしてしまった。

「うわっ……！」

階段と踊り場には絨毯が敷いてあるとはいえ、私の怪我はまだ完治していない。このまま落ちたら大変なことになると焦ったときだった。

「──馬っ……鹿野郎！」

大きな怒鳴り声と共に胴に腕を回され、落ちかけていた体をグイッと引っ張り上げられた。

「わぁあっ！」

階段から落ちそうになった私を引き上げたのは、偶然通りかかったゲンツさんだった。

思いっきり引っ張った衝撃で、ゲンツさんは私を腕の中に閉じ込めながら勢いよく尻もちをついた。私もゲンツさんの懐に体重をかけてなだれ込んでしまう。

「なにやってるんだ、このトンチキ！　今度は首の骨でも折る気か⁉　あ⁉」

尻もちをついているゲンツさんにうしろから抱きかかえられた姿勢のまま、耳もとで怒鳴られて頭がクワンクワンした。

「ご……ごめんなさい。だから耳もとで怒鳴らないで……」

「うるせえ、馬鹿っ！　お前なんか一生俺に怒鳴られてりゃいいんだっ」

声のトーンはだいぶ抑えてくれたものの、やっぱりメタクソに叱られる。まあたしかに、ゲンツさんが助けてくれなかったら私はどれほどの大怪我を負っていたかわからないので、文句は言えない。

「ごめんなさい……。助けてくれてありがとうございます」

しょんぼりと謝罪すれば、ようやくゲンツさんは口を閉じた。

叱られてはしまったけれど久しぶりに口をきいてもらえたことが、内心私はうれしかった。

……ところが。いつまで経ってもゲンツさんは立ち上がろうともせず、私を抱えた腕も離そうとしない。

「あの……ゲンツさん？」

とりあえず放してもらおうと振り向いて呼びかけたときだった。

「……お前、本当にほっそい体してんなあ……」

独り言《ご》ちるようにボソリとゲンツさんがこぼした。

何度も言われたことのある台詞なのに、今日はいつもと違うと感じたのは気のせいだろうか。

「……細くて当然か。女だもんな」

なんだろう、ゲンツさんがボソボソとしゃべるたびに胸がドキドキする。体が勝手に緊張して、手のひらに汗が滲んできた。

「……ツグミ。俺はもう頭ん中グチャグチャでわけわかんねえよ。お前のこと、どういう目で見ればいいのかわかんねえ。生意気で手がかかって恩知らずなくせに、俺はお前がかわいくて仕方ないんだよ。なのに、お前が女でメッテルニヒのものだって知ってから、ずっとはらわた煮えくり返ってる。お前は……俺にとってなんなんだよ?」

問いかけと共に、私を抱えている手にキュッと力がこもった。

心臓の音がうるさいほどふたりの体に響いている。

ゲンツさんが持てあましている思いに、私は名前をつけられない。それはきっと私たちの六年間も、ゲンツさんとクレメンス様の絆も壊してしまいかねないから。

「……ゲンツさん……」

なにを言っていいのかもわからないまま、呼びかけたときだった。

「──離れろ、ゲンツ。五秒数えるうちにだ」

冷たい声と共に、私たちの上に影が落ちた。

顔を上げるまでもなくその声が誰かわかった私は、ビクリと体をこわばらせる。

「ク、クレメンス様! あの、これは……!」

慌ててゲンツさんの腕から抜け出そうとしたけれど、思いのほか強く体を抱きしめられてしまい、身動きが取れない。

「ゲンツさんは僕が階段から落ちそうになっていたのを助けてくれて……、だから、その……」

ジタバタともがきながら必死に弁解した。

自分でもどうしてこんなに気持ちが焦るのかわからない。けれど、不穏な空気がどんどん濃くなることだけは痛いほど感じられた。

「ゲンツ。聞こえなかったか。ツグミから離れろ」

腕をほどく様子のないゲンツさんに、再びクレメンス様が呼びかける。その声はさっきよりさらに厳しく、鋭利な刃のように鋭かった。

「……放さないと言ったら?」

ゲンツさんの返答に、耳を疑った。クレメンス様はピクリと眉尻を動かすと、脚衣のポケットからなにかを取り出し、それをゲンツさんの顔に向かって投げつける。

床に落ちたそれを見て、私の血の気が一瞬で引いた。

(白い……手袋……)

手袋を相手の顔に向かって投げつけるのは、決闘の申し込みだ。中世ほどではないけれど、十九世紀でも個人による決闘の風習は残っている。

「目の前で堂々と私の妻に不貞を働くとはな。私への侮辱とみなして、決闘を申し込む」

「ふ、不貞だなんて……！　誤解です！」

ゲンツさんはただ私を助けてくれただけだ。とんでもない誤解でとんでもない状況になってしまい、どうしたらいいのかとオロオロする。

それなのにゲンツさんは無言のままクレメンス様を睨みつけると、手袋に向かって手を伸ばした。

相手が手袋を拾ったら、決闘を受理したことになってしまう。

ゲンツさんの手が床に落ちた手袋に届きそうになった瞬間、私は「駄目ぇっ！」と叫びながら、それを先に拾い上げた。

「うっ……！」

ゲンツさんに片腕で抱えられた姿勢のまま無理な体勢で手袋を拾ったものだから、折れている肋骨部分に激痛が走った。

そのまま痛みに顔をゆがめて脱力してしまった私を見て、さすがに一触即発の空気が一変する。

「ツグミ！　おい、大丈夫か！」

「部屋に運べ！　すぐに医師を！」

痛みで薄れていく意識の中、クレメンス様とゲンツさんの心配そうな声が遠くに聞こえた。


目が覚めたときは、真夜中だった。

あれからだいぶ時間が経っているらしい。

見覚えのある天井を見て自室のベッドに運ばれたのだと理解した私は、そっと視線を横に向け、ベッド脇に座るクレメンス様の姿を見つけた。

「せっかく治りかけていたのに、またしばらく安静生活だそうだ。肺が傷つかなかっただけ、運がよかったと医師に言われたよ」

そう言ってクレメンス様は手にしたタオルで、私の額の汗を拭いてくれた。

「……ゲンツさん、は……？」

頭がぼんやりするのは、強い鎮痛剤を使われたせいだろうか。

うまく考えられないけれど、あれからふたりがどうなったのか気になって、真っ先にそれを尋ねた。するとクレメンス様は少し寂しそうな微笑みを浮かべた後、手のひらで私の両目を覆った。

「決闘はしないよ。だから今は余計な心配をせずに休みなさい」

それを聞いて、心の底から安堵した。

「よかっ、た……」

安心したせいか、再び眠気が襲ってくる。

——もう一度落ちた眠りの中で、私は大きくて武骨な手にグシャグシャと頭をなでられた気がした。

乱暴だけれど優しいそれは、胸が切なくなるような温かさにあふれていて。

次に目が覚めたとき部屋には誰もおらず、花瓶に愛らしいゼラニウムの花が活けてあった。


ゲンツさんが正式に宰相秘書官を退任したと私が知ったのは、ベッドから起き上がれるようになった三日後で。

宮廷ではゲンツさんが自由主義に傾倒し、クレメンス様と意見を対立させたのが原因だとささやかれた。

真実をクレメンス様は語ってくれない。

ただひとつ教えてくれたのは、私の部屋にあったゼラニウムは、花好きのゲンツさんが自分で育てたものを飾ってくれたのだとか。

ゼラニウムはドイツ圏ではポピュラーな花だ。季節的にもちょうど開花の時期になる。だから偶然かもしれないけれど、私の胸は切なく痛んだ。

『真の友情』そして『愚か』の花言葉を持つゼラニウムを、ゲンツさんが残して去っていったことに。

——いつかもし、ゲンツさんに再び会うことができたなら。

きっと教えてあげようと思う。

私の国ではゼラニウムは『きみありて、幸福』という花言葉を持つことを。

これが私の進む道です！

七月。

ウィーンに死の風が吹き荒れた。

ペルシャやポーランドで流行していたペストが、ボヘミアを伝わってウィーンにもやってきたのだ。

ちょうど夏季ということもあったけれど、皇帝一家と主な宮廷官たちはみんなウィーン中心部にあるホーフブルクから郊外のシェーンブルン宮殿へと避難していた。

ところが、ライヒシュタット公だけがホーフブルクに近いアルザー通りの兵舎から、かたくなに避難しようとしなかったのである。

ゾフィー大公妃はもちろん、皇帝陛下も何度もシェーンブルンに戻るよう伝えた。

そもそもライヒシュタット公は肺の病が原因で、健康に支障をきたしている状態なのだ。

ラデツキー将軍が画策した通り、六月にホーフブルクでおこなわれたある葬儀でライヒシュタット公は行進の指揮を執った。公式儀式の指揮官である。大勢の市民と皇帝一族が見守る中ライヒシュタット公は堂々と指揮官を務め上げたけれど、止まらぬ汗とかすれた声でかけ声を叫ぶその姿は、とても健康な人間のものには見えなかった。

けれど、大きな責任ある軍務をこなしたのだから、心おきなく休暇に入るのだとばかり思っていたラデツキー将軍と皇帝陛下の読みははずれた。

ライヒシュタット公は夏季休暇を取って王宮に帰るどころか、ペストの流行が広がってもアルザー通りの兵舎から帰ろうとはしなかったのだから。

「指揮官たる私が、部下を残し兵舎を離れるわけにはいきません」というのが、ライヒシュタット公の主張だった。

彼が幼い頃から軍人に憧れていたことはみんな知っていたけれど、ここまで軍務に忠実で責任感のある指揮官になることは予想外だった。

皇帝陛下も、彼の養育係らもとても気がかりにしていたけれど、ゾフィー大公妃の心配ぶりはこちらが不安になるほどだった。

毎日ライヒシュタット公に手紙を書き続け、帰ってくることを祈り続ける姿はあまりにもかわいそうで、私は思いきってアルザー通りの司令部までライヒシュタット公を説得にいくことに決めた。

「あれー？　駄目だよ、ツグミ。こんなとこに来ちゃ。今、ウィーンではペストが大流行なんだからさあ」

……それが、司令部に来た私を見たライヒシュタット公の第一声である。

「そんなに危ない場所だとわかってるなら、早くシェーンブルン宮殿にお帰りください！　なんのために僕がここまで来たと思ってるんですか！」

なんとも他人事なライヒシュタット公に思わずプリプリとお説教すれば、彼はケラケラと愉快そうに眉尻を下げて笑った。

「まったくだ！　でも僕はここが好きなんだ。仲間を見捨てて逃げ出したくないんだよ」

そんなふうに言われてしまうと、こちらも困ってしまう。

たしかに今の彼はすごく楽しそうだ。毎日が充実している様子が、その表情からもうかがえる。

実際、私が司令部に来たとき最初に目に入った光景は、仲間と楽しそうに歓談しているライヒシュタット公の姿だった。

幼少の頃からずっとひとりぼっちで王宮に閉じ込められていた彼にしてみれば、ウィーン市内とはいえ初めて独り立ちし掴んだ自由と仲間なのだろう。楽しくて去りがたいに決まっている。

……けれど、相変わらず体調はいいようには見えない。いや、相変わらずどころか先月の式典のときより、さらに痩せてしまっているような気がする。

肺の病にしてもペストにしても、とにかく事態は急で命に関わるのだ。今回ばかりは見逃すわけにはいかない。

「お気持ちはわかります。けど、閣下を心配されている皇帝陛下や大公妃殿下のお気持ちも察してください。とくに大公妃殿下は毎日涙ぐんであなたが帰ってくることを神に祈っております。お気の毒で見ていられません」

ゾフィー大公妃の名を出すと、さすがにライヒシュタット公も表情を変えた。

「ゾフィーかぁ……。彼女、毎日手紙を寄越すんだよ。あんまり心配かけたくないとは思ってるんだけど……」

「ならば、とにかく一度戻りましょう。そうすればみんな安心します。ペストの流行が収まってからまた司令部に戻ればいいじゃないですか。司令部は逃げたりしませんよ」

ここぞとばかりに詰め寄ると、ライヒシュタット公はプッと噴き出して笑った。

「たしかに、司令部は逃げも隠れもしないな。しょうがない、ゾフィーをあまり泣かせたくないし一回帰るとするよ」

ようやく承諾を得られて、私は心の中で「やった！」と万歳する。

「それに、僕が帰らないとツグミもまたここへ来ちゃいそうだからね」

「え？」

「ゾフィーから手紙で聞いたよ。女の子なんだって、あんた。女の子のくせにペストの渦中に飛び込んでくるのも、僕はどうかと思うけどね」

彼にも女であることがバレていたのかと、なんとも気まずいような恥ずかしい気持ちになった。しかも『女の子』って……。私もうアラサーなんですけど。

水が合っているせいか、こちらに来てからあまり手入れができていないにもかかわらず、私は相変わらず十八の青年でも通りそうな見た目だ。けれど若く見えても実際は三十の山を越えた妙齢なので、女の子呼ばわりされても複雑な気分になる。

それはさておき、私が女と知っても彼はあっけらかんとしているなと思った。ゾフィー大公妃もそうだったけれど、今まで薄々男でないことを彼も感じていたのかもしれない。

「僕は女の子には優しいからね。ゾフィーも泣かさないし、ツグミもペストに巻き込まれないようにするよ」

「それはどうも……、ありがとうございます」

からかうようにウインクして笑ったライヒシュタット公に、この少年はとことん人たらしだなと感じた。

彼の気力とは裏腹に、命を蝕《むしば》む病は着実に進行していた。

八月に入りようやくシェーンブルン宮殿にやって来たライヒシュタット公を診て、侍医はすぐに彼に安静を言い渡した。

そんなに悪化していたのかと、皇帝陛下もゾフィー大公妃も養育係らも愕然とする。

粘膜がひどい炎症を起こしていたのだそうだ。よくこんな状態で普通どころか軍隊生活を送れたものだと、侍医は嘆くようにあきれた。

そして、せめて今年いっぱいは静養するようにと強く忠告した。

一刻も早く司令部へ帰りたいライヒシュタット公はもちろんそれに反発し、シェーンブルンにいる間も剣の稽古をしたり馬に乗って公園に行ったりと、体をなまらせないように鍛錬していた。それがますます自分の体を追い詰めるとも知らずに。

ライヒシュタット公が王宮に戻ってきてから夏季休暇に入ろうと思っていたけれど、どうにも彼のことが心配な私はなかなかシェーンブルンから離れられないでいる。

バーデンでクレメンス様と過ごしたかったけれど、仕方がない。ライヒシュタット公のことも心配だけれど、そんな彼を見て不安そうにしているゾフィー大公妃のそばにいてあげたほうがいいと自分で判断したのだから。

そうして季節は秋になったけれど、ペストの流行はいまだ収まらず皇帝一家はホーフブルクに戻れないでいた。

そんな折、ライヒシュタット公と侍医が激しく言い争う出来事があった。

体はすっかりよくなったのだから軍務に戻らせろと主張するライヒシュタット公と、許可できないという侍医のぶつかり合いだった。

十月にハンガリー第六十連隊が先導する閲兵式があるので、一刻も早く訓練に戻りたいらしい。

たしかにここ最近、ライヒシュタット公の顔色はいい。一時的なものではないかという危惧はあるけれど、シェーンブルンに戻ってきたばかりのときよりは、かなりマシだ。

皇帝陛下もゾフィー大公妃も不安はあったけれど、このままでは彼がこっそり王宮を抜け出しかねないと思い、軍務にあたることを許可した。ただし、閲兵式が終わったら療養に入ることを約束して。

——ところが。

責任感の強さと人並はずれた努力家な性格が仇になったのだろう。訓練が遅れた分を取り戻そうと早朝から夜遅くまで軍務に励んだライヒシュタット公の病状は、あっという間に以前より悪化していった。

そしてハラハラしたゾフィー大公妃たちと多くの市民が見守る中おこなわれた閲兵式は、指揮官を務めたライヒシュタット公が式典の途中で血を吐き、強制的にシェーンブルン宮殿へと戻されるという最悪の事態で幕を閉じた。

本懐を遂げられなかったライヒシュタット公の悲しみと苦しみは、とても見ていられなかった。

いつだって笑って「大丈夫だよ」と言い続けていた彼が、初めて自分の体を恨み罵倒した。

「なにが鷲の子だ！　なにがナポレオン二世だ！　こんな体で満足に指揮も執れず、醜態をさらしているだけじゃないか！　僕はどこまで神様に見放されてるんだ！」

侍医に向かってそう叫ぶライヒシュタット公のかすれた声は、ドアの外にまで聞こえた。

自分の不甲斐なさを受けとめきれず荒れるライヒシュタット公の姿に、多くの人が胸を痛めたのは言うまでもない。とくにゾフィー大公妃は何度も涙を流し、部屋でひとり悲嘆に暮れた。

「ツグミ、どうしましょう。私、どうしたらいいの。あの子になにをしてあげればいいの」

愛する人の命の灯火が揺れては小さくなっていくのを見続けるのは、いったいどんな気持ちなのだろうか。

私は顔を覆って泣くゾフィー大公妃の背をなでながら、「大丈夫です、きっと大丈夫ですよ」と慰めにもならない言葉を紡ぐのが精いっぱいだった。

「ライヒシュタット公をイタリアに静養に出しましょう」

十月のある日。私は皇帝陛下にそのように上奏した。

医師団の見立てによると、これから寒さが厳しくなるオーストリアより、暖かいイタリアで過ごしたほうが彼の体にいいのだという。

謁見の間で皇帝陛下にそう提案した私に、返事をしたのは玉座の隣に立つクレメンス様だった。

「なりません、陛下。今、イタリアにライヒシュタット公爵閣下を送ることは大変危険です」

イタリアは今、マッツィーニ率いる青年イタリアという革命軍が気炎をあげている真っ最中だ。以前たやすく鎮圧された革命軍とは違い、広範囲で計画的な暴動を起こすなど大がかりな力が動いている。

たしかにそんな情勢が不安定なところへライヒシュタット公を行かせるわけにはいかないだろう。けれどまさか、革命軍も病気の療養に来た彼を担ぎ上げるような真似はしないはずだ。……しないと願いたい。

「でも、公爵閣下の病気は日に日に悪化しております。今すぐにでも転地保養をしなければ、手遅れになりかねません」

「イタリアのデモ隊は、各都市のオーストリア政府の退陣を要求している。弱っている王子など格好の人質として囚われかねない。きみはそれを望むのか」

「じゃあどうすればいいんですか⁉」

皇帝陛下の御前だというのに、感情が抑えきれずわめいてしまった。

なにもできない自分が、ほんの少しでもライヒシュタット公を楽にしてあげられない自分が、情けなくて悔しくて仕方ない。

唇を噛みしめうつむいた私に声をかけたのは、やはり陛下ではなくクレメンス様だった。

「ツグミ。陛下の御前だ、慎みたまえ。それにきみの職務は大公妃秘書官長だ。公爵閣下の療養にまで口を出すのは間違っている。立場をわきまえなさい」

一礼して去っていく私に、皇帝陛下は苦しそうな顔をしながらもなにかを言うことはなかった。

十一月になりペストの流行が収まってきても、ライヒシュタット公とゾフィー大公妃はホーフブルクへ戻らなかった。

「ホーフブルクは嫌いだ。ジメジメして薄暗くて厳めしくて。シェーンブルンのほうが開放的でまだマシだよね」

「私もそう思うわ。まるで牢獄みたいで好きになれないの。シェーンブルンのほうが日差しもよく差し込むし、庭も美しくて好きよ」

午後の日差しを浴びながら、ライヒシュタット公とゾフィー大公妃はそんな会話を交わしていた。茶会のテーブルを囲みながらではなく、ライヒシュタット公はベッドに起き上がり、ゾフィー大公妃は脇の椅子に腰掛けた状態で。

もはや病院のようなその光景に、オランジェリーでお茶会をした日がとても遠くに思える。

さすがに静養に注力したせいで、ライヒシュタット公の症状は少し治まっていた。けれど彼も、もう軍務に戻せとは言わない。

気持ちを落ち着けたライヒシュタット公はゾフィー大公妃の必死の励ましを受け、今は体の回復に前向きな様子を見せている。いつか元気になって再び司令部に戻れる日を夢見ながら。

皇帝一家がホーフブルクに戻ってもふたりがシェーンブルンにとどまることを許されたのは、皇帝陛下のせめてもの慈悲だろう。

夫をホーフブルクに帰しライヒシュタット公につきっきりで看病をするゾフィー大公妃のことを、口さがない人たちは好き勝手に噂した。

けれど彼女はそんな評判などこれっぽっちも気にせず、ただライヒシュタット公が少しでもつらくないように献身的に尽くしている。

……どうしてこのふたりが夫婦ではないのだろうと、私は何十回も思った。

もし今が二十一世紀だったなら、ふたりは間違いなく結婚していただろう。そしてふたりで暖かい地へ行き穏やかに療養し、もしかしたら病気も治ったかもしれない。

想像しても仕方のないことなのに、私は幸福な〝もしも〟を描くことがやめられない。

うっかりするとあふれそうになる涙をこらえて、私はライヒシュタット公に尋ねた。

「公爵閣下。なにかしたいことはありませんか？　微力ではありますが、僕ができることでしたらなんでもいたします」

本当に些細なことしかしてあげられないけれど、少しでもライヒシュタット公の安らぐ顔が見たかった。

彼は「したいこと？」とつぶやいてしばらく悩んだふうを装うと、「司令部に帰って軍隊生活がしたいなあ」と困ったように微笑んだ。

「元気になったらすぐ戻れるわ。だからそれは後の楽しみにとっておきましょう」

きっとそれはもうかなわないのだと口にしない彼女のけなげさが、痛い。

「そうだなあ、ほかには……またプロケシュ少尉に会いたいかな。今、イタリアは騒がしいらしいけど、元気にやってるかなあ」

「わかりました。私から彼に手紙を書き、宰相閣下にもお願いしてみます。ほかには？」

「……お父様とお母様に会いたい。けど、無理かな。お母様は今とてもパルマを離れられないだろうし、お父様にいたっては……」

いのだろう。

続く言葉をのみ込んで、ライヒシュタット公は悲しそうに笑う。

ただ両親に会いたいと願うことが、どうしてこの子にとってはこんなにもかなわないのだろう。

「お父様にもう一度会ってみたかったなあ。僕の記憶ではすごく凛々しい方だったんだ。一度だけでいい、お父様に会ってたくさん話がしたかった」

ずっとずっと憧れていた英雄、ナポレオン。その軍服姿の背を追いかけ続け、少しでも追いつきたくて軍人として鍛錬を積んだのに、指の先すら届かなかった遠い遠い存在。

彼をナポレオンに会わせてあげられたならば、どれほど喜ぶだろうかと思う。

けれど、ナポレオンは今、絶海の孤島セント・ヘレナ島にいる。当然連れてくることなどできないし、そもそも彼はヨーロッパの地を踏むことすら許されないだろう。だからといってライヒシュタット公をセント・ヘレナ島へ連れていくこともできない。島へは船で三ヶ月もかかるのだ。病床にある彼の体力では、とてももたないことは明白だ。

「――手紙を……手紙を書きませんか?」

「え?」

ふとひらめいた私の言葉に、ライヒシュタット公だけでなくゾフィー大公妃も目を丸くする。

「僕がセント・ヘレナ島まで届けにいきます。そして必ず返事をもらってきます。お父様に伝えたいこと、教えたいこと、全部全部書いてください。届けましょう、ナポレオン陛下に！」

ライヒシュタット公は母親のパルマ公とは手紙のやり取りをしている。本当は直接会ったほうがいいのは当然だけれど、手紙だからこそ紡げる親子の絆だってあるのだ。

直接会えなくともせめて手紙をと提案した私の言葉に、ライヒシュタット公の瞳が活き活きと輝きだすのがわかった。

「か……書く！　書くからちょっと待って！　うわぁ、お父様に手紙だなんて思いもつかなかったよ。なにを書こう、やっぱり僕が軍人になったことかな。あ、ゾフィー、便箋用意してくれる？」

想像以上の彼の喜びように、ゾフィー大公妃の顔までうれしそうに綻んでいった。

「もう、フランソワったら。慌てすぎよ！　ツグミだって準備があるんだからすぐには行かないわ。お手紙は時間をかけてしっかりお書きなさいな」

秋の日差しが降り注ぐ寝室に、明るい笑い声が満ちた。

「ありがとう、ツグミ。やっぱあんた、僕の友達だよ」

そう言ってきらめくように笑ったライヒシュタット公は、まるで天使みたいに美しくて。

ああ、私はこの笑顔が見たかったんだと、心から感激した。

ライヒシュタット公が幸福そうに頭を悩ませながらしたためた手紙を持って、私がシェーンブルン宮殿を出たのは十日後のことだった。

セント・ヘレナ島への渡航許可は下りなかった。

手紙であってもナポレオンとライヒシュタット公の接触は禁止だという、クレメンス様の判断だった。

何度も何度も話し合ったけれど最後まで許可はもらえず、私はゾフィー大公妃のサインが入った出入国許可証と渡航許可証でセント・ヘレナ島をめざすことにした。

はっきりいってこの許可証がどこまで通用するかわからない。

正式な皇帝陛下の許諾がないものを使おうというのだから、下手をしたら密入国扱いで逮捕される可能性だってある。

危険な橋だとわかっている。けれど、渡らないわけにはいかなかった。この手紙だけは命に代えてでもナポレオンに届けなければならないのだから。

セント・ヘレナ島へ行くためにはフランスの港に出なくてはならない。まずは通過するドイツとの国境を突破することが最初の関門だった。

――ところが。

「皇帝陛下の許諾のない渡航許可証、及び入出国許可証は違法である」

国境にある入国管理局で私を待ち構えていたのは、警察を連れたクレメンス様だった。

「……どうしてここに……」

「きみの考えぐらい読める。引き返せ。今ならそのたくらみを見なかったことにしてやる」

厳しく見据える眼差しからは、真剣な怒りがヒシヒシと伝わってきた。クレメンス様は法を犯してでも強行突破しようとした私を厳しく見とがめている。

「……行かせてください。私はこの手紙をナポレオンに届けなければなりません。罪ならば帰ってから償います。牢に入れられても、縛り首にされてもかまいません。行かせてください」

無茶を言っているのは承知の上だ。それでも絶対、私は行かなくちゃならない。

きっとこの使命こそが――私がこの時代で鷲の子に出会えた意味なのだから。

こうなったら強行突破も辞さないと思い、密かに外套の下で護身のために持たせてもらった銃に手を掛ける。もちろんクレメンス様に撃つつもりはないけれど、威嚇《いかく》することはできる。

警察に囲まれた私とクレメンス様の間に糸が張り詰めたような緊張が走った。

……すると。

「ああ、もういい。行きたまえ。私は妻を牢獄に入れる趣味も、ましてや妻と殺し合う趣味もまったくないんだ」

ばかばかしいとばかりに肩をすくめ、クレメンス様が投げやりに嘆いた。

「へ？」

そして驚いている私に書類の束を押しつけ、くたびれたように額に手をあてて首を振る。

「きみは詰めが甘い。せっかく私がつくってやった人脈をもっと活かせ。こんなもの管理局の人間に金を握らせて頼めば、簡単に手に入るだろう」

クレメンス様が私に手渡したものは、皇帝陛下の許諾が入った正式なオーストリアの入出国許可証と渡航許可証だった。

「……クレメンス様。これ……」

驚きで何度もまばたきを繰り返す私にクレメンス様は背を向けると、さっさと出口へ向かって歩いていってしまう。そして。

「なにがあっても必ず私のもとへ戻るんだ。必ず、――それを忘れるな」

そう言い残して、扉から出ていった。

クレメンス様の連れてきた警察は、そのまま私の旅の護衛についてくれた。おかげで泥棒や強盗の危険にさらされることなく、私はフランスの港を出発することができた。

しかし三ヶ月の船旅はとんでもなく過酷であることは言うまでもなく……。最初の一週間は船酔いとの闘いだったし、嵐に巻き込まれたときは何度も海の藻屑になることを覚悟した。当然湯浴みどころか水浴びもほとんどできない状態で、人生でもっとも不潔な期間を過ごしたと言えよう……。

それでもライヒシュタット公の手紙を届けたい一心で耐え抜いた私は、オーストリアから馬車と船で合計四ヶ月の旅路の末、ついにセント・ヘレナ島へとたどり着いたのだった。

クレメンス様は皇帝陛下のサインが入った面会許可証も持たせてくれたので、私はさっそく島の総督にそれを渡してナポレオンへの接見を願い出る。

けれど……案内されてやって来たのは屋敷の広間などではなく、教会の地下から続く牢獄だった。

（なんでこんなところに……）

ナポレオンは島送りにされたとはいえ、元皇帝だ。牢につながれるような扱いはされないはず。

妙な違和感を覚えながら、私は先導する不愛想な総督の後をついていった。

「こちらです」

蝋燭《ろうそく》の明かりしかない闇の中、見張りがふたりも立ち二重に鍵のかかった扉が開かれ、私はゴクリと生唾をのみ込む。

……あの伝説のナポレオンをついにこの目で見ることができるのだ。

今まで歴史に名を残した人物とたくさん会ってきたとはいえ、やっぱりナポレオンは別格だ。二十一世紀でもその知名度は飛び抜けて高いし、十九世紀に来てからも彼の残した爪痕の深さは何度も実感した。

いったいどんな人物なのだろうと胸がはやる。緊張で汗に濡れた手を握り込みながら、私は牢の前まで足を進み入れた。

「――え……？」

瞳に映った彼の姿を見て、強烈な違和感に襲われた。そしてなぜ彼がこんな厳重な牢獄に入れられているのか、瞬時に理解する。

「あなたが……ナポレオン・ボナパルト……ですか……？」

その男は――美しかった。

髪と瞳の色が違うことを除けば、まるでライヒシュタット公に生き写しなのだ。つまり――彼は、ナポレオンは若いのだ。まるで、二十代半ばの青年のように。

彼の年はたしか五十九歳だ。その年でこの姿は若々しいという範囲を超えていて、はっきり言って不気味に思える。化け物扱いされて牢に入れられているのだとしても、納得できた。

私が二十一世紀で見たことのあるナポレオンの肖像画は、きちんと年を取っていて、さらに言ってしまえば丸顔で太り気味、ずんぐりむっくりの中年だった。

けれど今目の前にいるこの男はスラリとした長身に、端正な顔立ちをしている。髪の色は黒いけれど、ライヒシュタット公と双子だと言われたら信じてしまいそうだ。

（どういうこと？　これっておかしい）

頭の中の肖像画のナポレオンと目の前の男を重ね合わせようとすると、グラグラと目眩がして思わず頭を抱える。そのとき。

「この青年とふたりきりで話させてくれ」

ナポレオンが私たちを前にして初めて口を開いた。

総督は一度は首を横に振ったけれど、ナポレオンが「五分でいい」と言うと、渋々ながら私の護衛たちと共に扉の外に出た。

重い音をたてて扉が閉まったと同時に、ナポレオンが口を開く。

「――あんた、俺と同じ『アウトサイダー』だな」

「……アウトサイダー……?」

「よそ者……つまり、異なる世界から来た者ってことだ」

ゾワッと、全身の毛穴が開いた気がした。

(まさか――私以外にも異世界から来た人間がいたの……!?)

当然いきなりは信じられないけれど、彼があてずっぽうを言っているようにも思えない。異なる世界から来ただなんて、まともなら出てこない発想だ。

彼は――ナポレオンは確信しているから、それを口にしたのだ。私がここじゃない世界からやって来た、自分と同類だということを。

言葉をなくしたまま目を見張る私に、彼は口角を上げてクックッと皮肉げな笑みを浮かべた。

「その様子じゃ初めてか、同士に会うのは。しかもまだ誰にも〝成り代わって〟ないみたいだな」

「……成り代わ……ってない？」

カラカラに乾いた喉から声を振り絞って尋ねると、ナポレオンはどことなく上機嫌な様子で話し始めた。

「俺はナポレオンであってナポレオンじゃない。三十年前にナポレオン・ボナパルトという男に成り代わったんだ。それより前は教皇にも、王にも成り代わったことがある。――五百年だ。俺は二十世紀のイタリアからタイムトリップし、十四世紀のフランスに放り出された。それから五百年、いろいろな人物に成り代わり様々な名で歴史を動かしてきた」

理解が追いつかない。五百年前から成り代わっているって……いったいどういうことなのだろうか。

まだ混乱している私に、ナポレオンは人さし指を立ててみせた。

「ひとつ。アウトサイダーは年を取らない。ふたつ。アウトサイダーは死なない。三つ。アウトサイダーは自分の意思で既存の人物に〝成り代わる〟ことができる。ただし成り代わった後は、その人物が本来迎える寿命の年齢までは、別の人間に成り代わることはできない」

ナポレオンの声が地下の壁に反響して悪魔の声のように聞こえる。

この異世界トリップがただの第二の人生なんかじゃなく、死ぬことも抜け出すこともできない呪いなのだと、彼は私に告げていた。

「う、嘘……そんなの信じない……」

「こっちへ来て何年か知らないけど、薄々気づいてるだろ？　トリップしてからあんたはしわの一本だって増えちゃいないはずだ」

信じたくないのに、身に覚えのあることを指摘されてドキリとする。

二十一世紀に比べてろくな手入れができていなかったのに、不自然なくらい肌も髪も衰えていないことには気づいていた。

けれど、それはこちらの環境が肌に合っていたか、あるいはバーデンの温泉のおかげかな、なんてのんきに思っていたのに……。

自分の顔を両手でなでながら、この悪夢が現実としてジワジワと体に染みていくのを感じた。

「あんたは運がいいぜ。俺みたいな親切な先輩がいてな。俺は〝成り代わり〟ができると気がつくまで百年近くかかっちまった。まあ、それに気づいてからは生きていくのが断然おもしろくなったけどな。とくに――アイツが現れてからは」

そこまで言って、ナポレオンは「ん？」となにかに気づいたように、私の持っている箱をまじまじと見つめた。

この平べったい箱にはライヒシュタット公から預かってきた手紙が入っている。大切なものなので万が一にでも濡れたり汚したりしないように、ゾフィー大公妃が用意してくれたものだ。

箱は黄金でできていて蓋のところにハプスブルク家の紋章が入っている。それを見てナポレオンは突然大声で笑いだした。

「あっはっは！　そうか、あんたまだ同士の気配が感じ取れないんだな。そうか、気の毒に――間近にアウトサイダーがいたのに、なにも教えてもらえなかったんだな」

「え？」

ナポレオンの口から、またしても信じがたい言葉が出てくる。

「あんたがハプスブルク家からの使いで来るような立場ならば、必ず会っているはずだ。その男と。おもしろい男だぜ。そいつと競い合っているから俺は何百年も退屈せずに済んでるんだ。今回はこの通り負けちまったが、次は俺が勝ってみせるさ」

名を出されずとも、私の頭にはあの人の顔がたやすく浮かぶ。そんなはずはない、信じたくはないと思うのに、まるでパズルのピースのようになにもかもがあてはまっていった。

「まあ、あんたにもまた会うだろうよ。なんたって俺たちは永遠に生き続けるんだからな。あんたも早くこの世界でおもしろいことを見つけたほうがいいぜ」

そう言ってナポレオンが楽しそうに笑ったとき、部屋の扉が開いて総督と護衛が入ってきた。

「五分経った。会話は許可するが、これ以降は監視のもとでとなる」

総督の言葉にナポレオンは茶化すように「はいはい」と肩をすくめると、私に向き直って鉄格子から手を伸ばした。

「で？　あんた俺に用事があって来たんだろ？　その箱の中身がそうなんじゃないのか？」

「あ……、はい！」

衝撃すぎる真実が津波のように押し寄せて呆然としていた私は、本来の目的を思い出してハッとする。

「ライヒシュタット公……あなたのご子息であるナポレオン二世閣下からのお手紙を預かってきました。実は、閣下は肺の病にかかっており医師に養生を言い渡されている状態です。どうかお返事を書いて、元気づけてはいただけないでしょうか」

手紙の入っている箱を渡すと、ナポレオンは中身を取り出し封蝋を破いて手紙を読み始めた。

「……閣下は大変立派にお育ちになっています。知性と品格にあふれ紳士的で、社交界では圧倒的な注目を集めていました。子供の頃からあなたに憧れていて、立派な軍人になろうと人一倍努力もしております。指揮官として部下の兵士たちからもとても慕われております。公式式典でも立派に指揮官を務め上げました。ウィーンの人間の誰もが彼を愛しています。本当に……素晴らしいご子息です。褒めてあげてください」

手紙という手段を使って、ようやく父と息子が思いを伝え合えるのだと思うと、気持ちが昂ぶって一生懸命に彼のことを語ってしまった。

ライヒシュタット公は寂しさと境遇に負けず本当に立派な若者に育った。そのことを少しでも伝えたい。

「そうか……、あの子が……」

ナポレオンはしばらく黙って手紙を読みふけった。ときどき、なんとも言えない切なく穏やかな表情を浮かべて。

そして六枚もの便箋に綴られた手紙をすべて読み終えると、しばらく目を閉じて遠い地の息子へ思いを馳せていた。

その姿に、私はとても安堵する。

パルマ公のこともあって、私は彼を残虐非道で家族に情などない男だと思っていた。だからせっかく手紙を届けても、関心を持たれないのではないかと危惧していた。

けれど、それはどうやら杞憂だったようだ。

ナポレオンはしっかりとライヒシュタット公の思いを受けとめている。息子と引き離され十年以上顔を見ることさえできなくても、彼は自分が父親であることを忘れてはいない。

「返事を書く。少し待ってくれ」

そう言ってナポレオンは総督に便箋とペンを持ってこさせると、牢屋の中の小さなテーブルで返事を書き始めた。

便箋二枚に綴られたそれは、封蝋で閉じられて見ることはできない。

ただ、きっとライヒシュタット公に生きる力を与える激励が綴られているだろうことは、私に手紙を渡したナポレオンの表情から感じられた。

「お会いしていただきありがとうございました。陛下に神様のご加護があらんことをお祈りいたします」

お礼を告げて部屋から出ようとしたとき。

「俺がしてやれなかったぶん、あの子に優しくしてやってくれ。それじゃあ、またな」

ナポレオンは最後にそう言った。

その〝またな〟に込められた意味は、いまだ信じがたくて受け入れたくないけれど、息子への愛情を託した言葉は偽りなく尊くて、私は出口で最敬礼をしてから扉を閉めた。

帰りの旅が行くときよりもずっと短く感じられたのは、考えることがたくさんあったからだと思う。

自分はただこの世界にトリップしたのではなく、永遠に生き続けなくてはいけない運命を背負っていたこと。私と同じ〝アウトサイダー〟がほかにもいたこと。アウトサイダーは既存の他人に成り代わる術を持っていること。

そして……ウィーンに、私のすぐ近くに、アウトサイダーがいたこと。

ナポレオンの言ったことを頭の中で繰り返し、キュッと唇を噛みしめる。

自分はこれからどう生きていけばいいのだろうか、永遠の命なんか抱えてしまって。愛する人たちが年を取り寿命を全うし世界が移ろっていく中、まるで取り残されたように生き続けなければならないなんて、あまりにも惨酷すぎる。

そのことだけでも悪夢を見ているようなのに、さらに私を絶望の淵へ追い込む事実がつらかった。

（……最初からなにもかもわかっていたんだ。彼は私がトリップしてきたばかりのアウトサイダーだとわかってた。だから私を手もとに置くことにこだわって、結婚なんて手段まで取ったんだ……。愛でも情でもない。私は彼にとって観察対象か利用するための同胞にすぎなかったんだ）

思い返せばなにもかもがしっくりくる。二十一世紀から来た妙な服装と妙な荷物を持った女を、大帝国の宰相が理由もなく引き取るなんて、普通ならば絶対にありえないことだ。

一兵卒からフランス皇帝まで成り上がりヨーロッパを荒らし回ったナポレオンがアウトサイダーなら、政治という舞台から一矢を放ち彼を射ち落とした彼がアウトサイダーなのも当然のように思えた。

（ならばどうして……せめて同士なんだと打ち明けてくれなかったの？　お互い未来

を知っているアウトサイダーならば、ぶつかり合うことなく共にヨーロッパの未来を考えていけたんじゃないの？　私はあの人にとってなんなの？）

考えれば考えるほど胸が苦しくて耐えられなくなっていく。

「……教えてください、クレメンス様。私は何者で、あなたは誰なんですか……」

夜の海を渡る船の甲板で、星空の下ひとり顔を覆って泣いた。

空に浮かぶ月は明るく大きくて、私はあと何億回この月を見なければいけないのだろうと思うと、悠久の孤独に涙が止まらなくなった。


四ヶ月の旅路を経てウィーンに戻ったとき、季節は夏に変わっていた。

七月二十二日。

昨夜からの嵐は収まり、雲の隙間から差す日の光が濡れたウィーンの街にキラキラと反射していた。

シェーンブルン宮殿を囲う木々は緑濃い葉を雨露に輝かせ、私の目に鮮やかに映る。

清々しいほどに鮮烈なこの光景を、私はきっといつまでも忘れないだろう。

「ライヒシュタット公爵閣下がお亡くなりになりました」

げた。

シェーンブルン宮殿で私を出迎えた侍従長は、挨拶より労いより先にその言葉を告げた。

そして私の手に持ったナポレオンからの返事が入った箱を見て、無念そうにうつむいた。

今朝の午前五時過ぎのことだったという。――私の知っている歴史より、ぴったり三年早い逝去だった。

ライヒシュタット公が待ち望んでいた返事を持って帰ってきた私を、誰もが悲しみを浮かべた眼差しで迎えた。

彼の部屋の前には大勢の人が集まっていた。侍従長の案内で行くとみんな道を空け、私を中に通してくれる。

日がよく差し込む寝室は明るくて、雨上がりのキラキラとした空気が窓越しにも満ちているようで。そんな光の中で眠るライヒシュタット公の顔は、本物の天使のようだった。

「……ただいま戻りました、公爵閣下。お父上からのお返事、たしかにお持ちしましたよ。閣下が素晴らしい男子にお育ちになったとお伝えしたら、ナポレオン陛下は大変うれしそうにしてらっしゃいました」

そう告げて、箱から出した封筒を胸の上で組まれた手のそばに置く。

今にも飛び上がって喜びそうなのに、今日の彼はただ静かに目を閉じていて、らしくないと思った。

ああ、そういえば、と思い出して私は後悔する。

(指切りをするのを忘れていたなあ。必ず戻って、あなたに父上の返事を渡しますって。指切りしてから出発すればよかった)

そのことを悔やんだ途端、止めどなく涙があふれ出した。

私を友達だと言ってくれた無邪気な笑顔に、もうどんなに乞い願っても、会えない。

――今際《いまわ》の際まで、あなたの帰りを待っていたのよ。と、ゾフィー大公妃は言った。

そして「最後にフランソワが思い浮かべた人があなただったら、少しやけるわ」と、眉尻を下げて微笑んだ。

自室で窓辺に立っていた彼女は、泣いていなかった。

ただ雨露に濡れた木々をまぶしそうに眺めながら小さく鼻歌を歌っていて、私が部屋に入ると懐かしそうな笑みを浮かべて「おかえりなさい。お疲れさま」と声をかけてくれた。

あれからライヒシュタット公は懸命に生きたのだという。

いっとき体力が大きく回復したときには、皇帝陛下に頼み込んで再び閲兵式にも参加し、今度は最後まで指揮を執ったのだとか。

それからプロケシュ少尉もボローニャから会いにきてくれて、とても喜んだそうだ。

「パルマ公も……フランソワのお母様も、会いにきてくださったのよ。あの子、涙を流して喜んでいたわ」

「そうですか……。じゃあ彼の望みはみんなかなったのですね。僕の果たせなかった約束以外は」

力のない笑顔を浮かべれば、ゾフィー大公妃はそんな私の頬を優しくなでて笑った。

「プロケシュ少尉にもパルマ公にも会いにくるようお手紙を送ったのはあなたでしょう? 申し訳なく思わなくていいのよ。それにきっと間に合ったわ。体は眠りについたけれど、フランソワの魂はきっとあなたが帰ってくるのを待っていたはず」

そのとき、窓の外で木の葉が揺れる音がした。

ふたり揃って窓に目を向けると、一羽の鳥が飛び立っていくのが見えた。鷲の血を引くヨーロッパハチクマだった。

ゾフィー大公妃はその鳥を目で追いながら窓際まで歩いていき、大きく窓を開ける。

そして雨上がりの空に羽ばたいていく翼を眺めて、ポツリとこぼした。

「ひとりで飛び立っていっちゃったわ。いつかふたりでここを逃げ出そうって、約束したのにね」

無邪気な少女のような面差しで、彼女は泣き顔みたいに微笑んだ。

やわらかに丸みを帯びた自分のお腹を、大切そうに手でなでながら。


ライヒシュタット公の葬儀は、その日の夜からしめやかにおこなわれた。

翌々日には遺体はウィーンの宮廷教会に移され、さらに翌々日にハプスブルク家の霊廟《れいびょう》に埋葬された。

私はクレメンス様と何度か顔を合わせたけれど、葬儀の打ち合わせなど公務のこと以外、とくになにも話すことはなかった。

八月に入り夏も本格化してきたけれど、私は夏季休暇を取らなかった。

ゾフィー大公妃が妊娠中ということもあって、彼女のそばを離れたくなかったのだ。

今度は無事に安定期を迎え日に日に膨らんでいくお腹と共に、ゾフィー大公妃は母性と慈しみにあふれた表情をするようになった。

「私のかわいい坊や。揺り籠も暖かい部屋も用意したわ。安心して出ていらっしゃい。

玩具もたくさん用意したけれど、あなたはサーベルのほうがお好みかしら」

そんなふうにお腹をなでながら語りかける彼女の姿に、口さがない者たちは噂を立てる。「大公妃のお腹の子は、ライヒシュタット公の子ではないのか」と。

おもしろおかしくゴシップをはやし立てる人たちに腹は立ったけれど、そう言われても仕方がない状況でもあった。

なにせライヒシュタット公が息を引き取るまでの九ヶ月間、ゾフィー大公妃は彼にほぼつききりで看病していたのだから。

とくに去年の十一月以降は、夫のカール・フランツ大公はホーフブルクに戻ったというのに、ゾフィー大公妃とライヒシュタット公はシェーンブルンに残っていた。公式行事や公務の際にはゾフィー大公妃はホーフブルクに戻り夫と顔を合わせていたけれど、ライヒシュタット公と過ごした時間に比べればささやかなものだ。

けれど、この時代にＤＮＡ検査があるわけでもなく。真実は彼女だけが知ることになるだろう。

きっとそれでも、歴史は変わらず進んでいく。

彼女はフランツ・ヨーゼフ一世という男児を生み、十八年後に念願のオーストリア皇帝の座に就かせるのだ。

その父がたとえ誰であっても。

ゾフィー大公妃は穏やかな環境で過ごしたいとのことから、夏が終わってもシェーンブルン宮殿に残った。

私もそれに付き添ったので、引き続きシェーンブルンで生活することとなった。仕事でウィーンの街に出たりホーフブルクへ行ったりすることもあったけれど、生活の拠点はこの離宮だ。

それは結果的に……クレメンス様と滅多に顔を合わせない日々を過ごすことになる。

……いや、私は大公妃に付き添うことを理由に、クレメンス様をわざと避けていたのかもしれない。——彼と向き合うことが怖くて。

ナポレオンから聞かされた信じがたい事実を、私の心はまだどこか受けとめきれていない。

とくにライヒシュタット公が十八歳の若さで命の灯火を燃やし尽くしたことが、胸の中で渦巻く疑念や悔恨に拍車をかけていた。

私がもっと早くアウトサイダーのことを知っていれば、クレメンス様も同じだということを知っていれば。もしかしたらライヒシュタット公を救う手立てがあったのではないか。

もっと違うやり方でヨーロッパに平和をもたらし、あの子から両親を取り上げることもなく王宮にも閉じ込めずに済んだのではないか。ギリシャの王座に就かせて存分に才能を振るわせてあげられたのではないか。

そんな後悔は日々私の中に降り積もって、呪いのように心を締め上げる。


くすぶった思いをどうにもできないまま月日は流れ、季節は冬を迎えていた。

ゾフィー大公妃が産気づいたのは、降誕祭も終わった年の瀬のこと。

大変な難産で医師も慌てふためく中、彼女は取り乱すことなく、ただ子を産むことだけに注力した。

そして長い分娩の果てに――玉のような男の子を産み落とした。

雪のチラつく、早朝のことだった。

待望の未来の皇帝の誕生に、シェーンブルン中が歓喜に沸いた。けれど――真っ白いレースのついたおくるみにくるまれ大公妃の胸に抱かれた赤ん坊を見て、私は密かに驚愕する。

（……黒髪……？）

母親であるゾフィー大公妃は黒髪なのだから、ありえないことではない。けれども、違うのだ。

私が知っているフランツ・ヨーゼフ一世は——金髪だ。

電子辞書に肖像画も載っていたのだから間違いない。この子は、未来の皇帝フランツ・ヨーゼフ一世ではない……？

驚きで立ち尽くしている私に、ゾフィー大公妃が微笑んで手招きをする。

「ツグミってば。そんなところに立ってないで、もっと近くで見てちょうだい。ほら、かわいいでしょう。私のマックスよ」

「……マックス？」

「ええ、お爺様の名をいただいてマクシミリアンと名づけたの。いい名でしょう？」

「——っ‼」

点と点がつながって、私は思わず叫びそうになった口を慌てて手で押さえた。

——マクシミリアン。フェルディナント・マクシミリアン・ヨーゼフ・マリア・フォン・ハプスブルク・ロードリンゲン。

本来ならばフランツ・ヨーゼフ一世の後に生まれてくる、ゾフィー大公妃の次男だ。

そして……私のいた世界でも、ライヒシュタット公の子ではないかという憶測が残る人物である。

（……フランツ・ヨーゼフ一世は生まれなかった？　まさか……未来のオーストリア皇帝が消えてしまった……？　それじゃあこの先オーストリアは……）

心臓が痛いほど音をたてている。

今までも私の知る歴史とこの世界の歴史が違うことは幾つかあった。でもそれは主に年代や年齢が違うだけで、こんなに大きく史実と変わってしまったのは初めてだ。

フランツ・ヨーゼフ一世はオーストリアだけでなく世界において大きな影響を及ぼす。なにせ彼は、一九一四年のサラエボ事件をきっかけに第一次世界大戦の開戦を宣言した皇帝なのだから。

私はわからない。フランツ・ヨーゼフ一世がいなくなった世界がどうなっていくのか。

生まれなかった兄の代わりにマクシミリアンがオーストリア皇帝となって、同じ道を歩むのだろうか。

けれどマクシミリアンはマクシミリアンで、メキシコ皇帝になって名を残している。マクシミリアンがオーストリアの王座に就いたなら、今度はその歴史が消えてしまう……。

足の先からジワジワとなにかがせり上がっていくのを感じる。白い布地に、色が染みていくように。

（この世界は私の知る世界と完全に分離したんだ。もう私の知識では、未来のヨーロッパを予測することはできない）

動揺で手が震えた。そんな私を「ツグミ？」と不思議そうに見てゾフィー大公妃が小首をかしげたとき。

「失礼いたします。宰相閣下がお祝いを述べにお越しになられました」

侍従がそう言って、クレメンス様を部屋に通した。

（クレメンス様……）

私は彼の反応が気になった。大きく歴史が変わってしまったこの瞬間を、彼はいったいどう捉えるのだろうと。

「大公妃殿下。このたびはおめでとうございます。将来のヨーロッパを担う王子の誕生を、心よりお喜び申し上げます」

いつものように涼やかに挨拶をして、クレメンス様はゾフィー大公妃のベッドに近づいた。そして、フランツ・ヨーゼフ一世ではない赤ん坊を見て……慈しむように目を細めた。

「ああ、これは……ヨーロッパの福音ですね」

驚きも動揺もしていないその姿は、心から王子の誕生を歓迎しているようだった。

「ありがとうございます、宰相閣下。大切に育てますわ。それより私の秘書官ってば、赤ちゃんを前にすっかり固まってしまったのよ。日本では生まれたての赤ちゃんを見る習慣がなかったのかしら」

不審な様子を指摘されてしまい、私は焦ってアワアワとする。

「私のせいで長いこと男としての生活を強いてしまいましたから。赤子への接し方を忘れてしまったのでしょう。愛らしい王子と共に過ごすうちに母性を取り戻して、養育係のように愛情を注ぐようになりますよ」

にこやかに妻へのフォローを入れたクレメンス様に、ゾフィー大公妃も「そうね」と穏やかに笑う。

私はぎこちない苦笑を浮かべた後、「宰相閣下。少しよろしいでしょうか」と言って、クレメンス様と一緒に大公妃の寝室を出た。

「きみとふたりきりで話すのは久しぶりだな」

ほかに誰もいないことを確認して、私はクレメンス様と近くの居間に入った。

扉に鍵をかけると、意外なことにクレメンス様のほうから私に話しかけてきた。

「きみがバーデンにもホーフブルクにも戻ってこないから、社交界では『宰相は妻に逃げ回られている』と格好の噂だ」

「え。そうだったんですか。すみません……」

そんな事態になっていたとはまったく知らなかった。自分のことばかり考えていないで、もう少し宰相の妻という自覚を持てばよかったと反省する。

……でも。私がクレメンス様を避けていたのは、彼にも一因があるのだ。

「……あの赤ちゃんはフランツ・ヨーゼフ一世じゃありません。クレメンス様はどう思われますか」

直球で尋ねた。彼が本当にアウトサイダーだったら、私の言っている意味がわかるはずだと思って。

部屋に沈黙が流れる。緊張で脈打つ自分の心音ばかりが耳の奥に響いている気がする。

『なにを言ってるのだ?』と眉をひそめてほしいと願う一方で、大きく変わってしまったこの世界のことを同士として共に考えたいという気持ちもある。

自分でも彼にどんな答えを望んでいるのかわからないまま、時間が流れた。それは窓の外の雪が舞い落ちるわずかな間だったけれど、私には果てしなく長く感じられた。

クレメンス様はしばらく私をじっと見つめた後、ふっと目を伏せて口を開いた。

「凛々しく愛らしい子だ。ナポレオンによく似ている。父親の血が濃いのだろう」

そして再びこちらを見つめた瞳は、偽りのない希望に満ちていた。

「あの子は世界に平和をもたらす福音になれる。賽《さい》は投げられた。ヨーロッパの未来は今、私たちの手の中にある」

その言葉から、クレメンス様はやっぱりアウトサイダーだったと確信した私は、どんな顔をしていいのかわからず立ち尽くす。

(どうして? なぜ黙っていたの? 私がアウトサイダーだと最初から気づいていた? なにが目的なの? どうしてあなたはクレメンス・メッテルニヒになったの? あなたは——あなたは、誰なの?)

彼にぶつけたい言葉が心の中にはあふれているのに、震える唇からは出てこない。

泣きだしそうな顔でクレメンス様の顔を見上げ続けていると、彼は眉尻を下げて微笑み、子をあやすような手つきで私の頭を軽くなでた。

「今日は寒いな。こんな日は暖炉の前に集まって物語を聞くのがどこの国でも定番だ。……少し、昔話でもしようか」

そう言うとクレメンス様は暖炉前の揺り椅子に腰を下ろし、私にも近くの椅子に座るよう促した。

　そして私がおとなしく腰を下ろしたのを見てから、話し始める。パチパチと薪の爆《は》ぜる音をＢＧＭに、遠い物語を紡ぐように。

「私は二十世紀のドイツに生まれた。家族は母しかおらず、その日の食い扶持《ぶち》にも困るほど暮らしは貧しかった。それでも母は懸命に働き、私を愛してくれていた。美しく優しい母と共に暮らした毎日は、慎ましくも幸せだったよ。——十歳のとき、母が死んだ。仕事からの帰り道で暴漢に襲われたらしい。むごたらしく道に捨てられていたそうだ」

　穏やかな口調から紡がれる哀れな話に、私は密かに息をのんだ。

　今の〝クレメンス・メッテルニヒ〟という人間が本当の姿ではないとはいえ、彼の生い立ちがそんなに悲惨なものだったなんて……。

　なんだか聞くのが怖いと思ったけれど、私は両手を握り込んで顔を上げクレメンス様を見つめた。

「天涯孤独になった私は孤児院に引き取られることになって、母の遺品を整理していた。そこで初めて、母が日記をつけていたことを知った。そこには母が子供の頃に一家がオーストリアから追放され各地を転々としていたこと、一部の人間からひどい迫害を受けたこと、そして本当の姓を隠し静かに生きていくと誓った旨が書いてあったよ。そう、私には教えられなかった一族の本当の姓――ハプスブルク家の名と共に」

静かな部屋に、パチンと大きく薪の爆ぜる音が響いた。

暖炉の火が燃え盛りながら揺らめき、クレメンス様の影を刹那ゆがませる。

目を見開いてゴクリと唾をのみ込んだ私を、〝青い血〟を引く高貴な笑みが見つめた。

「孤児院での日々は地獄だった。聖職者による虐待が平気で横行していた時代だったからね。神に仕える者から、私はあらゆる暴力を受けたよ。十二歳になったとき、孤児院を逃げ出した。きみも知っているだろうが第一次世界大戦の後のドイツはボロボロでね、誰も孤児に優しくしてくれる余裕などなかった。だから私は生きるためになんでもした……きみが聞いたら悲鳴をあげて横っ面をはたくようなこともね」

私の想像も及ばないほど過酷な過去を淡々と語るクレメンス様を見て、私は、戦争は悲惨だと何度も語った彼の姿を思い出していた。

彼がなぜクレメンス・メッテルニヒに成り代わり、粉骨砕身して平和を求めていたのか。その片鱗が見えたような気がする。

「飢えと寒さに震え暴力に打ちのめされるたびに、私は考えたんだ。『どうして自分は高貴な血を引く末裔《まつえい》なのに、こんな惨めな思いをしているんだ』『どうして母はハプスブルクの姫君なのに、下卑た男たちに絞め殺されなければならなかったんだ』……ってね。答えは簡単だったよ。第一次世界大戦でオーストリアが負け、ハプスブルク王家が解体されたからいけないんだ。戦争が起きず今も王家が存続していたならば、母も自分も人に傅《かしず》かれなに不自由ない人生を送るはずだった。ヨーロッパが平和だったら、オーストリア帝国が衰退しなければ、私に降りかかる不幸は存在しなかったんだと気づいたんだよ」

「……だから……クレメンス様はかたくなにヨーロッパの平和を求め、オーストリアの威信を守ろうとしていたんですか……？」

初めて問いかけを口にした私に、クレメンス様はニコリと口角を上げてみせた。

「私がトリップしたのは十七世紀のスペインだった。最初は起きたことがまるでわからなかったけれど、やがて理解したんだ。これは、私の執念が起こした奇跡だと。私はハプスブルク家とヨーロッパの運命を変えるために、時代を超えてこの世界へ来たのだとね」

そうして三百年間、彼は誰かに成り代わり少しずつ歴史を変えてきたのだろう。ハプスブルク家が衰退しないように、ヨーロッパに根深い禍根を残さないように、と。

「けれどね、私が平和を望むように、世界に戦火を放ちたいアウトサイダーもいるんだ。名前はなんと言ったかな……聞いたけれど、忘れたな。今はナポレオンと名乗っているあの男だよ。戦争で世界に爪痕を残したがっている、私の不倶戴天《ふぐたいてん》の敵だ」

クレメンス様がライヒシュタット公を過剰なほど恐れ警戒していた理由も、これでやっとわかった。

彼はナポレオンの子もまたヨーロッパに戦争を起こしたがる存在になることを、もっとも危惧していたんだ。

「しかし」

短く言って、クレメンス様は揺り椅子から立ち上がるとククッと楽しそうに笑った。

「皮肉なものだな。ナポレオンの息子が残したひと粒種が、ヨーロッパの未来を大きく変えようとしている。あの子はオーストリアを衰退させ第一次世界大戦の引き金を引いたフランツ・ヨーゼフではない。凶と出るか吉と出るか、ヨーロッパの未来は真っ白だ。私には彼の産声が平和への福音に聞こえたよ」

ああ、だからあんなにも慈愛に満ちた目でマクシミリアンを見つめたのかと、私は彼の気持ちが理解できた。

「さて、昔話はもう終わりだ。ツグミ。私はこれからもウィーン体制を徹底的に推し進めていく。そのためには王族の自由さえも犠牲にする。それがハプスブルク家の存続につながっていくのだからな。——きみは、どうする?」

こちらに向き直ったクレメンス様は、私に片手を差し出して聞いた。

まるで「私の手を取れ」と言うように。

「……ひとつ、教えてください」

椅子から立ち上がった私は彼をまっすぐ見つめ、口を開く。

「クレメンス様にとって僕は……なんでしょうか」

真剣に尋ねた私の姿は、彼の目にどう映っているのだろうか。

同士? 敵? あるいは、利用するための存在? それとも——。

「可能性だ」

クレメンス様はためらうことなく、そう言った。

「可能性……?」

聞き返した私に向かってははっきりとうなずくその姿からは、偽りも口先だけのごまかしも感じられない。

「ツグミがアウトサイダーであることは初めて会ったときからわかっていた。河川敷から助け屋敷に連れ帰ったのは、まだトリップしたばかりのきみを哀れに思ったからだ。けど、私に向かって秘書になりたいと願い出たツグミを見て、なんておもしろい奴なのだと胸が弾んだよ。この世界に来てわずか三日で自分の生きる道を決めたきみが、この先どうなっていくのか知りたかった。私と志を分かち合える同士になるのか、それとも立ちはだかるライバルになるのか。あるいは……かけがえのない存在になっていくのか。きみは私にとってすべての可能性を持ち得た、特別な存在だ」

「……特別な、存在……」

それは、私にとってのクレメンス様と同じだ。

憧れで恩人で、けれども違う正義を持つライバルで、そして——恋する人。

さっきまで緊張していた気持ちが解けて、心がフワリとやわらかくなる。

「きみの可能性を狭める恐れがあるから、本当はギリギリまでアウトサイダーであることは黙っておきたかったんだがな。まあ、仕方ない。自分の正体をどう受け入れるかも、きみの生き方の見せどころだ」

私の顔に自然と笑みが浮かぶ。

ナポレオンからアウトサイダーのことを聞いて以来、初めて心から笑えたような気がした。

アウトサイダーは永遠を生きる。ならば私は、クレメンス様にとって永遠に興味が尽きることのない可能性であり続けたい。

隣に並ぶことも、背を向け合うことも、もしかしたら抱き合う日もいつかあるかもしれない。けれどどんなときだって彼の目が私を見つめるように、私は胸を張って私の生き方をしていこうと思う。

「──それで、どうする？　私の胸の内はすべて明かしたぞ。きみはこの世界で、どんな正義を選ぶ？」

クレメンス様が再び差し出してきた手を見つめ、私は深く息を吸い込んでから顔を上げた。

「僕は……僕の気持ちは変わりません。僕は僕のやり方でヨーロッパを平和に導きます。そしてもう誰も……ハプスブルク家の人たちが泣かないように。そんな未来のために、僕は宰相をめざします」

自分でも驚くくらい心が晴れ晴れとしていた。

あれほど悩んで迷って後悔した気持ちが、一本の糸のようになってほどけていくのがわかる。

ああ、そうかと、目が覚めたような気分だった。

誰かが言っていた。歴史は無数の選択によって枝分かれしていった軌跡だって。そこにきっと、正解なんかないんだ。

ライヒシュタット公が鳥籠から飛び立てなかった歴史で、私は彼の残した命と平和な未来をつくろう。

この世界で与えられた悠久の命はきっと、大切な人たちの思いを次につなげるためにある。

この激動の十九世紀オーストリアで、私は今度こそ鷲の子を羽ばたかせてみせる。

ゾフィー大公妃と、自由を夢見たライヒシュタット公のために。

差し出された手を取らず、吹っきれた笑顔を浮かべた私に、クレメンス様は「はっ」と眉尻を下げて笑った。

「宰相か。そうだな、きみならきっとなれる。めざすといい。ただし、簡単ではないことを肝に銘じておきなさい」

「わかっています。あなたをオーストリア行政のトップから追い落とすには、まだ二十年近くかかりますから」

ニッと歯を見せて笑うと、クレメンス様は「言うようになったな」と苦笑した。

そして一度引っ込めた手を伸ばし、私の頬を悪戯っぽくプニとつまんで言う。

「やっぱりきみはいい女だ。あと三百年くらい夫婦を続けてもいいな」

「えっ」

まさか、いきなりそんな褒められ方をするなんて、不意打ちすぎて顔が一気に熱くなった。

「きみがアウトサイダーでよかった。新婚だというのに夏季休暇も一緒に過ごさなかったときは頭を抱えたが、我々には果てしない時間があるものな。ハニームーンは二十年後、私が隠居をして暇になってからにしよう」

……もしかして、二十年後に追い落とすと宣言した仕返しだろうか。というか、それよりも。

私、てっきり片想いだと思っていたんだけれど、もしかして両想いの可能性があるのだろうか。いやでも、クレメンス様のことだからなにか別の深い考えがあるのかもしれないし。勝手に期待せず、こういうときこそしっかり考えなくては。

「あの、えっと……でも、これって偽装結婚ですよね……？」

ゆるんでしまいそうな顔を引きしめ、訝しそうにクレメンス様を見つめる。

すると彼は一瞬キョトンとした後、珍しくムスッとした表情を浮かべて私の頬を掴んでいた指に力を込めた。

「ほう。きみは私に指一本触れさせないと？　きみが帰ってきてくれない私邸に用意した夫婦の寝室には永遠に入らないと？　私に甘いキスを贈る気は永遠にないというんだな？」

「いひゃい、いひゃい！　いひゃいでふ、クレメンフひゃま！」

頬をミチミチとつまむ手を掴んで離させると、クレメンス様は今度はその手で私の顎をすくった。

そして驚く間もないほどすばやいキスで唇を塞ぎ、甘く舐《ねぶ》ってから顔を離した。

「今日は素晴らしい記念日だ。私にもうひとつ使命ができたからな。妻を恋に落とすという新しい使命ができた日だ。客人を呼んでパーティーを開くべきだ」

投げやりに言ったクレメンス様を見て、思わず噴き出してしまう。

そしてだんだんとその言葉とキスの意味が心に染みて、私の笑い顔は幸福の笑みへと変わっていった。

そのとき、壁の向こうから赤ちゃんの元気な泣き声が聞こえてきた。

「あ、マクシミリアン様が泣いてる！　大変、すぐ行かなくちゃ」

慌てて部屋を出ると、すぐ後をクレメンス様もついてきた。

「どうして焦る。赤ん坊は泣くのが仕事だろう。……本当に赤ん坊に慣れていないんだな」

「僕、ひとりっ子でしたから。こっちの世界に来ても赤ちゃんと接することなんかなかったし」

再び寝室に戻ると、侍女に囲まれたゾフィー大公妃が、泣いているマクシミリアン王子を抱いてあやしていた。

「あら、ツグミ。お話は終わったの？」

クレメンス様と揃って部屋に戻ってきた私を見て、ゾフィー大公妃が声をかける。私は「はい」と返事をしながらも、元気よく泣く赤ちゃんを前にうろたえるばかりだった。すると。

「よろしいでしょうか」

そう言って、クレメンス様が腕を伸ばした。

周りの侍女たちは一瞬顔を見合わせたけれど、ゾフィー大公妃はためらわずにマクシミリアン王子を腕に渡す。

「よしよし。ああ、いい子だ。かわいい小さな王子。どうぞよい夢を」

優しく腕に抱きポンポンと揺らしているうちに、マクシミリアン王子は安心したようにおとなしくなった。

「……クレメンス様は赤ちゃんに慣れてるんですね」

「私には弟たちがいたからな」

それはクレメンス・メッテルニヒとしてのことなのか、それとも孤児院にいた彼自身のことなのかはわからないけれど。

愛おしそうにマクシミリアン王子を抱く姿は、私が知る彼の中で一番幸福そうな顔をしていた。

そんなクレメンス様の姿を見て侍女たちが惚れ惚れとしている中。

「おもしろいものね。この子はあなたをオーストリアから失脚させる皇帝になるのに、今はこんなに仲がいいわ」

ゾフィー大公妃が無邪気な口調で物騒なことを言い、クスクスと笑った。

「それはわかりませんよ。私はマクシミリアン王子に希望を抱いている。案外二十年後も仲よくやってるかもしれません」

「それはないわ。だって私があなたを許さないもの。言ったでしょう、私はあなたを絶対に追放すると。あなたはフランソワのかたきですもの、大嫌いよ」

「存じ上げております」

不穏な会話に侍女たちは聞かないふりをしているけれど、私はその光景をただまぶしく感じていた。

今ここには、オーストリアの、ヨーロッパの未来がある。真っ白で、どんな色にも染められる未来が。

それぞれがそれぞれの希望を抱き未来を語るその光景に、私は密かに打ち震える。

――二十年後。オーストリアの覇者はこの中の誰に。

その選択肢の中に私も入っているのだと思うと、燃えるような高揚感が背を駆け上った。

(……なりたい。新たな鷲の子に仕え、ヨーロッパを動かす行政官のトップに)

――ツグミ・オダ・メッテルニヒ。

永遠に続く第二の人生で、バリキャリ宰相めざします！

【参考文献】

『メッテルニヒの回想録』クレメンス・W・L・メッテルニヒ著　安斎和雄監訳／安藤俊次・貴田晃・菅原猛共訳　恒文社
『メッテルニヒ　危機と混乱を乗り切った保守政治家』塚本哲也　文藝春秋
『マリー・ルイーゼ上下　ナポレオンの皇妃からパルマ公国女王へ』塚本哲也　文春文庫
『帝都ウィーンと列国会議』幅健志　講談社学術文庫
『名画で読み解くハプスブルク家12の物語』中野京子　光文社新書
『ハプスブルク家の女たち』江村洋　講談社現代新書
『エリザベート　美しき皇妃の伝説』ブリギッテ・ハーマン著　中村康之訳　朝日文庫
『フランツ・ヨーゼフ　ハプスブルク「最後」の皇帝』江村洋　東京書籍
『ハプスブルク家の食卓』関田淳子　集英社
『スペインの太子　ドン・カルロス』シルレル作　佐藤通次訳　岩波文庫

あとがき

こんにちは、桃城猫緒です。このたびは『元社長秘書ですがクビにされたので、異世界でバリキャリ宰相めざします!』をお手に取ってくださり、どうもありがとうございました! 今回は史実をもとにした異世界という、私にとってこの上なく萌え&燃えまくりの作品となりました。

あちこちで言っておりますが私は自称ヒストリカルミーハーでして、とくに今回の舞台となった十九世紀初頭のオーストリアが最推しであります。「事実は小説より奇なり」とはよく言ったもので、この時代は本当におもしろい役者が揃っていた時代で、この小説の登場人物のほとんどが実在の人物に基づいて書かれています。もちろん大幅に創作の手も加えてありますが、クレメンス様がモテまくりの知的イケメンだったことも、ゲンツさんが寂しんぼうの花好きだったことも、ライヒシュタット公が薄幸のスパダリ超絶美少年だったことも、ゾフィーがライヒシュタット公をめっちゃかわいがってたことも、みんな事実です。すごくないですか? 王宮と行政のトップがこれですよ? こんなのもう小説にするしかないじゃないですか！ってな感じで夢中で書いたのが今回のお話になります。あまりに夢中になりすぎて、当初は十七万字も書いてしまい、書籍化にあたって二万字も削ることになったのはここだけの話です。

そんなこんなで情熱を詰め込みまくった当作品ですが、楽しんでいただけたなら幸いです！

さて、今回もお世話になりました、鶴嶋様&佐々木様。いつも本当にどうもありがとうございます！　表紙を担当してくださった欧坂ハル様、イメージ通りのツグミと超絶美しいクレメンス様をありがとうございました！　当作品の出版に携わってくださった関係者様、いつも応援してくださる読者様、そしてこの本を読んでくださったすべての方へ限りない感謝を込めて、どうもありがとうございました！

※小説サイト『Berry's Cafe』で、短編番外編二本公開しております。クレメンス様のツグミへの想いを綴ったものと、ゲンツさんのその後のお話です。あれからツグミがどうなったのかも、ちょこっと描かれています。よろしかったら本編と併せてお楽しみくださいませ！

桃城猫緒《ももしろねこお》

桃城猫緒先生への
ファンレターのあて先

〒104-0031
東京都中央区京橋1-3-1
八重洲口大栄ビル7F
スターツ出版株式会社　書籍編集部　気付

桃城猫緒先生

本書へのご意見をお聞かせください

お買い上げいただき、ありがとうございます。
今後の編集の参考にさせていただきますので、
アンケートにお答えいただければ幸いです。

下記URLまたはQRコードから
アンケートページへお入りください。
https://www.berrys-cafe.jp/static/etc/bb

ベリーズ文庫

この物語はフィクションであり、
実在の人物・団体等には一切関係ありません。
本書の無断複写・転載を禁じます。

元社長秘書ですがクビにされたので、
異世界でバリキャリ宰相めざします！

2019年6月10日　初版第1刷発行

著　者　桃城猫緒

発行人　松島 滋
デザイン　カバー　金子歩未
フォーマット　hive & co.,ltd.
校　正　株式会社　文字工房燦光
編集協力　佐々木かづ
編　集　鶴嶋里紗
発行所　スターツ出版株式会社
〒104-0031
東京都中央区京橋1-3-1　八重洲口大栄ビル7F
TEL　出版マーケティンググループ　03-6202-0386
（ご注文等に関するお問い合わせ）
URL　https://starts-pub.jp/
印刷所　大日本印刷株式会社

Printed in Japan

乱丁・落丁などの不良品はお取替えいたします。
上記出版マーケティンググループまでお問い合わせください。
定価はカバーに記載されています。

ISBN 978-4-8137-0699-1　C0193

ベリーズ文庫 2019年7月発売予定

Now Printing

『甘味婚―契約なのに、溺愛されて―』 宝月《ほうづき》なごみ・著

出版社に勤める結奈は和菓子オタク。そのせいで、取材先だった老舗和菓子店の社長・彰に目を付けられ、彼のお見合い回避のため婚約者のふりをさせられる。ところが、結奈を気に入った彰はいつの間にか婚姻届けを提出し、ふたりは夫婦になってしまう。突然始まった新婚生活は、想像以上に甘すぎて…。

ISBN 978-4-8137-0712-7／予価600円＋税

Now Printing

『いつも、君の心に愛の花』 小春《こはる》りん・著

入院中の祖母の世話をするため、ジュエリーデザイナーになる夢を諦めた桜。趣味として運営していたネットショップをきっかけに、なんと有名ジュエリー会社からスカウトされる。祖母の病気を理由に断るも、『君が望むことは何でも叶える』――イケメン社長・湊が結婚を条件に全面援助をすると言い出して…!?

ISBN 978-4-8137-0713-4／予価600円＋税

Now Printing

『悪役社長は独占的な愛を描く』 真彩《まあや》-mahya-・著

リゾート開発企業で働く美羽の実家は、田舎の画廊。そこに自社の若き社長・昴が買収目的で訪れた。断固拒否する美羽に、ある条件を提示する昴。それを達成しようと奔走する美羽を、彼はなぜか甘くイジワルに構い、翻弄し続ける。戸惑う美羽だったが、あるとき突然「お前が欲しくなった」と熱く迫られて…!?

ISBN 978-4-8137-0714-1／予価600円＋税

Now Printing

『ベリーズ文庫 溺甘アンソロジー3』

「妊娠＆子ども」をテーマに、ベリーズ文庫人気作家の若菜モモ、西ナナヲ、藍里まめ、桃城猫緒、砂川雨路が書き下ろす魅惑の溺甘アンソロジー！ 御曹司、副社長、エリート上司などハイスペック男子と繰り広げるとっておきの大人の極上ラブストーリー5作品を収録！

ISBN 978-4-8137-0715-8／予価600円＋税

Now Printing

『私、完璧すぎる彼と婚約解消します!』 滝井《たきい》みらん・著

家同士の決めた許嫁と結婚間近の瑠璃。相手は密かに想いを寄せるイケメン御曹司・玲人。だけど彼は自分を愛していない。だから玲人のために婚約破棄を申し出たのに…。「俺に火をつけたのは瑠璃だよ。責任取って」――。強引に始まった婚前同居で、クールな彼が豹変!? 独占欲露わに瑠璃を求めてきて…。

ISBN 978-4-8137-0716-5／予価600円＋税

タイトル、価格等は変更になることがございますのでご了承ください。

ベリーズ文庫 2019年7月発売予定

『私の獣～英雄王の永劫不変の寵愛～』 朧月《おぼろづき》あき・著

Now Printing

庶子と蔑まれていた伯爵令嬢のアメリは、冷酷な悪魔と名高い王太子カイルの婚約者として城に行くことに。鉄兜を被り素顔を見せないカイルにアメリは戸惑うが、ある時、彼が絶世の美男子で、賢く弱い者に優しい本当の姿を知る。クールなカイルが「一生俺のそばにいろ」と熱い眼差しをぶつけてきて…！

ISBN 978-4-8137-0717-2／予価600円＋税

『小食王子のおやつ係』 甘沢林檎《あまさわりんご》・著

Now Printing

アイリーンは料理が得意な日本の女の子だった記憶を持つ王妃の侍女。料理が好きなアイリーンは、王妃宮の料理人と仲良くなりこっそりとお菓子を作ったりしてすごしていたが、ある日それが王妃にバレてしまう。クビを覚悟するも、お料理スキルを見込まれ、王太子の侍女に任命されてしまい!?

ISBN 978-4-8137-0718-9／予価600円＋税

『公爵令嬢の専属美容師はじめました』 江本《えもと》マシメサ・著

Now Printing

エリーは公爵令嬢・アリアンヌ専属侍女。アリアンヌは義妹にハメられ、肌も髪も荒れ放題、喪服を着こんで塞ぎこんでいる。ある日、前世コスメ好きOLだった記憶を取り戻したエリーは、美容オタクっぷりを発揮してアリアンヌを美少女に仕立て上げていき…!?

ISBN 978-4-8137-0719-6／予価600円＋税

ベリーズ文庫 2019年6月発売

『俺の新妻～御曹司の煽られる独占欲～』　きたみまゆ・著

老舗旅館の一人娘・鈴花は、旅館の経営状況が悪化し資金援助をしてもらうため御曹司・和樹と契約結婚をする。ところが、愛のない結婚をしたくなかった鈴花は離婚を決意。夫から離婚を切り出してもらおうと、一生懸命かわいい嫌がらせを仕掛けるも、まさかの逆効果。彼の溺愛本能を刺激してしまい…!?

ISBN 978-4-8137-0694-6／定価：本体630円+税

『俺様社長はカタブツ秘書を手懐けたい』　葉月《はづき》りゅう・著

仕事ひと筋だった麗は、恋人にフラれ傷心。落ち込んでいるところを同僚のイケメン・雪成に慰められて元気を取り戻すも、彼は退職してしまった。その後、会社が買収されることになり、現れた新社長は…なんと雪成!?　麗はいきなり彼専属の秘書に抜擢され、プライベートの世話もアリの甘い毎日が始まり…！

ISBN 978-4-8137-0695-3／定価：本体640円+税

『絶対俺の嫁にするから～御曹司のイジワルな溺愛包囲網～』　田崎《たさき》くるみ・著

建築会社の令嬢・麻衣子は不動産会社の御曹司でプレイボーイと噂される岳人と見合いをする。愛のない結婚などあり得ないと拒否したものの、岳人は「絶対、俺と結婚してもらう」と宣言。さらに彼のマンションで同居することに！「本当に麻衣子は可愛いな」と力強く抱きしめられ、甘いキスを落とされて…。

ISBN 978-4-8137-0696-0／定価：本体650円+税

『艶恋婚～御曹司を政略結婚いたします～』　砂原雑音《すなはらのいず》・著

老舗和菓子店の令嬢・藍は、お店の存続のため大手製菓の御曹司・葛城との政略結婚をもちかけられる。恋愛期間ゼロの結婚なんて絶対にお断りだと思っていたのに──「今日から君は俺のものだ」と突然葛城に迫られ、強引に甘い同居生活がスタート!?　色気たっぷりに翻弄され、藍はタジタジで…。

ISBN 978-4-8137-0697-7／定価：本体640円+税

『独占欲全開で、御曹司に略奪溺愛されてます』　真崎奈南《まさきなな》・著

令嬢の麻莉は、親が決めた結婚をしたくないと幼なじみで御曹司の遼にこぼすと、「俺と結婚すればいい」といきなりキス！　驚く麻莉だったが、一夜を共に。とことん甘やかしてくる遼に次第に惹かれていくも、やはり親を裏切れないと悩む麻莉。だけど「誰にも渡さない」と甘く愛を囁かれて…。

ISBN 978-4-8137-0698-4／定価：本体620円+税

タイトル、価格等は変更になることがございますのでご了承ください。

小説サイト
Berry's Cafeの人気作品がボイスドラマ化！
豪華声優陣が出演!!
溺愛ボイスドラマ×ベリーズ男子
俺様すぎる強引社長
CV:増田俊樹
『キミは許婚』
by 春奈真実
とことん溺甘！グイグイ秘書室室長
CV:梅原裕一郎
『秘書室室長がグイグイ迫ってきます！』by 佐倉伊織
隠れドS!? 溺愛系御曹司
CV:石川界人
『副社長は溺愛御曹司』
by 西ナナヲ
1話はすべて完全無料！
App Store からダウンロード
Google Play で手に入れよう
アプリストアまたはウェブブラウザで
ベリーズ男子 検索
【全話購入特典】
・特別ボイスドラマ
・ベリーズカフェで読める書き下ろしアフターストーリー
最新情報は公式サイトをチェック！
※AppleおよびAppleロゴは米国その他の国で登録されたApple Inc.の商標です。App StoreはApple Inc.のサービスマークです。※Google PlayおよびGoogle Playロゴは、Google LLCの商標です。